JN095624

王太子妃殿下の離宮改造計画 6

斎木リコ

Riko Saiki

レジーナ文庫

登場人物紹介
ルードヴィグ
スイーオネースの
王太子。
杏奈の夫ではあるが、
色々とあったせいで
形ばかりの夫。
エンゲルブレクト
王太子妃護衛隊の隊長であり、
伯爵位を持つ貴族。
自分は本当に王族なのか、
杏奈との恋はどうなるのかなど
色々と悩みが尽きない。
杏奈《あんな》(アンネゲルト)
異世界人の父と日本人の母を持つ
元女子大生、現王太子妃。
夫である王太子との離婚を計画中。
恋する相手と国のため
海外へやってきたが、
変わらず社交に大忙し。

エドガー
エンゲルブレクトの友人で外交官。何か思惑があるのか、彼に妙に肩入れをする。
ヨーン
エンゲルブレクトの副官。杏奈の侍女のザンドラがお気に入りで、必死に求愛中。
ダグニー
ルードヴィグの愛人である元男爵令嬢。現在は伯爵夫人。実の父から密命を受けているようで……？
リリー
杏奈の侍女。魔導研究の大家で、魔導のこととなると暴走しがちな面も。
ティルラ
杏奈の侍女。杏奈が最も信頼する相手であり、公私共に彼女を支える才媛。
ニクラウス
杏奈の弟。姉よりもしっかりしており何かと彼女の感情を逆撫でする存在。

目次

王太子妃殿下の離宮改造計画 6

一　洋上

北の海は曇天《どんてん》が続いていて、波が荒く風も強いが、「アンネゲルト・リーゼロッテ号」の航海にはいささかの影響も与えていない。

「さすがに見飽きたわね……」

代わり映えのしない景色を眺めながら、アンネゲルトはそう呟いた。大きな窓の外には、どこまでも水平線が続くばかりである。

思えば生まれ育った日本を出て以来、こうして船で移動する事が増えていた。母の国である日本から父の国である異世界のノルトマルク帝国に戻り、皇帝の姪姫《めいひめ》として北の国スイーオネースの王太子のもとへ嫁《とつ》いで、どれだけ経ったか。

そして今、外遊のためにそのスイーオネースから遥《はる》か東にあるウラージェンという国を目指し、船上の人となっている。

出立当初はそれなりに長旅へのロマンを感じていたアンネゲルトだったが、二週間も経った今では、それもなくなった。

　幸い、彼女の名を冠《かん》したこの船には、長い航海を退屈せずに過ごせるよう、ありとあらゆる施設が揃っている。映画館や劇場はもちろんの事、カジノやエステ、フィットネスルームに各種アクティビティが備えられているのだ。

「アンネゲルト・リーゼロッテ号」は見た目通りの帆船《はんせん》ではない。その中身は、帝国の魔導技術の粋《すい》を集めた巨大クルーズ船である。

　とはいえ、アンネゲルトは帝国からスイーオネースへ嫁《とつ》ぐ際に、充実した施設のほとんどを経験済みだ。目新しさを感じないせいか、スイーオネースを発《た》ってから一週間ほどで飽きがきてしまっていた。

「それはいいとして……」

　アンネゲルトの地を這《は》うような声に、彼女の弟であるニクラウスは顔を上げる。何の事かわからないという顔の弟に対し、姉は不機嫌さを隠さない。

「なんでニコがここにいるのよ」

　今二人がいるのは、船内にあるティールームの一つだ。ここしばらく、ニクラウスはアンネゲルトにへばりついて行動を共にしていた。ちなみに、「ニコ」というのはアンネゲルトだけが呼ぶ、彼の愛称である。

ニクラウスは彼等姉弟の従兄弟《いとこ》である帝国皇太子ヴィンフリートと共に、外遊と称してスイーオネースにやってきた。そして何故か、彼だけはアンネゲルトの東域外遊についてきたのだ。ちなみに、スイーオネースや帝国などがある地域は西域、同大陸の東側にある国々が東域と呼ばれている。

ニクラウスは優雅な仕草でカップとソーサーを持ち上げると、お茶を一口飲む。

「言っただろう？　皇太子殿下の代わりに僕が見届け役を仰《おお》せつかってるって」

そう答えたニクラウスは日本語を使っている。プライベートの時は日本語を使うよう、アンネゲルトが押しつけたからだ。彼女ほどではないが、ニクラウスも日本語になると少し口調が砕ける。

しれっとした弟に、アンネゲルトは顔をしかめた。

「だからって、四六時中私と一緒にいなくてもいいでしょうが」

「一緒にいたら困る事でもあるの？　心配しなくても、僕の素性は伏せてもらうし、外遊の社交の際には離れているよ。さすがにスイーオネースの王太子妃の外遊に、帝国人の弟がついてきたなんて知られたら、姉さんも外聞が悪いでしょ？」

ニクラウスの言葉に、アンネゲルトは答えに詰まる。はっきり困るという訳ではないが、いい年をした姉弟がべったり一緒にいるのは変だろう。

だが、それを言ったところで一蹴《いっしゅう》されるのがおちなので、口にしない。代わりに別の方向から攻めてみた。

「船は広いんだからさー、私にひっついていないで、好きに楽しみなさいよねー」

何しろ今回の外遊に際して、長い航海を退屈せずに済むよう、芸人や劇団なども乗せている。全員身元の調査だけでなく、魔導による探査も行われていた。船に乗っているのは、そうした調査を通った害のない者達ばかりである。

特にある劇団は、小間使い達が交代で見に行くほど人気だそうだ。何でも、主役の役者がいい男なのだとか。

他にも船内の公園では大道芸が見られるし、後方のステージでは別の劇団や芸人達が交代で、ほぼ毎日何かしらの出し物をやっている。

アンネゲルトの言葉に寂しそうな顔をしたニクラウスは、弱々しい声で問うてきた。

「そんなに弟を邪険に扱う訳?」

「え？」

いつになく弱気な態度のニクラウスに、アンネゲルトはすっかり毒気を抜かれている。

ニクラウスはさらに俯《うつむ》き加減で続けた。

「久しぶりに姉弟で過ごせるっていうのに」

「い、いや……ね？」

「姉さんはそんなに僕の事が嫌いだったんだ……」

普段は強気の弟がここまでしおらしいと、調子が狂う。しかもこんな弱音を吐くとは、彼らしくない。さすがのニクラウスも、故郷を離れて心細いのだろうか。

そういえば、彼が帝国の外に出る事など、今までなかったのではないだろうか。あったとしても、ヴィンフリートの供として同行するだけで、一人での出国など皆無のはず。一人と言っても、立場上周囲に誰かしらはいるだろうけど。

とはいえ、珍しく年相応の反応を見せている弟に、姉としては大きく構えるべきだろう。

「そ、そんな訳ないじゃない。や一ね一。二人っきりの姉弟じゃないの」

「本当に？」

「当たり前でしょ。も一」

「じゃあ側にいても構わないよね？」

「うん……って、あれ？」

今日も、姉は弟に言いくるめられた。先程までのしおらしさはどこへやら、いつも通りのふてぶてしい態度に戻っているニクラウスを前に、アンネゲルトは首を傾げつつティルラに尋ねる。

「隊長さんはどうしてるの？」

少し離れた場所に立つ彼女は、帝国からついてきた側仕えであり、アンネゲルトが最も信頼する人物でもあった。

元帝国軍情報部に所属していたティルラは文武に秀《ひい》でた才媛《さいえん》で、数多くの肩書きを持って仕事をこなしている。

「サムエルソン伯でしたら、護衛隊の者達と共に最下層で訓練中ですよ」

ティルラの返事に、アンネゲルトは納得した。現在、船の最下層には簡易の訓練所が設《もう》けられていて、護衛隊のみならず帝国兵士も利用していると聞く。

アンネゲルトのためにスイーオネース国王アルベルトが設立した王太子妃護衛隊は、サムエルソン伯エンゲルブレクトを隊長とする部隊だ。これまでにも、アンネゲルトは危ないところを幾度もエンゲルブレクト及び部隊の面々に救われている。

そして、彼はアンネゲルトにとって特別な相手だった。帝国の港街やカールシュテイン島の迷路、焼け落ちる狩猟館から助け出してくれただけでなく、王都に構えたイゾルデ館が襲撃された時も、エンゲルブレクトに助けられている。

それが彼の仕事と言ってしまえばそれまでだが、アンネゲルトは感謝すると共に、彼の姿を追っている自分に気付いた。自覚してしまえば、想いが募るのは止められない。

王太子妃である彼女が、夫以外の男性に想いを寄せる事は許されるものではないが、これには事情がある。

スイーオネース王太子ルードヴィグは、アンネゲルトとの婚姻前よりホーカンソン男爵令嬢――現在はヴェルンブローム伯爵夫人ダグニーを愛人として側に置き、初対面からアンネゲルトを毛嫌いしていた。

しかも婚礼祝賀の舞踏会会場で、彼は堂々と別居宣言をし、王都と内海を挟んで向かい合うカールシュテイン島にあるヒュランダル離宮へ移るよう、アンネゲルトへ命じたのだ。

呪われているという噂《うわさ》が立っていた離宮は、長く人の手が入っておらず、廃墟と化していた。

普通の姫ならば、泣いて故国に帰るところだろう。だが、日本で庶民として過ごしていたアンネゲルトは、そのまま開き直った。

婚姻して半年夫婦生活がなければ、教会に婚姻無効の申請が出せる。元より婚姻を長続きさせるつもりのなかったアンネゲルトは、どうやって半年間王太子から逃げるかが最大の命題だった。そんな彼女にとって、ルードヴィグの別居宣言は渡りに船である。

そのためアンネゲルトは、ルードヴィグとの関係を良好にする努力を放棄していたし、ルードヴィグもアンネゲルトに歩み寄ろうとはしなかった。始まりはどうであれ、現在の冷え切った関係は双方の責任と言える。

今はまだ王太子妃という立場が枷《かせ》となって行動に移す事は出来ないが、この東域外遊を終えたら婚姻無効申請をする予定だ。

ちなみに、ボロボロだったヒュランダル離宮は、女性建築家のイェシカや魔導研究の大家であるリリー、スイーオネースの魔導研究家のフィリップらの尽力によって美しく生まれ変わった。その際に、あれこれと機能を追加して改造したが、見た目的には建てられた当初の美しさを上回っていると自負している。

そんな離宮を放り出して、何故アンネゲルトが洋上にいるかといえば、エンゲルブレクトと離れていたくなかったからだ。

そもそも今回の東域外遊は、ヴィンフリートがエンゲルブレクトの実父を明らかにするために、その情報を持つ人物がいる東域のウラージェンへ彼を送り出すと言い出した事が発端である。

エンゲルブレクトがスイーオネース王家の血を引いているという噂《うわさ》は、社交界では有名らしい。その理由は、彼が現国王アルベルトの叔父《おじ》である、フーゴ・ヨハンネスに生き写しだからだという。アンネゲルトも、王宮の回廊の奥にひっそりと飾られていたフーゴの肖像画を見て、その酷似ぶりに驚いたほどだ。

何故ヴィンフリートがエンゲルブレクトの血筋を明確にしたがるか、その理由は教えてもらっていない。アンネゲルトは社交シーズンや離宮関係で忙しく、それどころではなかったからだ。そんな忙しさの合間を縫って、ヴィンフリート達を説得し、外遊という口実を認めさせたのである。

――隊長さんを一人で東域に行かせるなんて、冗談じゃないっての。

行って帰ってくるまでに半年以上かかる長旅へ、どうして彼一人で送り出せようか。こうして、アンネゲルトは東域への外遊に出てきたという訳だ。

「我ながら頑張ったわ……」

「何か言った？」

独り言に反応したニクラウスに、アンネゲルトは笑って誤魔化した。

「ううん、何でもない。ティルラ、隊長さんに、訓練が終わったらお茶でも一緒にいかがって伝えて」

「承知いたしました」

「姉さん、サムエルソン伯をあまり引っ張り回すのは良くないよ。この船には外交官の一団も乗ってるって事、忘れないようにね」

早速弟が口を出してくる。本当に、先程のしおらしさはどこにいったのだろう。

「わ、わかってるわよ。でも、いつも守ってもらってるんだから、少しくらい労《ねぎら》ったって罰《ばち》は当たらないでしょ」

「……お茶の場には、僕もいるからね」

アンネゲルトがニクラウスを追い払いたい一番の理由は、ここにある。スイーオネースを出立してから約二週間、この弟は何かとアンネゲルトとエンゲルブレクトが一緒にいるのを邪魔するのだ。曰《いわ》く、「醜聞《しゅうぶん》なんて、どこから広まるかわからないんだよ」という事らしい。

確かに、婚姻が無効となる前に醜聞《しゅうぶん》が広まればあらぬ疑いをかけられかねないが、何よりルードヴィグが大勢の人の前でやらかしてくれた後なので、あまり問題にならないとアンネゲルトは思っている。

しかし、以前それを言った時のニクラウスの小馬鹿にしたような表情を思い出して、眉間に皺《しわ》が寄った。やはりこの鬱陶《うっとう》しい弟を、早く何とかしなければならない。

アンネゲルトはない知恵を絞って、目の前で優雅にお茶を飲む弟を排除する方法を考えるのだった。

「という訳で、あの子の事、何とかしてよ」

『何とかって……それにしてもアンナ、考えた末に思いついたのがこれ?』

通信室の画面の向こうでは、母である奈々《なな》が呆れた顔をしている。アンネゲルトは結局、船にある通信機器を使って、帝国の母に泣きついたのだ。

リリーが開発した移動型中継基地局は非常に優秀で、船からスイーオネースのヒュランダル離宮や王都のイゾルデ館へ通信を繋ぐだけでなく、帝国とも通信で直接連絡をする事が出来る。おかげでこうして母に頼み込めるのだから、リリーには感謝してもしきれない。

ニクラウスは父の躾《しつけ》の賜《たまもの》か、母には決して逆らわない。姉であるアンネゲルトには軽《かろ》んじる態度を取る事が多いものの、両親には絶対服従を示しているのだ。

その母から言われれば、姉がエンゲルブレクトと過ごす邪魔はしないだろう。我ながらせこい手だとは思うが、残念ながら自分の力ではニクラウスを排除出来ない。あの弟はあらゆる面で、姉を追い越すスペックの持ち主なのだ。

『あの子が何を考えてそんな行動に出ているかはわかるけどね。まあ、いいでしょう。ニクラウスを呼んでいらっしゃい』

「ありがとう! お母さん!」

アンネゲルトは飛び跳ねたくなる気持ちを抑えて、携帯端末でニクラウスを呼び出した。通信室に来た弟は、苦虫を噛みつぶしたような表情をしている。何故ここに呼び出されたのか、わかっている様子だ。

弟へのお説教は二人だけで行うからという母の言葉で、アンネゲルトは通信室を後にする。その際に、奈々からヴィンフリートと、もう一人の幼い従兄弟《いとこ》マリウスの近況を教えてもらった。

『ヴィンフリートとマリウスが乗った船は、順調に帝国領へ入ったそうよ。もうじき帝都に帰ってくるわ』

「そう……良かった。あ、マリウスが戻ったら、元気にしているか私が気にしていたって伝えておいて」

『あら、マリウスだけでいいの？』

「いいの！」

ヴィンフリートにはまだ少し恨みが残っているので、伝言を頼む気になれない。スイーオネースに滞在中、彼が何かとエンゲルブレクトを連れ出していた事は記憶に新しいのだ。

母のお説教はすぐに効果を現し、その日のうちにニクラウスによる妨害じみた行動はなくなった。おかげで夕食時には久しぶりにエンゲルブレクトと食卓を囲んだけれど、離れた席にいるニクラウスは苦い表情でこちらを見ていたらしい。何はともあれ、母に感謝するアンネゲルトだった。

その報《しら》せを受け取った時、アンネゲルトは船内の温水プールで泳いでいる最中だった。運動不足にならないように、普段から船内の運動系の施設をローテーションで使っているのだ。

「王太子の意識が戻った？」

「はい。会話も可能だそうです」

ティルラの言葉に、アンネゲルトはとうとう来たかと覚悟を決めた。

今回の東域外遊には、ルードヴィグも同行している。と言っても、意識のない状態だった彼を、本人に無断で船に乗せていたのだが。

ルードヴィグはとある薬を盛られていた影響で、しばらく意識が混濁《こんだく》した状態だった。医師の見立てでは、少量を長期間にわたって摂取していたのではないかという事だ。

薬は昨今、スイーオネース社交界で問題になっていたもので、国王アルベルトが取り締まりを強化すると決めた矢先に事件が起こり、王太子の状態が露見している。

事件当日、国王主催の王宮舞踏会の控え室にいたアンネゲルトを、いきなり入室してきたルードヴィグが襲った。その場にはアンネゲルトの他に、ヴィンフリートやニクラウス、エンゲルブレクト達もいたおかげで、すぐに取り押さえられて事なきを得たが、アンネゲルト一人だったらどうなっていたか。

直後行われた検査で例の薬の成分が検出されたため、ルードヴィグはアンネゲルトの船で治療を受ける事となり、今回の航海にそのまま連れてきた。

思わず重い溜息を吐いたアンネゲルトを、ティルラが窘《たしな》める。

「アンナ様、溜息など吐いていると、幸せが逃げてしまいますよ」

「う……わ、わかってるわよ」

着替えてルードヴィグの部屋へ行かなくてはならない。諸々の説明が必要だし、何より船の持ち主であり形式上の妻でもあるアンネゲルトが見舞わない訳にはいかなかった。本人の反応を考えると気が重いが、致し方ない。

「行きますか」

着替えを済ませ、気合を入れたアンネゲルトは一歩を踏み出す。

ルードヴィグの部屋は上の階層に設《しつら》えられている。現在彼の部屋があるフロアは閉鎖状態で、許可を受けた数人以外は出入り出来ない。

今日はそのフロアに、多くの人が集まっていた。説明役に選ばれた外交官であるユーン伯エドガー、エンゲルブレクト、彼の副官のヨーン、治療に当たった船医のメービウス、アンネゲルトの側仕えであり魔導研究の第一人者でもあるリリー、それにアンネゲルトとティルラである。

エンゲルブレクトを先頭に部屋に入ると、寝台に半身を起こしているルードヴィグと、彼の傍《かたわ》らに控えるヴェルンブローム伯爵夫人ダグニーが待っていた。彼女はアンネゲルトの王宮侍女でもある。

「目が覚められたと聞いて、参りました」

エンゲルブレクトの背後から顔を出したアンネゲルトが先に挨拶《あいさつ》をした。いつものように顔をしかめられるかと思ったが、ルードヴィグは今まで見た事もないほど穏やかな表情をしている。

「大事ない。面倒をかけたそうだな」

「いえ……」

こんなに穏やかな彼を見るのは初めてだからか、毒気を抜かれた気分だ。ルードヴィグに王宮での記憶があるかどうかはわからないものの、あの場で殴りかかられた事に対しては、文句を言っても許されると思っていたのに。何も言えない状態のアンネゲルト

には構いもせず、ルードヴィグは部屋を見回している。

「ここは、一体どこなのだ？　改修していると噂《うわさ》の離宮か？　もう出来上がったのか？」

記憶はしっかりしているらしい。そういえば、例の薬の症状に記憶の混濁《こんだく》はなかった。

それにしても、この状態で何と言えばいいのか。応答に困るアンネゲルトの背後から、救いの手が差し伸べられた。

「殿下、ご機嫌麗《うるわ》しく存じます。ユーン伯エドガーにございます」

「ああ、ユーン伯か。……何故、伯がここにいるのだ？」

「それにつきましては、これからご説明申し上げます。その前に、皆様にはご退室願った方がよろしいかと。殿下はまだ本調子ではあられないようですし」

エドガーの事前の申し出により、説明は彼に丸投げする事になっていたので、アンネゲルトもルードヴィグの部屋を出る。その際に、エドガーからこっそり「後でご報告に伺います」と告げられた。

「いいのかしら？　ユーン伯に押しつけてしまって」

本当なら、アンネゲルトが説明しなくてはならなかったのではないか。それを他人に丸投げした罪悪感から、アンネゲルトは溜息交じりに呟いた。

「問題ありません。あれは口だけは達者な人間ですから、説明など造作もないですよ」

そう言うのは、ユーン伯の友人でもあるエンゲルブレクトだ。ただ、本人曰《いわ》く「腐れ縁」だそうだが。

ルードヴィグの部屋を辞した後、アンネゲルト達は中階層のティールームに来ていた。ここでエドガーを待っているのだ。

ティールームにも大きな窓があり、外の景色がよく見える。とはいえ、彼方《かなた》に水平線があるだけの単調なものだが。

これで天気が良ければまた違うのだろうけれど、冬の北の海は曇天《どんてん》が通常らしい。重苦しい空からは、今にも白いものが落ちてきそうだ。もっとも、北国であるスイーオネースにいても、同様の空模様だったかもしれない。

「こうも暗い天気が続くと、気が滅入《めい》ってしまうわね」

アンネゲルトの言葉に、エンゲルブレクトが答える。

「そうですね。ですからスイーオネースでは、冬は家の中で過ごす時間が多くなるのです」

それもあって、部屋の中で楽しむ趣味や趣向が好まれるそうだ。そんなものなのかと納得したアンネゲルトの脳裏に、不意にある記憶が浮かんだ。

「そういえば、以前冬の山に雪が降った頃に、山裾で遊ぶって話を聞いたわ」

はて、あの話は誰から聞いたものだったか。はっきり思い出そうとしても、うまくいかない。アンネゲルトの話を聞いたエンゲルブレクトは、少し考えてから思い当たったように頷いた。

「おそらく、そり遊びの事でしょう」

「そり？　あの、子供が雪で遊ぶ？」

「それは小型のものですね。馬に引かせる大型のもので、雪の中を走らせるんですよ」

「まあ……」

日本にいた頃に犬ぞりの話を聞いた事がある。それの馬版か。とはいえ、馬の足で雪道を走るなど、出来るのだろうか。

「馬の細い足で、雪の中を走るのは大変じゃないのかしら」

「実は、そり用の特別な馬がいるんです。足が太く大きいためか、雪の中でも問題なく走れるんですよ」

道産子《どさんこ》の馬がそりを引きながら雪の中を走る光景が思い浮かんだ。本当に出来るかどうかは知らないが、アンネゲルトの想像はそこが限界だった。

「……一度、見てみたいわね」

窓から見える水平線に視線をやりながらぽつりと呟いたアンネゲルトに、エンゲルブレクトから思いがけない言葉がかけられる。

「来年でよければ、見に行きませんか？」

「え？」

視線をエンゲルブレクトへ戻すと、柔らかな笑みを浮かべた彼がそこにいた。一瞬その姿に見とれていたアンネゲルトは、反応が遅れる。

そして、彼の言葉を嬉しく思いつつも、すぐに頷けない自分に気付く。来年の冬、自分はどこで何をしているのだろう。

この東域外遊から戻ったら、王太子ルードヴィグとの婚姻を無効にする申請を出して、王太子妃ではなくなる予定だ。

懸案《けんあん》事項だった魔導特区の設立も目の前だし、離宮及び島の改造もやっと終わった。それらを放り出して帝国に帰るのは忍びないが、王太子妃という地位を失った状態でスイーオネースに留まる事は出来ない。

残ったとしても、カールシュテイン島とヒュランダル離宮、島にある建物全ての所有権はアンネゲルトにあるので生活に困りはしないけれど、さすがに無関係となった他国の皇族がいるのは良くないだろう。

一つ、問題なくスイーオネースに残る手立てはある。だがそれには、目の前でアンネゲルトからの返答を待つ男性の了承が必要なのだ。

──悩んでいても始まらない。せっかく無理を言って東域外遊についてきたんだから、この航海の時間を有効に使わなくちゃ！

改めてそう心に決めると、アンネゲルトは作り物ではない笑みを浮かべた。

「そうね、ぜひ、隊長さんと一緒に見たいわ」

そう答えた彼女の前で、一瞬驚いた表情を見せたエンゲルブレクトだが、それはすぐに深い笑みへと変わっていく。その笑顔は、アンネゲルトの鼓動を激しくするだけの威力があった。

そうして二人で時間を忘れて過ごしているところに、エドガーがやってきた。

「お待たせしました、妃殿下。殿下への説明、無事に終了しましたよ」

相変わらず愛想のいいエドガーに、アンネゲルトは申し訳なさが先に立つ。ルードヴィグの事だ、勝手に船に乗せてスイーオネースを出立した件に、文句を言ったのではないだろうか。

アンネゲルトが言われるのならば仕方ないと割り切れるが、エドガーに当たり散らしていたらと思うと心苦しい。彼はアンネゲルトの我が儘《わがまま》に巻き込まれた一人なのだから。

「殿下はお怒りではなかったかしら？」

「驚いてはいらっしゃいましたが、特にご気分を害されている様子はありません。この東域外遊の重要さを、ご理解いただけたものと自負しております」

にこやかなエドガーの言葉に、アンネゲルトは少しだけ胸をなで下ろした。とはいえ、この後、直接謝罪に出向いた方がいいだろう。東域に行って帰ってくるまでの間、同じ船で生活するのだから、しこりはなるべくなくしておくべきだ。

「ティルラ、後で殿下に訪問のお約束をしておいてほしいのだけど」

「わかりました。いつになさいますか？」

「殿下のご都合を優先してちょうだい」

「はい」

アンネゲルトの意を受けてその場を後にしたティルラの背を見送って、エンゲルブレクトが問うてきた。

「妃殿下、殿下とお話があるのですか？」

「ええ、ユーン伯から説明を受けたとはいえ、黙って連れ出した事への謝罪はしておきたいの。殿下がお許しくださるかどうかはわからないけど」

十中八九、嫌みが飛んでくるだろうとは思うが、それはアンネゲルトが甘んじて受けなくてはならないものだ。

──まあ、何を言われても耐えられるようにイメトレくらいはしておこうかなー……

少しネガティヴな思考になっているアンネゲルトだったが、続くエドガーからの爆弾発言に、後ろ向きな考えが文字通り吹き飛ばされた。

「妃殿下、もし殿下から心ない言葉をぶつけられるような事がありましたら、ここにいるエンゲルブレクトが誠心誠意お慰《なぐさ》めいたしますよ」

「ええ⁉」

「な！」

アンネゲルトと同様に、エンゲルブレクトも動揺している。そんな二人の様子に満足したらしき顔で頷いたエドガーは、「では私はこれで」と言い残して立ち去った。

残された二人は、お互い顔を見合わせてしばらく無言のままだったが、ややあってエンゲルブレクトが口を開く。

「その……もし、本当にそのような事になりましたら、私で良ければ」

続く言葉はアンネゲルトにもわかる。頬が熱くなるのを感じながら、アンネゲルトは小さい声で一言「お願いします」とだけ答えた。

アンネゲルトの訪問に関するルードヴィグからの返事は、その日のうちにティルラが持ち帰った。医師の許可さえあれば、いつでも構わないそうだ。

「向こうの様子はどうだった？」

「随分と落ち着いていらっしゃいましたよ。これまで見せていた不機嫌さは、全て薬のせいだったと言われても納得出来ますね」

ティルラの言葉に、アンネゲルトは一瞬、本当にそうなのではないかと思ってしまった。彼はアンネゲルトがスイーオネースに来てからずっと、不機嫌な顔しか見せていない。おかげで見舞いに行った時も、別人ではないのかと疑いかけたほどだ。

――不機嫌がデフォルト状態だったから、いきなり穏やかになられてもねー。信じられないっていうか。でも変に噛みつかれるよりはいいか。

たとえ違和感があったとしても、謝る必要がある以上、相手の様子が落ち着いているに越した事はない。

「船医のメービウスはいつでもいいって言っていたんでしょ？　じゃあ……明日の午後に伺いたいから連絡しておいてね」

これまでのルードヴィグは常に不機嫌だったせいで、こちらもつい身構えてしまうが、それがないだけでも大分気が楽だ。

楽観的なアンネゲルトに、ティルラがぼそりと呟いた。

「このまま、何もなくスイーオネースへ戻れるといいんですけど」

「嫌な事言うのやめてよ」

日本には言霊《ことだま》といって、言葉にするとそれが力を持って現実になるという考えがある。日本での生活がそれなりに長いティルラも、この事は知っているはずなのだが。

「そうですね……私の考えすぎだと思います。すぐにあちらに知らせておきましょう」

そう言うが早いか、ティルラは内線の受話器を取り上げると、いずこかへ通話を始めた。話の内容からして、相手はルードヴィグの側についているダグニーらしい。

「問題ないそうです。明日の十五時に面会の予定を入れました」

「ありがとう」

相変わらず仕事が早くて助かる。優秀な側仕えに感心したアンネゲルトは、先程のティルラの発言をすっかり忘れていた。


翌日、アンネゲルトは約束した十五時よりほんの少し前に、ルードヴィグの部屋に入った。

「お加減はいかがですか?」

部屋にはルードヴィグとダグニー以外は誰もいない。ティルラからの情報によると、ルードヴィグの希望であまり人を入れていないそうだ。

「大事ない。……その、世話になった」

「……いえ」

穏やかな表情で淡々と言葉を紡《つむ》ぐルードヴィグに、アンネゲルトは面食らっていた。昨日の態度はあの場だけのものではなかったらしい。

本当にこの人物が、今まで散々面倒な態度を取り続けていた王太子だろうか。

二の句が継げずにいると、ルードヴィグから話がふられた。

「何やら用があると聞いたのだが？」

「え？　あ、ああ、そうでした。まずは、殿下の意思も確認せずに外遊に連れ出しました事、お詫びいたします」

そう言うと、アンネゲルトは日本式のお辞儀をする。立場的には王太子と王太子妃は対等であるため、アンネゲルトが頭を下げてもおかしな話ではない。

だが、ルードヴィグからはいっこうに許しの言葉がなかった。

――はて、これはいつぞやの仕返し？

以前、婚礼祝賀の舞踏会場での彼の別居宣言に関し、国王他、貴族の重鎮達の前で謝罪された事がある。その時にアンネゲルトは謝罪に関わる事柄全てをなかった事とし、その見返りにカールシュテイン島とそこにある施設の所有権を、国王アルベルトよりもらったのだ。

あの時は、謝罪するルードヴィグを無視して国王アルベルトとのみ会話をしていた。そこに、これまでの態度に対する意趣返しの意味がまったくなかったとは言いづらい。

いつまで頭を下げ続ければいいのか、とアンネゲルトが悩んでいると、ダグニーが囁《ささや》くのが聞こえてきた。

「殿下、妃殿下に許すと仰《おっしゃ》ってください」

「あ、ああ……その、許す」

顔を上げたアンネゲルトの目に映ったのは、困惑顔のルードヴィグだ。何故、彼がそんな顔をしているのやら。彼の隣で、ダグニーは沈痛な表情をしている。

微妙な沈黙が部屋を占めていたが、それを破ったのはティルラの咳払いだ。

「これにて妃殿下のご用事は終わられましたが、殿下から何かご質問などはございますか？」

「質問……か……」

何やら考え込むルードヴィグを見て、アンネゲルトはまたしても驚愕《きょうがく》の思いに駆られていた。以前の彼なら、ティルラの言葉にもすぐに激高していたものだ。一体、何が彼をこうも変えたのか。それとも、一連の態度の悪さは本当に例の薬のせいだったのだろうか。

ルードヴィグの変貌ぶりに戸惑うアンネゲルトの前で、彼は微妙にアンネゲルトから視線を外しつつ聞いてきた。

「いくつか聞きたい事があるのだが……」

「私で答えられる事でしたら、何なりと」

ルードヴィグにそう言われては、アンネゲルトもこう返すしかない。何を聞かれるのかと身構えていたが、彼が尋ねてきたのは予想もしなかった件だった。

「何故、私に謝罪したのだ？」

「はあ？」

間の抜けた声を出したアンネゲルトに、斜め後ろに立つティルラから冷気の如《ごと》き気配が漂《ただよ》ってきたものの、それに構っている精神的余裕は、今の彼女にはない。

あまりの事にたっぷり二十秒は固まっていたアンネゲルトだったが、ティルラから小声で促《うなが》されてようやく正気に戻った。途端に理不尽な怒りに駆られたのも、致し方ないのではないだろうか。

「何故って、先程申したではありませんか」

「いや、内容は聞いたが、特に私に不利益になるような話ではないし――」

「それでも！　殿下が意識を失っている間に、殿下にも関係のある事を勝手に決めてしまったんですから、謝るのは当然なんです！」

取り繕《つくろ》うのも忘れたアンネゲルトは、相手が引いているのも構わず荒い語気で言い切った。

「そ……そうなの……か？」

「そうなんですよ！」

そう言った後に、この状況の馬鹿馬鹿しさに気付いたアンネゲルトは、深い溜息を吐いて額《ひたい》を押さえる。何故こんな場所で、王太子を相手に怒鳴らなくてはならないのか。自分の言葉遣いが普段とは微妙に変わっていた事に、アンネゲルト本人も気付いていない。

「その……気分を害したのなら、許せ」

精神的な疲労感を覚えていたアンネゲルトの耳に、ルードヴィグの途方に暮れたような声が届いた。寝台に起き上がっている彼の困り顔を見て、アンネゲルトはルードヴィグがまだ病《や》み上がりの身だと思い出す。

――いくらボケた発言されたからって、怒鳴る必要はなかったよね……

「……私も、言いすぎました」

「いや、そうではなく」

「いえ、やはり」

そんないつ終わるともわからない奇妙な譲り合いに終止符を打ったのは、ティルラだった。

「お二人とも、その辺りになさいませ」

にっこりと笑っている彼女の迫力に、アンネゲルトだけでなくルードヴィグも怯《おび》えて見えたのは、決して気のせいではないだろう。

「なるほど……異世界の国というのは、変わった考えを持っているのだな」

「おそらく、こちらの世界でもこうした考え方はそのうち広まるのではないでしょうか」

謝罪に来たはずのアンネゲルトは、気付けばルードヴィグの部屋でティルラ、ダグニーを加えた四人で話し込んでいた。一体何から派生したのか誰も覚えていないが、今の話題は人権についてである。

アンネゲルトの最後の一言に、ルードヴィグは懐疑的《かいぎてき》だ。

「そうだろうか。貴族達がそのような考え方を受け入れるとは思えないのだが……」

「あー……そうですねえ……。向こうでも、こうした考え方が広まったのは、専制君主制を廃止してからだったはずですし」

アンネゲルトにしても、人権についてのあれこれは学校で習った程度しか知らず、その記憶も大分あやふやだ。ティルラから漂《ただよ》う気配が剣呑《けんのん》なものになっているので、後で一から勉強させられるのではなかろうか。

これ以上ボロを出す前に、とアンネゲルトは話題の転換を図った。

「それにしても、殿下がこのような話に興味を持たれるとは思ってもみませんでした」

「そうか？　……そうだな」

何がスイッチになったのか、俯《うつむ》いて黙り込んでしまったルードヴィグに、アンネゲルトは内心「しまった」と後悔したが、もう遅い。

重くなる室内の空気に、どうしたものかと戸惑っていると、背後から救いの手が伸ばされた。

「アンナ様、そろそろお暇《いとま》いたしましょうか。殿下はまだ本復《ほんぷく》されたとは言えませんし、あまり長居をするのも……」

「そ、そうね。では殿下、私達はこれで下がらせていただきます。お大事になさってください」

「ああ」

どこか上滑りな返答が気になったが、今はこの部屋から出るのが先だ。アンネゲルトはティルラを伴《ともな》ってルードヴィグの部屋を退出した。

アンネゲルトの口から疑問がこぼれ出たのは、フロアを移動してようやく一息ついた頃だ。

「何だか、変な感じ」

「アンナ様、変というのはさすがに……ですが、随分落ち着かれた様子に見受けられました。悪い言い方をすれば覇気《はき》がなくなった感じでもありますね」

「そうよねー。というか、怒っていない王太子って、やっぱり変」

指摘されても「変」と言うのをやめないアンネゲルトに、ティルラはさじを投げたのか苦笑している。

アンネゲルトが知っているルードヴィグといえば、常に怒っている姿だけだ。だからか、今日のようにおとなしい彼には違和感しかない。

ティルラの「覇気《はき》がない」という言葉にも頷ける。特に部屋を出る直前のあれは、一体何が原因なのだろう。

「最後の方、王太子の様子がおかしかったわよね」

「そうですね……あの時の話題は人権でしたか」

「人権の話題で、あんな状態になるもの？」

あの時、王太子の中で何が起こっていたのやら。夫婦とはいえ形だけで関係の薄い相手だが、目の前であんな状態になられては気にするなという方が無理だ。

結局、ティルラと推測を重ねても正解にはたどり着けないと判断したアンネゲルトは、自分達よりルードヴィグに近くて、彼をよく知っているであろう人物に聞いてみる事にした。

「殿下のご様子がおかしかった原因……ですか？」

その日の夜に、アンネゲルトに呼び出されて問われたダグニーは困惑顔だ。それもそうだろう、いくらルードヴィグの唯一の愛人とはいえ、そこまで深く彼の事を知っているかどうかは謎だ。

――でも、知ってそうなのは彼女だけなのよねー。

船内はもちろん、スイーオネース国内でもダグニー以上にルードヴィグの側にいた者はいない。

「伯爵夫人にもお心当たりがなければ、アンナ様も諦められるでしょう。何か、思い当たる節はありませんか？」

ティルラからも重ねて問われ、ダグニーは逡巡《しゅんじゅん》していたが、やがて意を決したように顔を上げた。

「もしかしたら……殿下の乳母《うば》の事かもしれません」

「乳母《うば》？」

思いがけない返答に、アンネゲルトとティルラの声が重なる。

「私も以前は知らなかったのですが、殿下の乳母《うば》は最後の反王制派の一人だったそうです」

この話は、ルードヴィグの意識が戻ってから断片的に聞いたものなのだそうだ。彼女の話によれば、ルードヴィグの乳母《うば》は王太子である彼を反王制派の考えに染めるよう、仲間から指示されていたという。それが露見して捕縛《ほばく》され、裁判を待たずに獄中死したのだとか。

「幼かった殿下は、いきなり姿を消した彼女を探して王宮中を歩き回ったそうです。その時の怖さと心細さは今でも覚えていると、仰《おっしゃ》っていました。母よりも母だった人だとも」

まだ小さくて反王制派の何たるかもわからない子供が、圧迫感さえ与える巨大な王宮の中を、乳母《うば》を探してさまよっていた場面を思うと、居たたまれない。

ダグニーによれば、ルードヴィグの母である王妃は彼を産んだ後、一度も育児に関わろうとしなかったそうだ。王侯貴族の女性には珍しくもない話だが、全てを乳母《うば》と養育係に任せていたらしい。

——そういえば、今も王妃様ってあんまり人前に出ないよね……

王妃が表に出てこない場合、国王の愛人が社交界の中心となる国もあるが、国王アルベルトの愛人である某伯爵夫人はそうした事が苦手な女性だった。

「殿下が、乳母《うば》を務めた女性が亡くなったと知ったのは、十五歳になった頃だそうです。いつまでも彼女を探す事をやめない殿下に、ヘーグリンド侯爵が全てをお話しになったんだとか」

ヘーグリンド侯爵といえば、国王の側近の一人で老齢の人物だ。見かけからして自他に厳しいという印象を与える彼が、まだ思春期のルードヴィグに、彼の母ともいえる人物の最期を説明したのか。

——なんか、トラウマになりそう。

有能な人間は、時に他者の痛みに鈍感だ。侯爵がルードヴィグをいつまでも乳母《うば》を恋しがる子供と思って接したのなら、彼の厳しさはルードヴィグにとって毒にしかならなかったのではないか。

続いたダグニーの言葉に、アンネゲルトは自分の予感が的中した事を知った。

「詳しい内容までは聞いていませんが、侯爵の仰《おっしゃ》りようは随分情けのないものだったようです。そして、全ての指示を出したのが国王陛下だという事も知り、そこから陛下への不信感が募ったと仰《おっしゃ》っていました」

相手が反王制派では、その処遇に国王が指示を出すのは当然である。だが、ルードヴィグには慕《した》っていた乳母《うば》を父親が取り上げたのだと感じられたそうだ。

話を聞くと、今までルードヴィグに対して抱いていたイメージが覆《くつがえ》されてしまう。また、自分がいかに彼を知ろうとしなかったか、突きつけられた思いだ。

――まあ、知ろうにも相手からの拒絶がすごかったから、無駄な努力に終わっただろうけどね。

初対面からそうだったのだから、アンネゲルトに出来る事など何もない。

それでも、本当に何の努力もしないで良かったのかと悩むアンネゲルトの耳に、ティルラの問いかけが響いた。

「もしかして、アンナ様を執拗《しつよう》に退《しりぞ》けられたのは、国王陛下と貴族達が望む結婚相手だったからでしょうか？」

「え？」

「……そうかもしれません」

「ええ?」

ティルラとダグニーのやり取りに、アンネゲルトは驚きの声を上げるばかりだ。そんな中、ダグニーが言葉を続ける。

「殿下の陛下に対する態度は、お世辞にも良いものとは言えませんでした。父親に反発したいだけなのかとも思いましたが、乳母《うば》の方の件を考えますと、根は相当深かったのかと」

自分から母親以上の存在を取り上げた父親と貴族達が、今度は自分の望む相手との結婚を認めないばかりか、別の相手を連れてきたというところか。元々あった反発心に、さらに燃料が投下された訳だ。

——そりゃあ、とりつく島がないのも当然かも……?

とはいえ、そんなルードヴィグ側の事情はアンネゲルトとは無関係だし、冷遇され続けた恨みは消えはしない。もっとも、事情を聞いた今では、それも大分目減りしているが。

とりあえず、ルードヴィグの過去の話は一旦置いておく事になった。ある程度回復したものの、まだ体力に不安が残る彼は、航海の間、船医指導のもとリハビリに専念する予定である。

アンネゲルトとしては、関係の完全修復は望まないが、せめて東域にいる間くらいはビジネスパートナーとしていられるようにはなりたい。

重苦しい雰囲気を吹き飛ばす意味も込めて、アンネゲルトは努めて明るく言った。

「ダグニーは引き続き、殿下のお世話をお願いね」

「承知いたしました」

「これからユーン伯を交えて外遊の話し合いも増えると思うから、スケジュール管理の方も頼みたいの。状況が状況だったので、殿下の王宮侍女は一人も連れてきていないのよ」

何せ出航した時、ルードヴィグはまだ意識がはっきりしない状態だったのだ。それより前、治療のためにアンネゲルトの船に乗せた時も、彼の侍女や侍従は一人も連れてきていない。その辺りは国王アルベルトからの承諾をもらっている。

アンネゲルトの言葉に、ダグニーは頷くと共に懸念《けねん》を口にした。

「私はそれで構いませんが、妃殿下のお世話がおろそかになってしまいます」

「それについてはティルラもいるし、何よりマルガレータもいるから問題ないわ」

アンネゲルトは、この東域外遊に自分のもう一人の王宮侍女であるマルガレータも連れてきている。

当初の予定では、彼女の叔母《おば》であるアレリード侯爵夫人の手元に残すはずだったのだが、諸事情により同行が決まった。その事情の大半は、彼女もルードヴィグの状態を知っている事にある。

彼が薬の影響により異常行動を起こし、国王主催の王宮舞踏会で休憩中のアンネゲルトを襲った時、彼女もその場にいたのだ。

ルードヴィグが薬を盛られた事自体に箝口令《かんこうれい》が敷かれたので、実情を知るダグニー、マルガレータの両王宮侍女も秘密を守ると誓っている。

そんなマルガレータは、今は外遊の下準備としてユーン伯エドガーのもとに派遣されていた。

今回の外遊を発案したのはアンネゲルトだが、主導は外務省である。そのため、必要な情報の収集や外遊先の決定などについては、外務省の人間であり外交官のエドガーが中心になって動いているのだ。

マルガレータから毎日の行動の報告を受けているが、なかなかどうしてエドガーとうまくやっているらしい。

「マルガレータ様にも、よろしくお伝えください」

ダグニーが柔らかく微笑んで、同僚への言づてを頼んできた。

「ええ。……ああ、そうだわ。聞こうと思ってずっと忘れてしまっていたんだけど、あなたの事も無理矢理連れてきてしまったようなものよね。ご家族の方へ説明はしてあるのかしら？」

アンネゲルトの問いに、ダグニーがあからさまに動揺する。何か悪い事でも聞いてしまったのかと思ったアンネゲルトの脳裏に、ある考えが浮かんだ。

――もしかして、ダグニーも親と何らかのトラブルを抱えているの？

アンネゲルトの推測は、的を射ていたらしい。

「父は……私には関心がありません。私が両殿下のお側にあるためなら、どんな事態にも文句など言わないでしょう」

いつもの才気溢れる彼女とは違い、どこか諦めたような言い方が気にかかる。だが、さすがにプライベート、それも家族の問題に簡単に首を突っ込めるものではない。

けれども自分は味方である事だけは念押ししておきたくて、何かあればいつでも相談に乗ると告げ、その場はお開きとなった。

◆◆◆◆

ダグニーは船の中に与えられた自分の部屋にいた。まだ体力が戻っていないルードヴィグは就寝時間が早いため、夜は比較的自分の時間が持てるのである。

本当なら、この空《あ》き時間を使って王宮侍女の仕事である書類整理をこなさなくてはならないのだが、幸いにも書類は外遊まで追いかけてこなかった。

外遊はシーズンオフを利用して行われているので、社交に関する仕事もない。これならばもう一人の王宮侍女であるマルガレータや、帝国からついてきた側仕えのティルラがいれば、何も問題はないだろう。

ダグニーは溜息を吐いて椅子に腰かけた。小ぶりのライティングデスクの上には、何度目を通したかも覚えていない手紙がある。

実家であるホーカンソン男爵家から、出立直前に届けられた手紙だ。あの時期、ダグニーはルードヴィグと共に内陸にある離宮に逗留《とうりゅう》している事になっていたので、手紙はそちらに届けられていたらしい。

そこから船へ届けてもらったので、通常より手元に来るのに時間がかかった。そのため、出立前に返事を書けなかったのだ。

もっとも、あの父が自分の返事を待っていたとは思いがたい。この手紙の内容も、ただの命令だ。

『王太子、及び王太子妃の周辺を探れ。それと共に二人に取り入り、信用を得よ』

短い手紙にはそう記されていた。以前にも口頭でアンネゲルトに取り入るように言われたが、手紙で念を押された形だ。

何故父がこんな手紙を送って寄越したのか、おおよその見当はつくが、気が重い事に変わりはない。ダグニーは再び溜息を吐いた。

父であるホーカンソン男爵は東域との貿易で財を成《な》し、その功績から爵位を賜《たまわ》っている、成り上がり組と呼ばれる新興貴族だ。亡くなった母であるベック子爵令嬢アマンダ・アニトラとは、傾きかけた子爵家を立て直すための政略結婚だったと聞いている。

実家よりも爵位の低い婚家を嫌った母は、頻繁に実家に戻り、そのついでに隣接するサムエルソン伯爵領に出入りしていた。正確には、故サムエルソン伯トマスのもとへだ。子供だったダグニーには、あの二人に男女関係があったかどうかはわからない。ただ、伯爵家へ行く母は今でも嫌いだ。

それが向こうにも伝わっていたのか、母はダグニーに無関心を貫き通した。ダグニーを連れ歩いたのも、母親としての自分を見せるのが目的で、娘のためでは決してない。

母は、唯一産んだ子供が娘である事に落胆していたそうだ。それを娘本人の前で口にするほど、自分はどうでもいい存在だったらしい。

その母にとって父は金のなる木でしかなかったが、父にとっての母は生涯唯一人の女性だった。母が生きていた頃から愛人の一人も持たず、どれだけ虐《しいた》げられようとも母を慕《した》い続けていたのを覚えている。

父にとって、ダグニーの価値は「母の産んだ子供」という点だけだろう。母とは違い、本人にそれを言うような愚かな真似はしないものの、態度が雄弁に語っている。父にとって大切なのは、どこまでいっても母だけなのだ。

ダグニーは、机の上の手紙をもう一度見た。

成り上がり組である父が世襲組ばかりの保守派にいるのは、ひとえに世襲組の実家を持つ母への想い故《ゆえ》だと推測している。歪《ゆが》んだ思考だが、保守派の中で認められれば、亡くなった母にも認められたように感じるのではないか。もう随分前に亡くなった母は、死ぬまで貴族らしくあれと父に言っていたから。

父が何故そこまで母に入れ込むのか、ダグニーは未だに理解出来ないでいる。もっとも、今の自分自身の立ち位置も理解出来ないのだから、自分は元来心の機微というものに疎《うと》いのかもしれない。

ダグニーはそっと窓へ寄った。この向こうには、暗い夜の海が広がっている。ここから見える景色は全て作り物だと聞いたが、波の音も、窓を開ければ感じられる磯の香りも、全て本物と変わらない。

室内が明るいせいか、窓ガラスには自分の顔が映っていた。いつの間にこんな顔をするようになったのだろう。何かを諦めたような、酷く疲れたような、そんな顔だ。

ダグニーは軽い溜息を吐いて、寝台へと向かった。今頃、ルードヴィグも寝入っている頃だ。

正直、ルードヴィグを愛しているかと聞かれれば返答に困る。始まりは彼からだが、関係を持つようになったのは父の命令があったからだ。

それでも、側にいれば情が湧く。ダグニーは静かに目を閉じて自分の考えを整理した。

父があんな命令を送ってきたのは、あれがそのまま所属している保守派の派閥から受けた命令だからだ。では何故、派閥はアンネゲルトにも近づいて信用を得るよう言ってきたのか。以前まではルードヴィグ一人だけに絞っていたのに。一体、いつから方針転換がされたのだろう。

思い当たる時期としては、ダグニーがアンネゲルトと顔を合わせた頃だ。自分の身の回りで起こった出来事は全て手紙で書き送るよう指示されていたので、当然アンネゲルトとの件も父には知らせている。派閥には、父から報告がいったのだろう。

だが、その程度の事で派閥の方針などというものが簡単に変わるのか。

まだ何かあるとダグニーの勘は告げているけれど、それを調べるだけの時間も手段もない。王宮侍女になって、他者との会話から情報を引き出す術《すべ》をティルラから教わったものの、自分の技術はまだまだ未熟だった。

「……そんな事をして、何になるのかしらね」

つい漏《も》れ出た言葉は、父に対するダグニーの本音だ。本当は父を派閥から引き離したいが、父本人がそれを受け入れないだろう。

なのに、父を切り捨てられない自分がいる。理屈ではなく、自分でもどうにもならない感情の問題だった。

「馬鹿よね、本当に……」

家も国も、嫌いを通り越して憎悪すらしているというのに、いつまでも父にすがりついている自分には滑稽《こっけい》さすら感じる。

しばらく目を閉ざして考え込んでいたダグニーは、やがて自分の中に一つの答えを見つけ、目を開いた。裏切り者と誹《そし》られようとも、自分が進むべき道はきっとこれだけなのだ。

まだ少し未練があるが、それもいつかは消える。今はそう信じていよう。ダグニーは静かに目を閉じると、眠りへと落ちていった。

二　古いもの、新しいもの

ルードヴィグのリハビリは順調に進み、二週間も過ぎる頃には体力も大分戻った。船医のメービウスによれば、若さ故《ゆえ》の回復力だろうとの事だ。

ダグニーはそんな彼の側で献身的にサポートをしていたらしい。彼等につけた小間使いからの報告をティルラに聞く形で、アンネゲルトもその状況を把握していた。

「殿下の体力も戻られたそうですから、そろそろ船の中をご案内しておいた方がいいかと思います」

ティルラから進言を受けたのは、その報告のついでである。そういえば、ダグニーはある程度船内の事を知っているが、ルードヴィグはまったく知らないのだ。歩けるようになった以上、部屋の外にも出たいだろうし、何より狭い部屋で東域までの長い期間を過ごさせる訳にもいかない。

「そうね……いつがいいかしら？」

「今日、これからでいいのではありませんか？」

「え？　これから？」

また急な話だ。といっても、航海中のアンネゲルトに仕事はない。決まった予定といえば、体力作りのためのジム通い程度だ。

後は相手の都合にもよるが、訓練が終わったエンゲルブレクトと過ごす事も多い。ニクラウスの妨害がなくなっただけでこんなにもスムーズに事が運ぶのかと思うと、我が弟ながらとんでもない存在である。

それはともかく、今はルードヴィグの案内だ。

「じゃあ、誰か適当な人を案内役につけて――」

「あら、アンナ様が案内されるんじゃないんですか？」

「えー？　私がやるのー？」

あからさまに嫌そうな顔をしたアンネゲルトに、ティルラは苦笑した。それでも窘《たしな》めないのは、ルードヴィグが散々やらかしてきた中に帝国を侮辱《ぶじょく》する行為も多く含まれており、帝国側の人間にとって彼は厄介者だからである。

ただ、その悪感情も薬の治療を経《へ》て落ち着いた今では、大分和《やわ》らいでいるようだ。それというのも、ルードヴィグにつけた小間使い達の口から、彼に関する悪くない噂《うわさ》が船内に広まったからだという。もっとも、マイナスだったものがゼロになる程度らしいが。

ティルラからの進言を受けて、しばらく考え込んでいたアンネゲルトは一つの条件を口にした。

「じゃあ、隊長さんも一緒に行ってくれるなら、案内するわ」

ここ最近は共に過ごす時間が増えたとはいえ、四六時中彼といられる訳ではない。恋する乙女としては、好きな相手とはなるべく一緒にいたいのだ。

意外にも、ティルラはすぐに頷いてくれた。

「いいの？」

「もちろんですよ。伯爵はアンナ様の護衛隊隊長なんですから、こうした場には同席するのは当然です」

何だかキツネにつままれたような気分だが、それよりもエンゲルブレクトと一緒に過ごせる時間が増えた事が喜ばしい。すぐにティルラに頼んで、船内見学ツアーの予定を組んでもらった。

ツアーは昼食の後に行われる事になった。待ち合わせ場所のロビーに時間より少し前にアンネゲルトが到着すると、既にルードヴィグとダグニー、何故かエドガーとマルガレータもいる。

四人を遠目に見つつ、アンネゲルトはティルラに耳打ちをした。

「……どうしてユーン伯とマルガレータの二人もいるの？」

「ユーン伯はともかく、マルガレータ様にはきちんと船を案内した事がありませんでしょう？　ですから、丁度いい機会だと思ったんです」

事後報告になりました、とティルラに言われ、そういえばマルガレータには船内の施設全てを見せた事はなかったと気付く。スイーオネースにいた頃から、何度かイゾルデ館には招いていたし、離宮完成の折に船にも乗せていたので、すっかり案内が済んでいると思い込んでいたのだ。

アンネゲルト側の参加者は、アンネゲルト本人以外にティルラ、リリー、フィリップ、エンゲルブレクトの五人だった。

「お待たせしました」

ティルラの声に反応したルードヴィグは、何だかぼうっとしている。

「殿下の様子がおかしいんだけど、体調は大丈夫なの？」

アンネゲルトがこっそりダグニーに尋ねると、彼女は何だか微妙な表情を浮かべた。

「実は……部屋を出てからここまでの間、見るもの全てに驚いていらして……少しお疲れのご様子なんです」

つまり、あり得ない光景の連続で驚き疲れたというところか。特に具合が悪いのでなければいいか、と思っていると、マルガレータが挨拶《あいさつ》にやってきた。

「妃殿下、私も参加させていただけると聞き、感謝の念に堪《た》えません！」

聞けば、これまでの彼女の行動範囲は大分狭かったらしい。どうも、指定されたエリア以外に足を踏み入れてはいけないと思い込んでいたようだ。

それを聞いたアンネゲルトの方が慌てた。

「そうだったのね。きちんと案内しなかったのは悪かったわ」

「もったいないお言葉です。確認を怠《おこた》った私の責任ですのに」

このままでは謝罪合戦になりかねない。本意ではないが、マルガレータの言葉に「そう、今日は楽しんでね」と返したアンネゲルトは、とっととツアーを開始する事にした。

「アンネゲルト・リーゼロッテ号」は巨大クルーズ船をモデルにしている。船内の設備は長い航海を飽きさせないように工夫されていて、見て回るだけでも楽しめる造りになっていた。

最初に訪れたのは、ロビーから近いメインストリートである。ここには店が立ち並び、様々な品が店頭にあった。

「船の中に店があるのか⁉」

見るもの全てに驚いていたというルードヴィグは、メインストリートでもやはり驚愕《きょうがく》している。普通、船の中に店などないのだから、彼の反応は正しい。

「こちらの店は、今回の外遊に伴《ともな》い商人に開放されました。面白い品を扱う店もあるので、時間のある時にでも立ち寄ってみてください」

そう案内するのは、今回のツアーのメインコンダクターを務めるリリーだ。必要に応じて魔導に関する説明が入るので、彼女がメインとなっている。フィリップがメインにならなかった理由は、船が帝国製で彼が知らない部分が多いからだ。

このメインストリートは、外遊以前は閉鎖されていて、アンネゲルトの専属ドレスメーカーであるメリザンドが工房を構えていたのみだった。

それを、今回の外遊の際にスイーオネースの商人に開放してはどうかと発案したのはアンネゲルトである。長い航海、買い物の楽しみくらいあってもいいと考えてのものだ。行きはスイーオネースの品を持ち込み、帰りは東域で買い付けた品を載せ、そのついでに船の中で店を出せば商人達にとっても損はないと読んだのだが、結果として当たりだったらしい。

短い募集期間にもかかわらず多くの商人が応募してきたのは、時期が良かったからだろう。募集をかけた社交シーズン中の王都は、貴族を目当てに地方からも商人達が詰めかける。

　そうした商人達は利に敏《さと》く目端が利《き》くので、今回の東域外遊にビジネスチャンスを見出した。それはそうだ、行き帰りの船賃が格安になる上、船の中でも商売が出来るとなれば、誰だって話に乗りたがるというものである。

　船賃が格安なのは、外遊である以上、船舶輸送で儲《もう》ける気がなかったのと、人が増えたところで輸送コストが大幅に変わる訳ではないからだ。

　大変だったのは、応募してきた者達の素性を調べた情報部だった。連日激務だったと聞いたアンネゲルトは、ティルラに頼んで彼等に特別報酬と休暇を与えている。

　ルードヴィグは店を眺めて放心状態だ。店先に並べられているのはどれも質が良く、いずれも見劣りしない品ばかりだった。

　ツアー中の今も、船の乗組員や小間使い、護衛隊の隊員などが買い物を楽しんでいる。そのおかげか、ここには活気が溢れていた。

　明るい天井から柔らかい光が降り注ぎ、そこかしこに緑が植えられているここは、王都の小さな通りのようだ。それらの光景に、ルードヴィグの表情が変わった。

　次に一行が向かったのは船の後方にある劇場で、ここでは日替わりで芝居が上演されている。いつ何の公演があるかはプログラムに記されていた。

他にもフィットネス施設や美容関係、バーなどを見た後に、中央公園へと出る。

「船に……公園……」

もはやルードヴィグは言葉にならないようだ。その様子はさすがのアンネゲルトにも、少しやり過ぎたかと思わせるものがあった。

とはいえ、この船を造ったのは自分ではない。罪があるとしたら、帝国の皇帝である伯父《おじ》のライナーだろう。

心の中で責任転嫁をしたアンネゲルトは、改めて呆然と辺りを見回すルードヴィグに苦笑した。そういえば、護衛隊の皆も、最初に船に乗せた時には大騒ぎだったのだ。

ついその時の映像を思い出し、笑いがこぼれた。

「妃殿下……お人が悪いですよ」

「え？　あら、これは違うわよ。別に殿下を見て笑った訳ではないの」

斜め後ろからエンゲルブレクトに小声で言われ、アンネゲルトは慌てて言い訳をする。といっても、本当にルードヴィグを見て笑ったのではないのだが。

エンゲルブレクトが使ったのは日本語だ。おそらく、ルードヴィグにわからないようにという配慮だろう。それに乗って、アンネゲルトは日本語で続ける。

「でも、隊長さんには悪いかも」

「は？」

「あの人を見ていたら、護衛隊の皆が初めて船に乗った時の事を思い出したのよ」

アンネゲルトの言葉に、エンゲルブレクトはああ、と呟きながら額《ひたい》に手を当てた。彼自身、この船に初めて乗って驚かされた過去を思い出したらしい。その仕草に、アンネゲルトはさらに笑いを誘われた。

「ご勘弁ください……」

「ごめんなさいね」

そう言いつつも、アンネゲルトはクスクスと笑うのを止められない。止めようとすればするほど、かえって笑いがこみ上げてくる。

アンネゲルト達が微笑ましいやり取りをしている間にも、船内見学ツアーの案内は続いていた。

「この公園の向こうには、水を使ったショーが見られるステージがありますよ」

実は、水上ショーを演じる者達は、全員帝国から連れてきている。普段は船の乗組員として働き、必要に応じてショーのキャストに早変わりするのだ。全員魔導の素養があり、かつ異世界で水を使ったショーのレッスンを受けた者達である。

しかし、こちらの場所は現在閉鎖中だ。

「さすがにこの気温なので、屋外の施設はほとんど閉鎖しています」

風こそ強くはないが、気温の低さを実感していたメンバーは、リリーの言葉に納得していた。

屋外施設は、ここの他にはステージのすぐ脇に設置されたボルダリング施設、さらに上のデッキには二箇所のプールがあり、またバスケットコートやミニゴルフなども設置されている。

だが、デッキに上がってきたツアーメンバーの前には、閑散《かんさん》とした光景があるのみだ。

「現在屋外で開放している施設は、こちらのジップラインのみとなっています」

そう言ってリリーが指し示したのは、ワイヤーを使って空中を渡るタイプのアクティビティである。

船の最上部にワイヤーを斜めに渡し、プロテクターをつけて滑空《かっくう》するのだ。下は吹き抜けの公園になっていて、高さはビルの七階分である。

リリーが遊び方をレクチャーすると、意外にもダグニーがやりたがった。

「ぜひ、挑戦してみたいわ」

これにはルードヴィグのみならず、アンネゲルトも慌てて止める。

「駄目だ！　こんな危ないもの、絶対にやってはいけない！」

「私も今はやめた方がいいと思うの。どうしてもやりたい時は、専用の服を貸すから言ってちょうだい」

現在のダグニーの格好は、日中の外出用ドレスだ。クリノリンで広げているスカートではないものの、それでも今の格好でジップラインは色々と危険すぎる。下の公園から見上げてもあまり見えないだろうが、念には念を入れておきたい。

「そうですか……残念です……」

本当に残念そうにそう言うダグニーを見て、アンネゲルトとルードヴィグは胸をなで下ろした。

船内見学ツアーの最後は、メインダイニングをはじめとした飲食系の店舗見学だ。

「本当にここは船の中なのか……？」

ぐったりした様子でそう言うルードヴィグは、アンネゲルトの目の前で椅子にもたれかかっている。応接用に使っているこのティールームは窓が大きく取られていて、その向こうには水平線が見えていた。

「もちろん、船の中ですよ。少なくとも、海の上に浮かんでいるのはわかりますでしょう？」

景色の変化に乏《とぼ》しいため、進んでいるという実感が湧かないかもしれないが、船は帆《はん》船《せん》にあるまじき速度で進んでいる。もっとも、風力ではなく魔力でスクリューを動かして推進力としているので、帆船《はんせん》なのは見かけだけだ。

「こんな船を造り出すとは……帝国というのは何と恐ろしい……」

ルードヴィグの感想は小声だったけれど、しっかりアンネゲルトの耳に届いていた。嫌みで返そうかとも思ったが、ここは流すのが大人のやり方というものだろう。

未だぶつぶつと呟いているルードヴィグは放っておいて、アンネゲルトは自身の王宮侍女二人に感想を聞いてみた。

「船を一通り回ってみて、どうだったかしら？」

「とても素晴らしいです！　このような船に乗れるなんて、本当に光栄ですわ」

「工夫された各施設に目を引かれました。安全性のみならず、快適性も追求しているのですね」

マルガレータにもダグニーにも、今回の見学ツアーは好評だ。彼女達の輝く笑顔を見ていれば、それが心からの言葉なのだとわかる。

「航海の間は、どの施設も自由に使ってちょうだい。店では普通にスイーオネースの通貨が使えるし、場合によっては帰国してからの支払いにも応じるんですって」

店に置いてある商品や、東域で買い付けようとしている品の中には大型のものもあるそうなので、船内で売買契約だけ済ませ、商品は帰国してからそれぞれの自宅まで搬送《はんそう》してもらう契約も取り付けてあるのだ。そうした細々とした契約は、ティルラが請け負ってくれている。

アンネゲルトの言葉に喜色を浮かべたのは、ダグニーだった。

「では、あのじっぷらいん……ですか？　あれをやってみたいのですが！」

勢い込む彼女の言葉に、それまで呆然としていたルードヴィグがいきなり覚醒《かくせい》して止めに入る。

「おい！　危険だからやっては駄目だと――」

「そのような危険なものを、妃殿下がいつまでもそのままにしておかれる訳はないと思います。違いますか？」

ルードヴィグに反論したダグニーは、アンネゲルトを見て確認してきた。彼女は余程ジップラインをやってみたいのだろう。アンネゲルトはクスクスと笑いながら答えた。

「そうね。大丈夫よ、私もあれで何度も遊んだもの。使う時には一緒にやりましょう」

「はい！」

ダグニーにしては珍しい満面の笑みを見て、ルードヴィグもこれ以上反対出来ないらしい。まだ何か言いたそうな顔をしていたが、おとなしく引き下がった。

◆◆◆◆

船内での食事は、三食決められた時間帯で取るようになっていた。とはいえ、二十四時間何かしらの店舗が開いているので、えり好みをしなければいつでも腹を満たせる。

エンゲルブレクトは、夕食をメインダイニングで取る事が多い。今も、彼は副官のヨーンと共にテーブルについている。元々軍人なので規則正しい生活に慣れているというのもあるが、ここはアンネゲルトが頻繁に利用する場所でもあるからだ。

そんな彼のテーブルには、遅れてきた人物がやってきた。

「何人の顔を見て、顔をしかめているのさ。失礼だよ？　君」

到着するなり、エドガーは眉間に皺《しわ》を寄せるエンゲルブレクトに悪態を吐く。

「元からだ」

「へー、そーなんだー」

機嫌の悪い友を前にしても怯《ひる》まないエドガーは、さっさと腰を下ろして給仕係に注文をした。

混み始めたメインダイニングに、アンネゲルトの姿はない。今日の夕食は別の場所で、ルードヴィグと取る事になったらしい。呼ばれていない自分がそこに首を突っ込む訳にもいかず、普段通りにここに来た。

四人掛けのテーブルに三人で座る彼等は、エドガー以外、つまりエンゲルブレクトもヨーンも表情が暗い。

「食事の時間くらい、その顔やめてくれないかな？　おいしい料理もまずくなる」

「文句があるなら別のテーブルに行けばいいだろうが」

エンゲルブレクトにドスの利いた声で言われても、エドガーは一向に恐れる様子を見せない。昔から肝だけは太い奴だった、と今更ながらに思い知らされる。

「ふーん。そういう事言うんだ。……ヨーンの方は、さしずめザンドラ嬢に避けられている結果かな？」

「わかっているなら、聞かないでください」

エンゲルブレクトだけでなく、ヨーンも雰囲気が重い。少しでもアンネゲルトの側仕えである想い人の近くに、と思って今回の外遊に参加を決めたが、その相手にはことごとく避けられているらしい。そういえば、昼間の見学会にも彼は来ていなかった。当然、小柄な側仕えの姿もなかったが。

沈痛な表情で皿の上をつつくヨーンに、エドガーは行儀悪く組んだ手の上に顎《あご》を乗せて、今更な事を聞く。

「確認だけどさ、ヨーンは彼女のどこがそんなにいいの？」

「恋をするのに理屈が必要でしょうか？」

「……君の口から恋とか聞くと、背筋が寒くなるね」

エドガーはわざとらしく肩の辺りを両手でさすった。余程ヨーンの言葉が意外だったらしい。

では今までヨーンの行動をなんだと思っていたのか。そう問いただしたくなったが、やめておいた。下手な事を言えば、こちらに飛び火しないとも限らない。

寒そうな振りをしていたエドガーはすぐに飽きたのか、エンゲルブレクトを見てにやりと笑う。

「まあいいや。確かに理屈はいらないかもね。そうでなければ一目惚れの説明が出来ない。で？　君が暗いのは妃殿下が殿下とお食事中だからかな？」

エドガーの問いに、エンゲルブレクトは飲んでいた果実酒を噴き出しかけた。何もしていないのに、こちらに飛び火したらしい。

眉間の皺《しわ》をさらに深くして彼を見れば、エドガーはなおも続ける。

「護衛という立場があるんだからさ、食事会に割り込んでも良かったんじゃない？　もしかしたら、妃殿下も君から言い出してくれるのを待っていたかもよ？」

いきなり何をと睨《にら》みつけたが、意外にもエドガーが真剣な表情だったので、エンゲルブレクトの方が驚いてしまう。それにしても、何という事を言い出すのか。

エンゲルブレクトが護衛として割り込めなかったのは、アンネゲルトとルードヴィグが形だけとはいえ夫婦だからだ。夫との食事に護衛を連れていく妻など、どこの世界にいるというのか。

薬の影響から脱したルードヴィグは、以前とは比べものにならないほど真摯《しんし》な態度でアンネゲルトに接している。もしかしたら、この外遊の間に関係修復を考えているのかもしれない。

もしそれが成功するなら、確実視されていたルードヴィグの廃嫡は見送られ、各派閥間で騒動が起きるだろう。しかし、それが正しい姿なのだ。

まだ何も決まってはいないが、つい最悪の結果を想像してしまう。こんな事は今まで一度もなかったというのに。

どんよりとした空気を纏《まと》って俯《うつむ》くエンゲルブレクトに、エドガーは軽い溜息を吐いた。

「面倒くさいけど、仕方ないね。僕が一肌脱いであげよう」

思ってもみなかった言葉に、エンゲルブレクトは焦りを感じて顔を上げる。何をするつもりなのか。

「おい！　余計な事はするなよ」

「余計……ねえ。するべき事はするよ。これは、君でも止められないからね」

それだけ言うとエドガーは食事を始めて、後は一切口を開かなかった。


酒場は静かだった。周囲に人影はなく、ほとんど貸し切りである。そんな中、端の席を陣取っている三人のうち、二人はげんなりしていた。

食事の後、静かなところで飲まないかというエドガーの強引な誘いに、根負けした二人が連れてこられたのがここだ。自分より後から船に乗ったくせに、いつの間にこんな店を開拓していたのやら。

そのエドガーは、目の前で繰り広げられるヨーンの愚痴《ぐち》なのかのろけなのかわからない話を聞き流しながら、隣に座るエンゲルブレクトに耳打ちしてきた。

「ねえ、ヨーンのこの話、いつまで続くの？　僕、そろそろ限界なんだけど」

だからやめておけと言ったのに、とは口にせず、エンゲルブレクトは冷たい視線で答える。

「水を向けたのはお前だろうが。責任持って最後まで付き合え」

「えー……」

心底嫌そうな返事をするエドガーの前には、酒の勢いを借りて鬱憤《うっぷん》の限りをぶちまけているヨーンがいた。

「本当に……最初はどこの子供が紛れ込んだのかと思ったんですよ……」

「うん、それもう六回くらい聞いたから」

「なのに、妃殿下の護衛も務められるほどの腕前だなんて、わかる訳ないじゃないですかー？」

「ああ、うん、そうだねー」

「ちゃんと聞いてますか⁉」

「正直もう聞き飽きたよ……」

普段何かとやり込められる事の多い彼が、酔っ払った部下に翻弄《ほんろう》されている姿は笑える。グラスを傾けながら内心舌を出していたのがバレたのか、エドガーがこちらを睨《にら》みつけていた。

「エンゲルブレクト、君、今いい気味だとか思ったでしょう？」

「いや？」

「本当に？」

「ああ」

嘘は言っていない。「いい気味だ」ではなく「ざまあみろ」と思ったのだから。

エドガーは疑いの目でエンゲルブレクトを見ていたものの、一つ溜息を吐いて話題を変えた。

「まあいいや。ヨーンの事は放っておいて――」

「放っておくなんて許せませんー」

こちらの話は聞こえていない様子に見えたヨーンだったが、しっかりエドガーの言葉を聞いていたらしい。酔っ払いのくせに、とエドガーは小さく毒づき、手元のボトルからヨーンのグラスに酒を注いだ。

「いいから、ほら、もっと飲みなよ」

「いただきますー」

酔いのせいか、素直に頷いたヨーンはグラスをぐっと呷《あお》る。先程からエンゲルブレクトも同じものを飲んでいるが、結構度数が高い酒だ。あんな飲み方をしていたら、すぐにつぶれるだろう。

そう思って眺めていると、予想通りグラスの酒を飲みきったヨーンはそのまま動かなくなった。寝ているようだ。

「ったく……普段自制心が強い奴ほど、限界を超えて飲ませると厄介だよねえ……」

その元凶は誰だ、と言いたいのをぐっと堪える。

「ヨーンにはしばらく禁酒を言い渡した方がいいんじゃない？」

「少なくとも、明日は二日酔いになるだろうな」

これに懲《こ》りて、禁酒してくれればいいが。いや、酒を飲むのが悪いんじゃない、酔って絡むのが悪いのだ。

とはいえ、今夜に関しては、絡んでくださいと言わんばかりに誘ったエドガーが諸悪の根源である。

その元凶は、今度はエンゲルブレクトに矛先《ほこさき》を向けた。

「で？　君の方はどうなっているのかな？」

「……何の話だ？」

無駄だと知りつつも、嘯《うそぶ》くより他ない。自分の出自がはっきりとわかるまで、この想いには蓋をしなくてはならないのだ。

だが、そんな彼の事情をエドガーが斟酌《しんしゃく》してくれるはずもなかった。

「とぼけても無駄だよ」

「だから、何の――」

「妃殿下」

エンゲルブレクトは言葉に詰まった。彼の表情を見て、エドガーはゆっくりと唇の端を上げる。ああ、もう駄目だ。

「今夜は一緒に食事出来なくて残念だったね」

「……放っておけ」

「そういう訳にもいかないよ。ヴェルンブローム伯爵夫人がいるから大丈夫、なんて甘い事考えていると、あのルーディー坊やに足下すくわれるよ」

ルーディー坊やとは、陰で使われているルードヴィグの蔑称《べっしょう》だった。先程までは王太子殿下と呼んでいたくせに、今度は坊や呼ばわりである。実はエドガーも酔いが回っているのではないのか。

今夜の食事会の場には、アンネゲルトとルードヴィグの他に、ダグニーとティルラが同席すると聞いている。ダグニーが一緒なら問題はないかと思っていたのだが、エドガーによると考えが甘いらしい。

いや、それよりも――

「足下をすくわれるとは、どういう意味だ？」

「そのままの意味。坊やが自分の立場をはっきり自覚出来ていたら、妃殿下との仲を修復しようとするだろうね」

エドガーの指摘に、エンゲルブレクトは眉間に皺《しわ》を寄せる。つい先程、自分が考えた内容と同じだ。自分にとって不快なのは、エドガーと同じ考えに至ったからか、それとも自分達がその考えに至るほど、アンネゲルトとルードヴィグの関係性が変化して見えるからか。

考え込むエンゲルブレクトに、エドガーは言葉を続けた。

「あり得ない、なんて思っちゃ駄目だよ。それくらい坊やの立場は逼迫《ひっぱく》しているんだから。ここで妃殿下が婚姻を無効にしたら、それだけで王太子の立場を失う。そこに彼が気付いたら？」

人の気も知らないで言いたい放題のエドガーを睨《にら》む。誰があり得ないなどと思うものか、今一番の危惧《きぐ》がその件だというのに。

これまで社交界での交流を持たなかったルードヴィグは、貴族からの支持が少ない。それに加えて例の薬を盛られた一件がある。いくら箝口令《かんこうれい》を敷いたところで、情報というのはどこかから漏《も》れるものだ。

彼が今も王太子の座にいられるのは、エドガーの言う通り、アンネゲルトの存在のおかげだった。帝国との繋がりを保つためには、どうしても彼女の夫であるルードヴィグが次代の王でなくてはならない。逆に言えば、このまま婚姻無効に持ち込まれた場合、彼の廃嫡はほぼ確定だ。

ルードヴィグは、自分が置かれた状況を理解しているのだろうか。その上でアンネゲルトとの関係を修復するのだとしたら、彼は王位のために彼女を利用しようとしている事になる。それを見ている自分は、どうするべきなのか。

顔色悪く黙り込むエンゲルブレクトを眺めながら、エドガーは重い溜息を吐く。

「まあ、そうなられては困るから、色々と邪魔はさせてもらうけどね」

小さな声だったが、エンゲルブレクトの耳にもきちんと届いた。怪訝《けげん》な表情で彼を見ると、いつものにやりとした笑みを返される。

「当然だろう？　このまま坊やに王位に就かれたら、面白くも何ともないじゃないか」

その理由は何なんだと問いたい。自分の趣味嗜好《しこう》のために王位を継ぐ人間を選ぼうなど、不遜《ふそん》にもほどがある。

「王位を面白い面白くないで判断するな……まったく、人の事に首を突っ込んでいる暇があったら、自分の事をどうにかしたらどうだ？」

「僕？」

　エンゲルブレクトからの反撃など思ってもみなかったのか、エドガーは自分自身を指さしてきょとんとした。

「お前だって、実家から嫁を取れとせっつかれているんだろうが」

　エンゲルブレクトがそう言うと、エドガーは目を丸くして彼を見る。

「すごい……君にしてはよく知ってるね」

「……褒めてはいないんだよな？」

「いや、褒めてるよ。うちは、言っちゃあ何だけど家庭内の話は噂《うわさ》程度でも外には出さない家なんだ。父も母もうるさくてね。なのに知ってるなんて。君の情報収集能力も、侮《あなど》れないね」

　どうにも妙な褒め方だ。エンゲルブレクトがどうやってその話を知ったか、教えたらエドガーはどんな反応を示すのか。

　エンゲルブレクトがこの話を知った理由は、彼の母から愚痴《ぐち》をこぼされたエリクより又聞きしたというものだ。彼はエンゲルブレクトとエドガーの軍学校時代の同期で、今も付き合いのある友人である。

　外遊に出る前に、エリクと二人だけで飲む機会を作ったところ、その席でエリクがつい先日聞いた話として教えてくれた。エドガーの母親は、エンゲルブレクトとエリクを息子の親友とみなしている。

彼女がエリクにエドガーの結婚事情を語ったのは、「あなた達からも息子に結婚するよう勧めてほしい」という意味のようだ。エリクに言えば、必ずもう一人の「友」であるエンゲルブレクトの耳にも入ると読んでいるのだから、親子揃って計算高い事この上ない。

もっとも、親ですら翻意《ほんい》させられないものを自分達にどうこう出来るはずがないと、彼の母は気付かないのか、気付いていても知らない振りをしているのか。息子を見るに、どうにも後者な気がしてならなかった。

無駄と思いつつも、話を逸らす目的もあってエンゲルブレクトはエドガーを説得する。

「家の事を考えるなら、私の話より自分の事を――」

「そういう訳にはいかないよ」

「何？」

いやにはっきりと言い切ったエドガーに、エンゲルブレクトは訝《いぶか》しむ。彼とは付き合いが長いし、表も裏もよく知っている。そういう意味では、彼の母の「親友」という認識は、間違っていないのかもしれない。

エドガーは、真摯《しんし》な表情でエンゲルブレクトと対峙している。酒の席にある彼には考えられない事だ。

「君と妃殿下の事は、侯爵閣下も気にしていらっしゃる事だからね」

エドガーの言う侯爵とは、彼の元上司であり、革新派の実力者でもあるアレリード侯爵である。

「どういう――」

意味だ、と続けようとしたが、言葉が出なかった。もしかして、侯爵は帝国皇太子と同じ事を考えているのではないだろうか。

エンゲルブレクトの容姿が国王アルベルトの叔父《おじ》に似ているのは、社交界では有名な話だ。当然、侯爵も知っている。帝国の皇太子より先に、その考えに至ったところでおかしくはない。

だが、それだけで自分をアンネゲルトの再婚相手に、と目論《もくろ》むものなのか。

「……侯爵は何を考えていらっしゃるのか」

「大体察しはついているんじゃないの？」

「つくからわからないんだ」

アルベルトの叔父《おじ》、グスタヴソン侯爵フーゴ・ヨハンネスは生涯妻帯しなかった。もし彼が実父だったとしても、エンゲルブレクトは庶子という事になり継承権は与えられない。

そんな男を、帝国との繋がりにおいて重要な姫の相手として、あの侯爵が選ぶとは。

それぐらいなら、王位継承の有力候補と見られているハルハーゲン公爵と裏で手を組む、と言われる方がまだ理解出来る。納得は出来ないが。

考え込むエンゲルブレクトに、エドガーが軽い声をかけてくる。

「あんまり難しく考えない方がいいんじゃないかな?」

「そういう訳にいくか」

「ふーん」

それだけ言うと、エドガーは立ち上がった。

「じゃあ、僕はこれで」

いきなり帰ると言い出したエドガーを、エンゲルブレクトはぽかんと見上げる。彼等の前にはソファにもたれて熟睡中のヨーンがいた。

「おい、グルブランソンはどうするんだ?」

彼の身長はエンゲルブレクトよりも高い。まさか、これを一人で部屋まで担いでいけと言うのか。

だが、エドガーからの返答は容赦がなかった。

「放っておけばいいんじゃない？　一応上官である君の前で、酒に酔って寝るなんて失態を犯したんだものね。ちょっとした罰だと思っておけばいいよ」

エドガーの言には一理ある。いくら気の置けない仲とはいえ、エンゲルブレクトとヨーンは上官と部下という間柄だ。

だが、ここまで酔わせたのはエドガーではないか。だというのに、張本人はしれっとしているのがどうにも納得いかない。

エドガーをじとりと睨《にら》むエンゲルブレクトに、彼はひょいと肩をすくめる。

「どうしても担いでいきたい、って言うのなら止めないけど。大変だと思うよ。ヨーンはでかいし重いし」

「手伝おうとは思わないんだな？」

「当たり前じゃない。僕は頭脳派だよ？」

そう言うと、本当にエドガーはその場を立ち去ってしまった。

◆◆◆◆

船内見学ツアーの後、アンネゲルトとルードヴィグの関係に変化があった。二人は外遊先の国を学ぶという名目で、エドガーを教師に授業を受けているが、その教室として使用している会議室でも、暇があれば話し込んでいる。

参加者はアンネゲルト、ルードヴィグの他にアンネゲルトの王宮侍女であるマルガレータとダグニー、アンネゲルトの側仕えのティルラだ。また護衛をする以上、知識は必要というエドガーの判断によって、エンゲルブレクトとヨーンも強制的に参加させられている。

ザンドラもいるのだが、彼女は部屋の端でエドガーの手伝いをしていた。提示する資料や配付するプリントなどを用意したり配ったりするのが彼女の役目らしい。アンネゲルトとしてはそんな事で人の手を煩《わずら》わせるのはどうかと思ったが、ティルラが許可しているので何も言わないでいる。

今日も授業開始前に、アンネゲルトはルードヴィグから話しかけられた。内容は、いつもと同様に帝国の技術に関する質問だ。

「では、この船の推進力にも魔力が使われていると？」

「そうですよ。詳しい事はリリーから説明を受けてください」

「彼女か……」

どうも、ルードヴィグは既に何度かリリーに質問をしていたらしい。その度に長々と講釈をされるので今ではすっかり苦手になっているという。

「アンネゲルト・リーゼロッテ号」に使われている技術の大半は、リリーの実家であるリリエンタール男爵が考案したものだ。男爵は異世界から持ち込んだ既存の技術を改良するだけでなく、そこからヒントを得て新しい技術を開発する事にも成功している。

なので、船の技術に関してはリリーに聞くのが一番なのだ。もっとも、彼女はすぐに専門的な話を始めてしまうので、通訳としてフィリップが必要になるのが問題だけれど。

今日はエドガーが遅れていて、授業開始の時間になってもまだ来ない。おかげで短い間にアンネゲルト達の話題は二転三転し、今は技術のもたらすメリットデメリットについて話していた。

「確かにいい面もあるだろう。だが、急激な変化に国民がついていけるのか？」

「人は思っているより柔軟ですよ。技術が古いところから新しいところへは、割と簡単に行けるものです。逆は難しいですけど」

人は便利なものには早く慣れる。だが便利さを知った人は、不便な生活には戻りたがらない。

全て人力で行っていた労働を、機械で代行すれば時間短縮になるし、何より労力を減らす事が出来る。つまり、その分の生産性を上げられるのだ。

デメリットとしては、生産性を追い求めすぎると労働者が過労になる危険があるところか。それを今ルードヴィグに話したところで理解出来ないだろうから、アンネゲルトは別のたとえ話を持ち出した。

「殿下は洗濯にどれだけの労力を使うか、ご存知ですか?」

「洗濯? いや……知らないが……」

「とても重労働なんです。それを女の人達は、家庭で毎日やっているんですよ。もし機械がやってくれたら、便利だなあ、助かるなあと思いませんか?」

洗濯を持ち出したのは、身近な家事労働だからだ。大がかりな工場や農場などをここで実際に比較する事は出来ないが、洗濯程度ならばいくらでも説明出来る。

力説するアンネゲルトに、ルードヴィグは圧《お》され気味だ。こんな光景も、以前では考えられなかっただろう。

「洗濯そのものをした事がないのだから、わかる訳がない」

腰が引けた状態でそう言うルードヴィグに、アンネゲルトはしてやったりと笑う。彼女が狙っていたのは、まさしくその一言なのだ。

「ではやってみましょう!」

「は!?」

「何事も経験は大事ですよ。この授業の後に、体験してみましょう！　他にも体験してみたい方は仰《おつしや》って」

その言葉通り、アンネゲルトは授業終了後にルードヴィグを引っ張っていく。意外にも、この体験会にはマルガレータやダグニー、エドガーも参加してきた。

エンゲルブレクトは護衛として、ヨーンも体験会の手伝いをザンドラが務めるという事でついてきている。

いきなり洗い場や洗濯場にこのメンバーが顔を出しては迷惑かとも思ったが、その辺りの調整はティルラがぬかりなくやってくれていた。おかげでアンネゲルトは何も心配せず、目の前の事に集中出来るのだからありがたい。

体験会は洗濯から始まって、皿洗い、掃除、果ては重さを調節した荷物を持って階段を十五階分上《のぼ》って下るという、何の意味があるのかわからない事にまで及んだ。

そして、従来通りの方法で労働をした後は、魔導技術を使った機械で同じ労働を行い、いかに手間が省《はぶ》けるか――労働力を減らせるかを体験させたのだ。

「このように、どの労働も大変だとおわかりいただけたかと思います。だからこそ技術を使って手間を省《はぶ》き、労力を減らす事に意味があるのです」

「だが、それでは人は怠惰《たいだ》になるばかりではないのか？」

「いいえ、労働の手間を省《はぶ》いた結果出来る時間を余暇とし、その時間を自己を磨く事に使えばいいのです」

「自己を磨く?」

ルードヴィグだけでなく、他の参加者も首を傾げている。異世界では、余暇や自己投資といった考えがないらしい。

「例えばですが、勉強をしてこれからの仕事に役立ちそうな資格を取る、仕事で使える技術の習得に当てる、女性なら肌の手入れや髪の手入れに時間を割《さ》いてもいいんじゃないかしら」

本を読んで見識を広げるもよし、人と接してコミュニケーション能力を向上させるもよし、いくらでもやりようはある。アンネゲルトが説明し終わる頃には、皆の考え方も大分変わってきた様子だった。

それにしても、これまで体験してみたどの労働もおよそ王族、しかも王太子がやる事ではない。それでも、ルードヴィグは文句一つ言わずに取り組んだ。

しかも数回体験しただけで、彼は技術に対する偏見をなくしている。

新しい技術がどういうものなのか、それを導入する事で何が得られるのか。ルードヴィグは短時間のうちに、それらを正確に理解した。

たし。

――地の力は確かにある人なんだろうなー。帝国では出来のいい王太子って話だっ

若いからこその柔軟性もあるのかもしれないが、やはり素地がなくてはこうはならない。返す返すも、何故最初からこう出来なかったのかと悔《く》やまれる。

体験会と並行して、外遊用の授業も怠《おこた》りなく進められている。教師役のエドガーは意外に教えるのがうまく、今のところ脱落者は一人もいなかった。もっとも、ここで脱落するような者は、この船に乗ることすら出来なかっただろうが。

「以上がスオメンの特産品です。この国は東域でも北に位置し、我が国と気候が似たところがあります。国民の気質的には、情に厚く律儀な面が強いですね。仲間意識を持ってもらえれば、交渉事も捗《はかど》ります。逆に言うと、そうでない場合はどのような手を使ってもうまくいかないという事でもあるので、気を付けてください」

スオメンは北回り航路の玄関口に当たる国でもある。この国から大河を遡《さかのぼ》っていくと、最終目的地のウラージェンに着く。

隣接する国同士だが、スオメンとウラージェンは大分様子が違うらしい。エドガーはその辺りを重点的に説明している。

「どちらの国でも絶対にやってはいけない事と、スオメンでは駄目でもウラージェンでは大丈夫、またはその逆の事がいくつかあるので、それらは絶対に覚えてください」

スオメンとウラージェンでは同じ宗教を信仰しているが、宗派が違うのだそうだ。その関係で、こうしたややこしい状況が発生しているのだとか。

——カトリックとプロテスタント、もしくは浄土宗と浄土真宗くらいの差かな？

アンネゲルトは宗教に詳しくないので、その程度の知識しか出てこない。さすがにエドガーも宗教についての突っ込んだ説明まではせずに、禁止されている内容を説明するだけだった。

「ウラージェンは宝飾品が有名です。加工技術が優れているので、貴金属を買い付ける商人も多いですよ」

東域の細工は、西域とは違うデザインで人気が高い。特にウラージェン製は繊細なデザインのものが多く、スイーオネースの貴婦人にも好まれている。

その他にも酒や銀器、ガラス製品も高値で取引される特産品なのだそうだ。

「特産品の話はわかった。だが、それらを我々が知ってどうなると言うんだ？」

ルードヴィグからの質問に、エドガーは嫌みなほどにっこりと笑った。

「相手の国が最も売り込みたいと思っている商品を知っておくのは大事な事ですよ。それだけ相手の国を理解しようとしていると思わせられますし、何よりそうした品の話題を会話に盛り込めば、相手の警戒心が薄れます。何せ向こうはこちらにたくさん売りたいんですから」

つまり、これらをとっかかりにして話を進めていけば楽だよ、と教えてくれている訳か。話を聞いたルードヴィグも、納得したように頷いている。

「とまあ、ここまでは男性向けの話です。女性向けの方なんですが……」

さすがのエドガーも、言いにくそうだ。彼自身が話をするのならいくらでも相手を丸め込めるが、他者にその真似が出来るとも思えないし、その方法をマニュアル化出来るとも思っていないのだろう。

また、女性にも先程と同様のとっかかりが使えるかというと、まったく無駄ではないものの、いささか弱いというのがエドガーの意見だそうだ。

だが、これにはアンネゲルトに考えがある。

「その辺りは何とかなると思うわ」

「本当ですか？」

「ええ」

土地が違っていても、女性の関心事は基本的に変わらない。そういう意味で、アンネゲルトには強力な切り札がある。

「この船には、メリザンドがいるもの」

アンネゲルトの専属ドレスメーカーである彼女は、今も工房として使っている店舗で新作――東域のエッセンスを取り入れたドレスを制作中だ。実は外遊にあたり、東域のドレスを入手してあったのだが、随分と野暮《やぼ》ったい印象を受けるデザインだった。

そのドレス自体二年前のものなので流行遅れという可能性もあるけれど、こちらの世界では日本のように毎年流行のデザインが変わる訳ではない。

そんな東域でもしメリザンドの新作が受け入れられれば、最高の話題になるだろう。

――それ以外にも、美容法とか天然素材の化粧品とか色々あるしね。

西域では近年白粉《おしろい》をつけすぎない化粧が流行だが、東域ではどうなのか。さすがに帝国情報部も東域までは手を広げていないとかで、情報が入ってきていない。全ては向こうに到着してからのぶっつけ本番だ。

その後も授業は続き、午後はいつもの体験会を開いて、三時のお茶の時間を過ごして解散というのが、ここしばらくのスケジュールだった。

今日は体験会がなくこの後の予定もないので、そのまま私室に戻ろうとしたアンネゲルトの背中に声がかかる。エドガーだ。

「何か用かしら？」

「ええ、少し伺いたい事がありまして」

何を聞きたいのだろうと先を促《うなが》すと、エドガーは真剣な表情になった。

「妃殿下、前例のない事をしようとする者を、愚かとお思いになりますか？」

奇妙な問いだ。普段の彼なら、これが次の話題の接《つ》ぎ穂《ほ》になるのだろうが、これは多分違う。

正直、この問いの正解がわからない。とはいえ、聞かれた事を額面通りに受け取るなら、答えは決まっていた。

「思いません。なければ作ればいいのよ。前例って、そういうものでしょう？」

そんなものに縛られていては、新しい事など始められない。それに、前例がある以上、例のない事をやった誰かが前にいるという証《あかし》でもある。

アンネゲルトの答えは、エドガーのお気に召した様子だ。彼はにっこり笑って肯定する。

「そうですね。僕もそう思います。むしろ、前例のない事をやって初の事例を作る、それを目標にしたいですね」

「その内容が、人々のためになるものであるように祈っているわ」

アンネゲルトの言葉にはっきりとは答えず、エドガーは一礼してその場を去った。

◆◆◆◆

夜更けの「アンネゲルト・リーゼロッテ号」下層部に、轟音《ごうおん》が轟《とどろ》いた。その場にいる護衛隊隊員達は、音——銃声の大きさと目の前の光景に唖然《あぜん》としている。

「これが……」

唸《うな》るように声を絞り出したのは、護衛隊隊長のエンゲルブレクトだ。彼の前で銃の試射を行ったのはティルラである。的は視覚的にわかりやすくするため果物だが、離れた位置にあるそれは着弾した途端破裂して、原形を留めていない。

「このように、実弾も魔導弾と同じく殺傷能力が高いですが、反動が大きいので注意する必要があります。跳ね上がる力がかかりますから、その辺りを計算に入れて狙ってください」

そう言って、ティルラは撃ち終わったばかりの拳銃をエンゲルブレクトに渡した。銃身は熱を持っているので、グリップを持つよう指示される。

自分の手より少し大きい程度だというのに、ずしりとした重みを感じた。この小ささで、あの離れた的を破壊するだけの力を持つとは。彼の手の中で、拳銃は鈍い光を放っ

ている。

今回の外遊に際し、エンゲルブレクトはティルラからある提案を持ちかけられていた。

「見た事のない強力な武器を試してみませんか」というものだ。

これには、帝国皇太子ヴィンフリートと、アンネゲルトの弟ニクラウスも絡んでいる。彼等の勧めもあって、ティルラの提案に乗ったのだ。

最初はイゾルデ館で行われた座学だった。参加者はエンゲルブレクトが厳選した護衛隊隊員達である。講師役はティルラに加え、帝国の護衛艦から数人が派遣されていた。

図で示された銃の各名称、どのような動きをするか、その威力、どうやってそれだけの力を作り出しているかなどを、十日以上かけて叩き込まれている。

座学の最終日には、ばらばらにされた銃を一から組み立てる試験が行われた。全員何とか合格出来たが、もう少し早く組み立てられるようにしなければならないと注意を受けている。

外遊に出立してからは、こうして深夜の時間帯に船の下層に作られた訓練場で射撃の訓練を行っていた。昨日までは魔力を使った反動の小さい銃だったけれど、今日のこれは実弾と呼ばれるものであり、火薬を使って弾を飛ばすので、より反動が大きいのだとか。

習うより慣れろ、とばかりに射撃ブースに押し込められたエンゲルブレクトは、これまで通り的を狙って引き金を引く。その途端、昨日までの訓練では感じられなかった強い反動が腕に伝わってきた。

この小さな銃のどこからそんな力が出てきたのかが不思議でたまらない。座学で説明はされたが、聞くのと体感するのでは大違いだ。

その違いを知りたくて、銃口を覗き込もうとしたところ背後から殴られた。驚いて振り返る間もなく、ティルラの叱責が飛んだ。

「安全装置もかけずに銃口を覗く馬鹿がありますか！　死にたいんですか⁉」

そのあまりの剣幕に、怒られたエンゲルブレクトだけでなく、周囲の隊員達もぎょっとしてこちらを見ているのがわかる。先程まで射撃の轟音《ごうおん》が響いていた訓練場が、にわかに静かになった。

「いい機会ですから全員に言っておきます。銃口は決して覗き込むものではありません。そうする場合は、弾倉を抜いて実弾を全て本体から取り出してからにするように。暴発事故はいつどこで起こるかわからないのですから」

抑えた声のせいで、かえって迫力が増している。ぎろりと睨《にら》まれれば、エンゲルブレクト達は頷くしかない。

その日の訓練でどれだけの実弾を撃ったか覚えてはいないが、結果は散々な代物だった。的には、狙った場所に空《あ》いた穴が一つもなかったのだ。

「先は長そうですね」

各人の結果を確認していたティルラが、エンゲルブレクトの的を見てそう漏《も》らす。確かにこの結果では反論は出来ない。剣同様に自在に扱えるようになるには、どれだけ時間がかかる事か。

軽く落ち込むエンゲルブレクトに、ティルラからの提案があった。

「これからも時間を作って射撃訓練を続けてください。この訓練場は護衛隊の方々に開放しますので、好きに使ってもらって構いません。ただし、アンナ様にはくれぐれも内密に」

「わかった。感謝する」

元々荒事に貴婦人を近づけるものではないとエンゲルブレクトは思っているので、言われるまでもない。

「それと、今日はこちらで後始末をしますが、次からは使ったら薬莢《やっきょう》……こういう形状のものです。これと、的の向こうにある弾丸の残骸《ざんがい》を集めておいてください」

「そんなものを集めてどうするんだ?」

「リサイクルです。これらを使って、もう一度弾丸を作るんですよ」

耳慣れない言葉を使ったティルラは、にこやかに挨拶《あいさつ》をすると側にいた護衛艦の人員に指示を出した。弾丸とは、こうした残骸からもう一度作る事が出来るらしい。

——使い捨てではないのだな……

飛ばした矢を拾って、鏃《やじり》を外し再び矢にするようなものか。そのまま帝国側だけにやらせるのもしのびないので、護衛隊隊員に号令を出して全員で薬莢《やっきょう》を拾い、訓練場を掃除した。

◆◆◆◆

北回り航路も半分を過ぎた頃、「アンネゲルト・リーゼロッテ号」のブリッジに突如、警戒警報が鳴り響いた。にわかに緊張する乗組員達の耳に、担当者の冷静な声が入る。

「船影発見。十時の方向です」

この報告に、ツィルヒャー船長が問いただした。

「どこの旗を掲《かか》げている？」

「特にないようです」

「海賊か？」

国旗を掲《かか》げずに航海する正規の船などない。この船も、表の帆船《はんせん》部分にスイーオネースの国旗と王家の紋章を染め抜いた旗が掲《かか》げられていた。これにより、スイーオネースの王族が乗る船だと周囲に知らしめている。

この北回り航路にも海賊と呼ばれる連中がいるのは、情報として上がってきていた。とはいえ、彼等の活動期間は夏が本番のはずなのだが。

「時期外れにまで働くとは、勤勉な海賊どもだな」

「案外、時期に獲物に逃げられまくった間抜けな連中が、年越しのために出張らざるを得ないだけかもしれませんよ」

船長の呟きを混ぜっ返した副船長の言葉に、ブリッジが笑いに占領される。彼等にここまで余裕があるのは、最新設備を搭載《とうさい》した護衛艦が周囲を固めているからだ。護衛艦が掲《かか》げる旗は帝国の国旗と帝室の紋章、それに加え帝国海軍のものもある。南回り航路の海賊には「海の悪魔」と恐れられる組み合わせだった。

ツィルヒャー船長は顎《あご》ひげに手を当てて、画面に映し出された情報を眺めている。そこにはレーダーで察知した相手の船の位置情報が表示されていた。

「数は六隻《せき》か……近づいてくる様子はあるか？」

「今のところはありません」

船長の言葉に、担当乗組員からのはきはきとした答えが返ってくる。彼等は全員民間人からの登用だが、訓練の一環として帝国海軍で研修を受けた身だ。海賊対策もしっかりと叩き込まれている。

こちらと一定の距離を保ったまま移動している船影に、船長は唸《うな》った。

「様子見か？　現在表の甲板《かんぱん》に出ている者はいるか？」

「いません」

ここで言う「表の甲板《かんぱん》」とは、外側の帆船《はんせん》の甲板《かんぱん》を指す。通常、帆船《はんせん》は多くの人手を必要とするため、甲板《かんぱん》には常時人員がいるものだ。それが無人で航行しているとなると、端から見れば不気味に映る。

それもあって、港に入る際には偽装を兼ねて人を出し、帆を畳ませたりしていた。無人の甲板《かんぱん》は、向こうの船からも見えているだろうか。

「いっそこれで逃げてくれれば楽なんだがなあ」

ツィルヒャー船長は、にやりと人の悪い笑みを浮かべた。そのまま画面を見ていると、六隻《せき》あった船影は一つまた一つと画面から消えていく。レーダー有効範囲から遠ざかったのだ。船長の読み通り、こちらを不気味な船と認識して去っていったに違いない。

海の男は迷信深いものだ。彼等にとって幽霊は身近な存在であり、かつ不可解な出来事は全て海の悪魔の仕業だったり神の怒りだったりする。

とはいえ、海の男全員がそうだとは限らなかった。

「船影発見！　こちらに近づいてきています！　二時の方向、数は八！」

先程の六隻《せき》の船影が消えてから、一時間経ったか経たないかだというのに、もう次が来たらしい。

船長は担当乗組員に確認した。

「進路は？」

「まっすぐこちらに向かってくるようです。旗は見当たりませ……いえ、海賊旗が上がりました！」

帆船《はんせん》のメインマスト上部には、全方向のカメラが備え付けられている。望遠で撮影した映像に、海賊旗が映っていた。

「よし。護衛船団のエーレ団長に連絡！　以降は護衛船団の指揮下に入る」

「はい！」

船で航行中に敵に襲撃された時は、船団の指揮権は船長から護衛船団のエーレ団長に移る。各護衛艦との通信が開かれ、準備は完了した。

『相手はこちらでも把握した。海賊とはな。ゴミは出るが、余所《よそ》に被害が及ぶ前に鬱陶《うっとう》しい連中は掃除しておくか。そちらは速度そのまま、進路も変更せずに』

「了解です」

通信から聞こえてきたエーレ団長の指示に、ツィルヒャー船長は敬礼と共に了承を返す。このブリッジで、彼だけが海軍経験者なのだ。

一方、護衛船団のエーレ団長は変わった経歴の持ち主だった。現在は帝国皇帝の近衛《このえ》連隊に所属しているが、それ以前は海軍から陸軍、そこから近衛《このえ》に入っている。通常、海軍に入ったら一生海軍所属になるのだが、何故か彼は違った。

その経歴もあり、護衛船団の団長に抜擢《ばってき》されたのだと聞いている。ツィルヒャーが船長を務める船の持ち主、アンネゲルトと個人的に交流があるという面も考慮されたのだろうが、陸海どちらの軍も知っているというのは大きい。

『魚雷用意。射程圏内に入った時点で各船影に向かって発射。一発ずつで十分だろう』

この海域に出る海賊なら、船の仕様は西域のものだ。西域では火薬が開発されていないため、銃火器は発明されていなかった。従って、敵の船に大砲が積まれている可能性はないと見ていい。

また、敵に魔導士がいたとしても、この距離では術式の射程外だ。通常の海賊の手段としては、船を接舷《せつげん》させてからの白兵戦が主である。速度を上げてこちらに近づこうとしているのを見るに、敵の狙いはこれだ。もっとも、こちらの船の速度なら余裕で振り切れるのだが。

エーレ団長の言う通り、海賊をこのまま野放しにしておけば、別の船が被害にあいかねない。つぶせる手段があるのだから、ここでつぶしておくべきという団長の判断は正しいのだ。

護衛艦から発射された八発の魚雷は、相手の船に気付かれる事もなく命中した。次々に爆発して沈んでいく船が、画面上でも確認出来る。

かくして、アンネゲルト達が気付く前に襲撃者達は海の藻屑《もくず》と消え去った。

ちなみに、海賊船の船影は画像処理が施《ほどこ》されて、船の内部からは見えないようになっている。アンネゲルトや他の者達は、海賊船の存在すら知らずに航海を続けていた。

◆◆◆◆

「隊長、最近席を外す事が多くて困ります」

そうエンゲルブレクトに苦情を言ったのは、彼の副官であるヨーンだった。今はエンゲルブレクトの部屋で、エドガーを交えて男だけの部屋飲みである。

ヨーンの指摘に、エンゲルブレクトは首を傾げた。そこまで離席しているつもりはないのだが、自覚がなかっただけだろうか。

「そんなに外していたか？　しかし、用があるなら船内放送で呼び出せばいいだろう？」

船の中なら簡単に連絡出来る手段があるのだ、使わない手はない。リリーが開発した装置のおかげで、携帯通信端末が船やイゾルデ館からかなり離れた場所でも使えるようになった。また、今では護衛隊隊員も全員貸与《たいよ》された携帯端末を持っている。

それだけでなく、船内なら各部屋に内線通話が出来る装置があるし、居場所がわからなければ船内放送で呼び出せばいいのだ。だというのに、こんな文句を言ってくるとは。

奇妙に思っていると、隣から含み笑いが聞こえてきた。

「ヨーンのは、ただのひがみだから気にする事ないよ」

笑いの主はエドガーだ。彼は船に乗って以来、暇が出来るとエンゲルブレクトのところに顔を出している。特に夕食後は、頻繁にこの部屋に来て酒を飲んでいた。

それにしても、今のエドガーの言葉はおかしくなかったか。

「ひがみ？」

「そう。自分はザンドラ嬢との仲が進展しないから、幸せ一杯のエンゲルブレクトがうらやましいんだよ」

思わずヨーンの顔を見るも、彼は無言のままだ。反論しないという事は、図星だったらしい。

幸せ一杯というのは、アンネゲルトと過ごす時間が増えている事についてなのだろう。確かに外遊に出る前は忙しかったのと、国賓《こくひん》である帝国皇太子に同行する時間が多く、彼女と共にある機会が少なかった。

あの頃に比べると、今は幸福な時を過ごしている。とはいえ、まさか自分の副官にひがまれるとは。

エンゲルブレクトは盛大に溜息を吐いた。

「お前がそういう性格だとは、知らなかったよ」

「隊長だけ、ずるいですよ。私はこんなにも苦労しているというのに……」

「……私だって何の苦労もない訳ではないんだぞ」

少し前まではアンネゲルトの弟のニクラウスも同席して、無言の圧力をかけてきていたのだ。今は彼の姿自体あまり見かけないし、アンネゲルトと過ごす場にいても、ティルラと共に離れた場所に移動する事が多い。

ニクラウスは、帝国皇太子と共に自分をアンネゲルトの再婚相手に推《お》している人物だ。とはいえ、アンネゲルト本人が了承しなければ流れる話だと、嬉しそうに語った姿は忘れられない。

何より、自分とアンネゲルトとの間にある障害の大きさを考えれば、ヨーンの方が余程恵まれているではないか。相手は独身で、しかもヨーンの家よりも位が下とはいえ貴族の家柄だ。王太子妃であるアンネゲルトの側仕えでもあるのだから、結婚相手として何の問題もない。

つい暗い考えに囚われてヨーンを睨《にら》みつけてしまったが、エドガーが手をぱんぱんと叩いた音で我に返った。

「はーい、そこまで。男が色恋沙汰でどうのこうの言うのは醜《みにく》いよ」

確かに、こんな醜態をさらしたとアンネゲルトが知ったら、どう思われるだろう。冷静になったエンゲルブレクトは、自分が飲みすぎている事に気付いた。そろそろ酒ではなく水でも飲んだ方がいい。

だが、ヨーンは違ったようだ。

「エドガー様は呑気《のんき》でいいですよね」

じっとりとした目でエドガーを睨《にら》んでいるものの、その程度で怯《ひる》むエドガーではない。にっこりと笑うと、ヨーンにとってはこれ以上ないほど恐ろしい一言を放った。

「そういう憎まれ口を叩くと、二度と手を貸してあげないよ？　ヨーン」

「口が過ぎました。お許しください」

「わかればよろしい」

すぐに発言を撤回したヨーンの変わり身の早さを嘆くべきか、そうさせるエドガーの存在に戦慄《せんりつ》するべきか、エンゲルブレクトは真剣に悩んだ。

そんな彼の耳に、エドガーとヨーンのやり取りが入ってくる。

「いいかい、ヨーン。エンゲルブレクトだって辛いんだからね？　なんと言ってもお相手は身分が高いし、何より人妻だ。越えなきゃならない壁は君よりも高いんだよ？　しかも最近の妃殿下は何かと殿下と過ごされる時間が多いんだから。このままお二人が普通の夫婦になってしまったらと焦って、一緒に過ごす時間を多く取ろうと思うのは普通だよ。というか、現状出来る最上の努力じゃない？」

「言われてみればそうですね……私の方が、望みがありそうです。隊長、申し訳ありませんでした」

少し前のどす黒い感情を思い出したエンゲルブレクトは、無言のまま二人を部屋から叩き出した。

三　東域

　薄暗い空の下を、船はゆっくりと進んでいる。その甲板《かんぱん》には、鮮《あざ》やかな緋色《ひいろ》の存在があった。厚手の上着を着込んだアンネゲルトである。

　彼女は手すりにもたれるようにして、遠くを眺めていた。外套《がいとう》のフードを被り、防寒対策をしていてもなお寒い。

「随分気温が低いのね……」

　感想とも言えない感想が、口からこぼれる。天気はあいにくの曇り空で、その重苦しさが寒さに拍車をかけているようだ。

　スイーオネースも北国の名に恥じず雪が多く寒い国だが、こちらとは寒さの質が違うように感じられた。

「アンナ様、あまり長く外にいるのは良くありませんよ」

　ティルラの声がする。アンネゲルトの側にいるため、彼女も甲板《かんぱん》に出てきたのだ。

　軍人として厳しい生活を続けてきた彼女は、寒さ程度で音《ね》を上げるほど柔《やわ》ではないが、さすがにこの低気温に付き合わせるのは申し訳ない。それに――

「海の上は風も強いですからね。そろそろ中に入りましょう」

アンネゲルトの隣には、エンゲルブレクトがいた。彼は北国の生まれだからか寒さには強いらしく、もこもこと着ぶくれているアンネゲルトに比べると随分と薄着だ。

そんな彼を長く外にいさせるものではないな、と思い、アンネゲルトは船内へ戻る事にした。

エンゲルブレクトが差し出す手に、自分の手を重ねる。手袋越しではあるが、ぬくもりが胸のうちにまで広がっていく。自然と、彼女の顔には笑みが浮かんでいた。

それが、ふと思い出した光景に、本格的な笑いに発展していく。彼の手から、デッキでの記憶が甦《よみがえ》ったのだ。

「何か、笑うような事がありましたか?」

不思議そうなエンゲルブレクトに、アンネゲルトは慌てて笑った訳を話した。

「ああ、隊長さんのせいじゃないの。つい、ジップラインをやった時の殿下を思い出してしまって」

「ああ……」

アンネゲルトの言葉に、エンゲルブレクトは何とも言えない表情になる。

ダグニーの願いにより、何度かジップラインで遊んだ。その時のアンネゲルトとダグニーの服装についてあれこれ言うルードヴィグの姿や、実際にジップラインを体験した時の様子のおかしさを思い出し、つい笑ってしまった。

「パンツスタイルに文句をつけられるのは覚悟していたけど、遊んだ後にまで『危険だから禁止する』なんて主張するとは思わなくて」

そう言いつつくすくす笑うアンネゲルトは、直後のルードヴィグとダグニーのやり取りまで思い出す。

自分が怖いから禁止するなど、男らしくないと怒るダグニーに、図星を指されて悔しいルードヴィグがパンツスタイルをみっともないとなじり、さらにダグニーを怒らせていたのだ。それらはアンネゲルトにも飛び火したが、全て我関せずで流した彼女の態度に、さらにルードヴィグが怒っていたのも何だかおかしかった。

もちろんその後も、ダグニーとアンネゲルトは隙を見つけてはジップラインで遊んでいる。他にも船内のアクティビティで稼働中のものは、全て体験させていた。

マルガレータも一緒に行動する事が多いけれど、彼女は屋外の施設より屋内の施設、ジムや温水プールなどが気に入ったらしい。仕事の適性だけではなく、こんなところまでアンネゲルトの王宮侍女二人は対照的だった。

「ダグニーがパンツスタイルをあそこまで受け入れるとは思ってもみなかったけど」

スイーオネースを含む西域では、男の格好という事で女性のパンツスタイルは忌避《きひ》されている。イェシカはわかっていて男装をしていたが、あれは仕事上の問題があったからだとか。

「男性と同じ格好をするというのは、正直受け入れがたいものがありますが……」

「まあ、隊長さんまで殿下のように心の狭い事を言うの？」

エンゲルブレクトの一言に驚いた様子でそう返したアンネゲルトは、彼が「心が狭い……」と呟いているのにもかかわらず、持論を展開する。

「ドレスってね、とても動きづらいのよ。体験会でもダグニー達が言っていたでしょう？　裾が長くて汚れやすいし、何よりしゃがむのにも一々気を付けなくちゃならなくて大変なんだから」

いかにドレスが面倒かを力説するアンネゲルトは、エンゲルブレクトの顔が引きつっている事に気付いていなかった。ティルラからの「その辺りで」という一言がなければ、延々続けていたかもしれない。

とりあえず、今回の航海でダグニーにはパンツスタイルの有用性を理解してもらえた。マルガレータも動きやすさには同意していたが、足の形がくっきりと出てしまう事に羞恥《しゅうち》を感じるらしく、あまり着てくれなかったのだ。

　ダグニーはその辺りを気にしないのか、ジップラインを経験して以降、着替え用のパンツが欲しいとメリザンドに注文していたと聞いている。

「それにしても、メリザンドは随分仕立ての腕がいいんですね。あっという間にダグニーのパンツを仕立ててしまうとは」

　先程までの様子からは一変して、感慨深そうに言うエンゲルブレクトに、アンネゲルトは種明かしをしておいた。

「あれはね、ちょっとした仕掛けがあるのよ」

「仕掛け？」

「ええ、予《あらかじ》め三つの幅でサイズを区切ったものを作ってあるの。後は自分のサイズに合ったパンツを選べばいいだけ。サイズがぴったりでなくていいから出来る事なの」

　既製服の概念を取り込んだのだ。とはいえ、大量生産をする訳ではないので、置いてある品はまだ少ない。縫製《ほうせい》にはミシンを使っていて、縫い上げる時間も手間も短縮されているのに何故か。

　ダグニーがMサイズのパンツを全て買い上げてしまったので、その品だけ在庫がなくなったらしい。メリザンドの工房は、しばらくパンツの作成に追われていたという。

北回り航路は、南回りより航海期間が短い。その分危険な海域が多く、ベテランの船乗りでさえ難しい航路だといわれている。

その北回り航路を使っても、東域に来るのに三ヶ月を要した。「アンネゲルト・リーゼロッテ号」でそうなのだから、普通の帆船《はんせん》ではどれだけかかるのやら。

そんな長い航海も、そろそろ終わりが見えてきている。東域の玄関口、スオメンはもう目と鼻の先だ。

最終目的地はエンゲルブレクトの実父の情報を持つ人物がいるウラージェンだが、スオメンも外遊の対象国である。

船を入港させた後、二時間ほど待たされてから下船した。船の下には身なりのいい男性達が集まっている。

先頭を行くルードヴィグに、代表者らしき人物が近づいてきた。

「スイーオネース王太子、ルードヴィグ殿下でいらっしゃいますね」

「ああ」

ルードヴィグの返答に、相手はこの街の太守の使いであり一行を迎えに来た事を告げると、背後にある馬車に乗るよう促《うなが》してくる。

ここで船からこちらの馬車を出す訳にもいくまい。アンネゲルトは車酔いを覚悟して迎えの馬車に乗った。これから、この街を管理する太守の館へと招かれるのだ。

今日のアンネゲルトの格好は新型ドレスだが、幾分布が厚くて多いものだった。当初、これを着ていく事にティルラが難色を示したが、相手の度肝を抜くという意味ではこれ以上のものはあるまい。そう告げたアンネゲルトに、ティルラも最後には折れた。


太守の館で歓待を受け、そのまま滞在して今日で三日目になる。スイーオネースから王太子夫妻が来た事を王宮へ告げに行った使者が戻ってくるまで、このままここで過ごしてほしいと言われているのだ。

「使者って、いつ戻るのかしら……」

太守の館は高台にあり、部屋の窓から街を見下ろせる。冷えた空気の中、アンネゲルトは窓を全開にして街を眺めていた。いい加減退屈だ。

「ここに到着して三日ですから、そろそろ王宮に使者が到着するかどうかという頃でしょう」

「まだそんなものなんだ……」

ティルラの言葉に、アンネゲルトは手すりにがっくりと突っ伏した。

さすがに館の中で三日も過ごせば飽きがくる。外に出られればいいのだが、それは太守の方から反対された。国賓《こくひん》であるアンネゲルトにもしもの事があれば、彼の首一つでは済まない。

いくらこちらには優秀な護衛がいるといっても、さすがにこの状況でごり押しは出来なかった。せっかくの港街だが、諦めるしかない。

結局、スオメン王宮へ送った使者が戻ったのは、それからさらに七日後の事だった。スオメン国王の正式な使者曰《いわ》く、二日後に王都へ出立するそうだ。

「あと二日かー……」

使者の前では顔に出さなかったが、あてがわれた部屋に戻った途端、アンネゲルトは溜息を吐く。

国賓《こくひん》を招くにあたって、王宮側にもそれなりの仕度が必要なのは理解している。特に今回は事前の報《しら》せを出す事も出来なかったのだから、こちらの落ち度であった。

本当なら、一隻《せき》でも先行させて書状を王宮に届けるべきだったのだが、何せアンネゲルト達が乗ってきたのは帝国製の船である。速度が普通ではない以上、たとえスイーオネースから足の速い船を出したところで、途中で追い抜いてしまっていただろう。

それらの事情もあって、事前に届けるべき書状を国賓《こくひん》が運んでくるという事になったのだ。

とにかく、この状況ではあと二日しか港街に出るチャンスはない。やはり、ここで諦めるのはもったいなさすぎる。

アンネゲルトは、ティルラに直談判しに行った。

「お願い！　スオメンの王都に向かう前にお忍びで港街に出たいの」

「アンナ様……仰《おっしゃ》っている内容がいけない事だという自覚は、持っていらっしゃるのでしょう？」

「わかってるけど、この機会を逃したらもう一生この国には来ないかもしれないし、この街には絶対行けないでしょ？　変装もするし、リリーの作ってくれた腕輪もあるし！」

だから何とかならないか、と懇願《こんがん》し続けた結果、苦り切ったティルラからやっと了承をもぎ取る事が出来たのだ。

アンネゲルトは帝国からスイーオネースへ嫁《とつ》ぐ際、帝国最後の港街をお忍びで散策した経験がある。その時に酔っ払いに絡まれたのだが、それを助けてくれたのはエンゲルブレクトだ。

そんな彼と、あの時と同じような変装で港街へ出てきた。

「うわあ……」

大きな街はどこも活気があって、見ていて飽きない。しかもここは東域の国、スオメンの玄関口と呼ばれる街だ。スイーオネースにも帝国にもなかったような品が店頭に飾られているのを見て、アンネゲルトは物珍しそうにあちこちへと吸い寄せられている。

「妃……妃殿下、お待ちください」

一瞬言い淀《よど》んだ後、日本語でそう声をかけてきたエンゲルブレクトに、アンネゲルトは笑みを浮かべる。

街へ出る直前、お忍びで遊びに来ている以上、敬称を呼ぶ訳にはいかないという事で、呼びかける時はどうするかという話になった。

最初、名前呼びでと提案したのはアンネゲルトである。ところが、試しに呼んでもらったところ、嬉しい反面恥ずかしくてたまらない。結局耐えられず、代わりに日本語を使ってはどうかという話になった。

「賑わっているわね」

「そうですね。さすがにクリストッフェションほどではありませんが」

エンゲルブレクトの口から出たスイーオネース王都の名前に、アンネゲルトは苦笑する。確かに向こうの方が規模は上だ。しかし、ここはあくまでスオメンの一港街に過ぎないのであって、一国の王都と比較する事自体が間違いではないか。

誰しも、自分の故郷はよく見えるらしい。

「これから行くスオメンの王都はどんなところかなあ」

日本語のせいで、アンネゲルトの言葉は普段より砕けたものになっている。

ちょっとした疑問に答えたのは、エンゲルブレクトではなくニクラウスだ。

「王都はこの港から川沿いに遡《さかのぼ》ったところにあって、川の街とも呼ばれているそうだよ。それより姉さん、お忍びだからって羽目を外しすぎないように」

「はあい」

本当ならエンゲルブレクトと二人きりで出かけたかったところだが、さすがにそれはティルラも許してはくれなかった。だからといって弟もついてくるというのはどうかと思うが。

ティルラはリリーを同行させたがっていたけれど、彼女は太守の館にある図書室に籠もりきりになってしまい、動かせないらしい。

リリーを同行させたがった理由は魔導士対策だ。東域にはイゾルデ館の魔導システムをダウンさせた術式が存在する。それがスオメンにもあるかどうかは謎だが、少なくともスイーオネースよりは魔導技術が発達していると見ておいた方がいいというのがティルラの意見だった。

そこで、いざ魔導士と対した時、エンゲルブレクトでは対処しきれないからニクラウス、ティルラの両名がついてきているのだ。

それだけではない、少し離れたところにはルードヴィグ、ダグニー、エドガー、マルガレータの姿もある。結局アンネゲルトと同じく退屈しきっていた皆も、一緒に出てきたのだ。彼等の護衛は、護衛艦の数名とフィリップが担当している。

マルガレータとダグニーは二人でキャッキャとはしゃいでいた。何か女性用の小物を見つけたようで、楽しみながら選んでいるらしい。

彼女達の背後に、周囲の様子を物珍しそうに見回しているルードヴィグと、彼に何か囁《ささや》いているエドガーが見えた。

二組に分かれたのは意図したものではなく、自然とそうなったのだ。もっとも、ティルラがここにいる以上、彼女がさりげなく誘導したのだろうが。

王宮侍女と三人で盛り上がるのも楽しそうだが、ここは自分の恋心を優先したい。また、ルードヴィグがいるとどうしてもダグニーが気兼ねしてしまうので、アンネゲルトも存分に楽しむ事が出来ない。やはりこの組み合わせで良かったのだ。

——ティルラ、グッジョブ！

彼女にだけ見えるようにサムズアップしたアンネゲルトは、再び街の探索に乗り出した。

それから二日後、アンネゲルト達はスオメンの王都に出発した。港街から王都までは船旅になる。王宮側に船を用意してもらったものの、自前のものがあるので先導してもらうに留めた。帆船《はんせん》の甲板《かんぱん》に出ると、川の上を渡る風が髪をなでる。海でも感じたが、風がスイーオネースとは違うようだ。

到着したスオメン王宮では、歓迎式典や舞踏会、夜会などが連日行われた。その全てにアンネゲルトは新型ドレスで参加し、好評を得ている。

と言うのも、スオメン王妃は有名な新しいもの好きで、アンネゲルトが着ていた新型ドレスにすっかり魅入られた様子なのだ。

何より、コルセットなど体を締め付けるものが必要ないという部分が、いたくお気に召したらしい。

「西でも東でも、考える事は皆一緒よね」

アンネゲルト自身、きつく締め上げるコルセットが嫌いであり、新型ドレスを導入した理由の大半がそこにあった。

本当は男性と同様にズボンをはく事も広めたいけれど、さすがに短い滞在期間では無理だろう。帝国では乗馬の時に限ってだが、ズボンをはく女性も少しずつ増えてきているというのに。

「ファッション改革は意識改革なんだけどなー」

夜会の仕度の合間に、アンネゲルトがぼやいた。

「ですが、新型ドレスは受け入れられたようではありませんか」

「メリザンドには悪い事したかもね……」

メリザンドは東域に来てから積極的に街へ出て、東域のデザインを吸収している。港街でも、アンネゲルト達とは別行動で何度も街へ出ていたらしい。

その彼女は、新型ドレスの型紙を求める貴婦人方から集中攻撃を受けたそうだ。実際に彼女のもとを訪れたのは、貴婦人方の小間使いや懇意《こんい》にしている仕立屋だが。

彼等に求められるまま型紙を用意し、実際のドレスを準備した事で、ストックが空《から》になったらしい。疲れてはいたが、メリザンド本人はとても嬉しそうだったのが救いといえば救いだった。

スオメンには約半月の滞在だった。アンネゲルトとルードヴィグが社交界で王侯貴族と交流をしている裏で、エドガー含む外交官組は同じ立場の者達とあれこれ協議していたらしい。国を出る頃には、無事大使館設立の話がまとまっていた。

国王と王妃に見送られながら、「アンネゲルト・リーゼロッテ号」は大河を遡《さかのぼ》る。この先に、ウラージェンがあるのだ。

ウラージェンは内陸の国で、三十年ほど前までは近隣諸国と領土戦争をしていたのだというう。その際に今の国王が即位し、周辺諸国を呑み込んで今のウラージェンになったそうだ。

そう聞くと国王は戦好きの恐ろしい人物かと思うが、戦の後は内政に力を入れ、芸術や学問といった文化面での充足に重きを置いているのだという。

「そういう人だと、魔導研究とかにも力を入れていたりするかな？」

「可能性はあると思うよ」

アンネゲルトはニクラウスを前に、ウラージェンの情報の再確認をしていた。部屋にはティルラの他に珍しくリリーもいる。

東域へ来る目的の一つに、魔力に干渉して阻害する術式を探るというものがあり、リリーはその計画の責任者でもあった。

「少なくとも、スオメンでそれらしき術式は見当たりませんでした。あちらはあまり研究に熱心ではないようですね」

太守の館や王宮で図書室に入り浸《びた》りだったのは伊達《だて》ではない。魔導書を読みあさり、術式を調べていたのだ。

結論として、スオメンの術式は例のものとは系統がまったく違ったという。やはり鍵はウラージェンにあるのだろう。

「って、ウラージェン以外の東域の国って可能性はないの？」

アンネゲルトの素朴な疑問に、ニクラウスは溜息で返した。弟のこういった態度は不快なので、軽く頭をはたいておく。

ニクラウスは抗議の視線を向けてきたものの、アンネゲルトが取り合わないと悟ると東域の魔導事情を話し始めた。

「東域の国々で使われている術式ってね、スオメンかウラージェンのどちらかで開発されたものだけなんだよ」

「マジで？」

「マジで」

アンネゲルトの砕けた聞き方に、ニクラウスは大まじめな表情で答えるが、同じく言葉は砕けている。彼は続けてその理由を教えてくれた。

「何故他の国々で開発されていないのかっていうと、術式開発には莫大な資金が必要だからなんだよ。西域でも、中心になっている術式は帝国式かイヴレーア式の二択だろ？」

「そういえば……」

他にも古式と呼ばれる術式があるにはあるけれど、かなり古いものらしく、非効率的だという事で主流からは外れている。

「あれは、国が主体となって研究させているからなんだよ。帝国もイヴレーアも大国で、研究に力を注いでも問題ないだけの財力があるからこそ出来る事なんだ。魔導が主要な武器になり得る西域でさえそうなんだから、火薬武器中心の東域ならなおさらだよね」

東域の地理はざっとしか教わっていないが、前出の二国以外は小国が多い。魔導研究にそこまで金も労力もかけられないのは理解出来た。

そういう理由があるなら、「スオメンでなければウラージェン」となるのはわかる。ただ、本当にあの術式がウラージェンで開発されたものだとしたら、あの国はアンネゲルトにとって敵側という事になるのではないのか。

その疑問にも、ニクラウスはあっさりと答えた。

「それはないいんじゃないかな」

「どうしてそう言えるのよ」

あまりにあっさりと言い切るニクラウスに、アンネゲルトは不満顔だ。理由を言えるのなら言ってみろと構えていると、逆に質問されてしまった。

「じゃあ聞くけど、ウラージェンが姉さんを狙う理由って何さ？」

「え？　……帝国とスイーオネースの間に亀裂を入れるため……とか？」

「もしくは帝国に打撃を与えるため、だよね？　でもそれって、そもそも変じゃない？　ウラージェンは東域の内陸にあって、スイーオネースとだって国交はほとんどない。そんな関係の国に、国王主導でちょっかいをかけるかな？　バレたらまず国同士の問題に発展するような人物に。しかもスイーオネースだけじゃなく、帝国も敵に回す可能性が高いんだよ？」

ニクラウスにずらずらと挙げられた理由だけでも、確かに納得出来る。だが、それでは誰が何のためにあの術式をスイーオネースへ持ち込んだのか。

「それを調べるのも、東域に来た理由でしょ？」

「そう……ね」

頷くものの、一番の理由はエンゲルブレクトの側を離れたくないからだ。外遊も、術式を調べる事も、後付けの理由でしかない。

彼はアンネゲルトが納得したと判断したらしく、肩をひょいとすくめる。

「もっとも、調べるのはリリー達の仕事だけどね。姉さんは自分の仕事を頑張ればいいんじゃないかな？」

「私の仕事？」

「そう。着飾って愛嬌を振りまく事。これって、王族の大事な仕事なんだよ。相手の王侯貴族に好印象を持ってもらえれば、その分リリーやユーン伯の仕事が捗《はかど》るんだから」

本当にそんな簡単な話なのだろうか。とはいえ、確かにスオメンでは愛嬌を振りまきまくった結果、エドガーからとても感謝されている。アンネゲルトの愛想は大分あちらの人達に好印象を与えたようなのだ。特に女性陣に。

「少しは役に立っているなら、良かった」

呟いた言葉は本音だ。それに対するニクラウスの答えはなかったが、普段のように憎まれ口を叩かなかったのが、弟なりの反応なのかもしれない。

スオメンの王都から大河を遡《さかのぼ》る事三日、とうとうウラージェンへと入国した。

「これが……ウラージェン……」

窓から見える景色を見つめるエンゲルブレクトの口から、思わずといった様子で呟きがこぼれる。もうじき国境に差しかかるという事で、アンネゲルト達は大きな窓がある上階のラウンジに来ていた。ここが彼の母親が生まれた国。そしてここに、彼が何者なのかを知る人物がいるのだ。

川沿いのウラージェンの街は、曇天《どんてん》の下に鮮《あざ》やかな色の屋根が並んでいて、どこかスイーオネースを思い出させる。

住民だろうか、川を航行する船団に人なつこく手を振っている人影が見えた。彼等にとって、川を行く船は敵ではないという事らしい。今のウラージェンが平和な国だと見て取れた。

ウラージェンは内陸の国で、平野が続いている。東域の中でも中央に位置するこの国には、スオメンほどの雪はない。

国境を越えて入国手続きを済ませた後、さらに約一日半、ようやくウラージェンの王都に到着した。

船着き場に到着すると、連絡がいっていたのか豪奢《ごうしゃ》な馬車の出迎えが待っている。

「やっぱりあれに乗らないと駄目よね？」

アンネゲルトは後ろに控えるティルラに確認した。スオメンでもそうだったが、東域に来てからは船から馬車を出す隙がない。もっとも、この船に興味を持たれない方がいいというエドガーからの忠告もあるので、隙があったとしても使えなかっただろう。

案の定、ティルラからは肯定の返答がきた。

「ユーン伯の忠告もありますし、下手に興味を持たれてこの船が欲しいと言われても困ります。それと、どこに敵が紛れているかわかりません。普段以上に警戒してください」

今もアンネゲルトの腕には、改良型の腕輪がはまっている。これは護身などあれこれと術式を盛り込んだ代物で、リリーが嬉々として開発していたものだ。

アンネゲルトがリクエストした機能はもちろん、その後も次々と追加されているそうで、アンネゲルトは全ての機能を把握出来ていない。今度、取扱説明書を提出してもらおうと思っているところだ。

「そういえば、何か情報は届いている？」

「今のところは何も……ウラージェンに入ったという連絡は受けていますし、今も調査中のようですが」

東域に入る少し前、先行させた小型艇で情報部の人間を何人か潜り込ませている。そこからの情報とエドガーからの情報を合わせて、船の機能を見せない方がいいと決まったのだ。スオメンの王もウラージェンの王も、変わったものや新しいもの、誰も持っていないものが大好きらしい。

厄介な性格だとは思うが、一国の王にはそうした性格の持ち主が少なくない。帝国の皇帝も、あれで新しい技術には目がない人なのだ。

スイーオネースと東域の行き来は、「アンネゲルト・リーゼロッテ」号の速度をもってしても、往復に半年以上は見ておいた方がいいという。

初めての航路なので、行きに時間をかけたからという面もある。そこから逆算して、ウラージェンでの滞在は二ヶ月の予定だ。

船を下りて地に足をつけると、やはり安心するのは人間の性《さが》か。アンネゲルトは深呼吸をして周囲を見回した。

川の両岸に広がるウラージェンの王都スクリポヴァは、整然とした美しい都だ。船着き場から少し離れた所に石造りの巨大な橋があり、川には荷運び用の小舟も行き来している。歩行者と馬車は橋、荷物と人の一部は船と棲み分けがなされているらしい。

迎えの人物はウラージェンの貴族なのだが、こちらは西域とは違って爵位ではない位階があるという。ちなみに、迎えの人物は丁度真ん中程度の位階の者だそうだ。

彼に挨拶《あいさつ》を受けていざ馬車に乗り込もうとすると、同じ馬車にルードヴィグが乗り込んできた。

——……はて？　どうしてこうなった？

内心首を傾げるが嫌だと言う訳にもいかず、アンネゲルトは無言のまま席に座っている。

彼等のすぐ後ろの馬車には、エドガーともう一人の外交官が乗っていた。ダグニーとティルラの乗る馬車とは離れていて、何とも落ち着かない。

時折、正面に座るルードヴィグからの視線を感じたが、気付かない振りをしておく。こんな事ならニクラウスにでも声をかけて、一緒に乗ってもらうんだった。彼は通常の帆船《はんせん》と同じように船底から出した馬に乗って、この馬車の隣を併走している。逆側にいるのは同じく騎乗したエンゲルブレクトだ。

下船してから、彼と一度も視線を合わせていない。護衛の任務があるせいか、厳しい表情をして周囲を警戒している様子が窺《うかが》えた。

だが、常に側にいるアンネゲルトには、別の理由があるようにも思える。仕事以外の事で、緊張をしているようなのだ。

――考えたら、お母様の故国ですものね……それに、ようやくご自身の実のお父様についてわかるのだし……

「色々考えても、当然よね」

「……今、何か言ったか？」

「え？」

突然声をかけられて、アンネゲルトは取り繕《つくろ》う事も忘れて目を丸くした。声をかけてきた相手、ルードヴィグも驚いた顔をしている。彼女がそんな態度を取るとは思わなかったのだろう。

しばらく、車内に奇妙な沈黙が下りた。それを破ったのは、この空気に耐えられなかったアンネゲルトである。

「あの……何か？」

「いや……何か呟いていたようだから……帝国の言葉でもなかったようだが」

しまった。ついいつもの癖で、日本語で心の内を呟いていたらしい。普段なら誤魔化してくれるティルラは、ここにはいない。

とはいえ、下手に誤魔化す必要などないので、アンネゲルトは正直に説明する。

「は、母の国の言葉です。私はそちらで育ったので、つい口をついて出てしまう事がありまして」

一応、何を言ったかまでは伏せておく。ルードヴィグも、アンネゲルトが異世界の母の国で過ごしていた件は聞いているのか、何やら納得したような表情で頷いていた。

その様子を見て、アンネゲルトは扇の陰で溜息を吐く。誰だ、この組み合わせで乗るように計らったのは。

——なんか、すんごい気詰まりなんですけどー……

船着き場からウラージェンの王宮までの道のりは、酷く遠く感じた。


ウラージェンの街並みは、帝国ともスイーオネースとも異なっている。高台に王宮があるのはスイーオネースと同様なものの、そこまでの街の造りはまったく違った。

スイーオネース王都クリストッフェションは港から王宮まで大通りが一直線に伸びているが、スクリポヴァでは大きな通りが緩やかな円を描くように王宮へ続いている。

また、大通りに並ぶ建物は四、五階建てで白と鮮《あざ》やかな赤を基調にしたものが多かった。鮮烈な色使いは、この街の特色なのだろうか。

アンネゲルトは小さい窓から見える街並みを眺めながら、苦痛に耐えていた。同乗者が問題なのではない。馬車の造りからくる乗り心地の悪さが原因だ。

——おしりが痛い……普通の馬車って、こんなに痛くなるものなのね。

座席が硬く、おまけによく揺れて衝撃が直接伝わってくる。これなら電車の座席の方がまだ座り心地が良く、揺れも少ない。

王宮からの迎えの馬車だ、相応の金をかけて作られているだろうに、こうまで乗り心地が悪いとは。街中を行く辻馬車のそれなどは、推《お》して知るべし。もっとも、アンネゲルトが辻馬車に乗る機会はそうないが。

座ったままもぞもぞと動いても、痛みが散る訳ではない。外を見て気を紛らわせようとしたけれど、限度があった。

こんな事なら、古い型のドレスを着てくるんだったと悔《く》やまれる。あれなら新型ドレスより布を多く使っているし、少しはショックを和《やわ》らげてくれたろうに。

扇の陰で溜息を吐いていると、前から声がかかった。

「先程から落ち着かないようだが……」

同乗しているルードヴィグに聞かれ、何と答えたものか迷う。揺れすぎて腰が痛いとは恥ずかしくて言えない。

「ええ、その……」

誤魔化そうとしている間も馬車は大きく揺れ、柔軟性に欠ける座席は容赦なくアンネゲルトの腰を痛めつける。

思わず顔をしかめたら、何故かルードヴィグは合点《がてん》がいったと言わんばかりの表情になった。

「……ああ、わかった。もうじき王宮につくだろう。それまでの辛抱だ」

「はい？」

「我慢は体に良くないとはいうが、まさかここでする訳にもいかないからな」

うんうんと頷くルードヴィグに、アンネゲルトは意味がわからず何も返せない。辛抱、我慢という単語を頭の中で繰り返し、ようやく一つの答えにたどり着く。

「ちが――――！」

つい立って、違う、誤解だと弁解しそうになったが、すんでのところで思いとどまった。

「……違いますから。殿下の思われているような理由ではありません！」

代わりにぎろりと睨《にら》んでそう言い放ったが、相手には通じていない様子だ。ルードヴィグはまるで幼い子の我が儘《わがまま》を聞き流す大人のような調子で、無言で頷くだけだった。

――おしりが痛いんであって、トイレを我慢しているんじゃないっての！

口に出す訳にはいかなかったので、扇で顔の半分を隠し、目に力を入れてルードヴィグを睨《にら》んでおく。

――まったくもう……構えずに話せるようになったのはいい事なんだけど、何か弟が増えたみたい。ニコの方がもっと可愛げないけどさー。

ニクラウス本人が聞いたら、溜息を吐いてやれやれとでも言うかもしれない。そんな様子まで想像出来て、余計に腹立たしく感じた。

目の前の人物に関しては、スイーオネースに帰れば関係を解消する相手だ。もっとも、スイーオネースに留まるのであれば、その後も顔を合わせない訳にはいかないだろうが。

ふと、外遊に出る前の出来事を思い出した。国王アルベルトの甥《おい》で、王太子に次ぐ王位継承権を持つヨルゲン・グスタフがアンネゲルトに接触した事で、アルベルトの思惑がわかった件だ。

曰《いわ》く、「あなたが結婚した相手が次の王となる」のだとか。何故スイーオネースの王位継承に関係のないアンネゲルトに、そんな選択権が与えられたのか。アルベルトは帝国との同盟を維持するためと教えてくれたが、とても納得出来るものではない。

アンネゲルトが王位継承に縁のない人物を選んだら……そもそもルードヴィグとの婚姻を無効にしたら、彼の継承権はどうなるのか。

ルードヴィグは貴族の受けが良くない。ダグニーの話では、彼の乳母《うば》を務めた反王制派の人物の影響が大きく、それが彼の貴族嫌いに繋がったのではないかという事だ。だとしても、嫌われた貴族達に責はないし、自分達を疎《うと》ましく感じている王太子についていこうとする貴族は少ないだろう。

だからこそ、革新派、保守派共々、自分達が推《お》す候補がいるのだ。保守派はアンネゲルトが苦手としている国王の従兄弟《いとこ》、ハルハーゲン公爵を推《お》しているらしい。革新派の候補は判明しなかったが、今頃スイーオネースに残してきた帝国情報部が探り当てているだろう。

どちらにせよ、アンネゲルトの気持ちは既に決まっている。彼女は馬車の小さな窓から見えるエンゲルブレクトの横顔に目をやった。

彼の側にいたい。ただその思いだけで、東域まで来た。ここで、エンゲルブレクトが王家の血を引いている証拠が見つかれば、彼は王族の一人になる。とはいえ、正式な婚姻の結果の子ではないから、王位継承権のない庶子になるのだけれど。

アンネゲルトとしては問題ないが、スイーオネースにとってはどうなのだろう。帝国は、問題ないと思う。何せ、最初から長続きさせるつもりのない政略結婚だ。それもどうかと思うが、あの時それを言われなければ、何が何でも結婚は拒否しただろう。

今更ながら、アルベルトの発言が重い。どうしてあの国王は、あんな事を自分に言ったのか。

裏事情があるにせよ、伏せたままでいてほしかった。知らなければ、エンゲルブレクトを選ぶのにこんなに悩まず済んだはず。それでも選ぶけれど。

それにしても、王家の血を引く証拠とは、何を提示すればいいのやら。これが日本なら、親子鑑定で簡単にわかるのに。

──そういや、ニコが姉さんのためでもある、なんて言っていたのは、そういう事よね……

自分の想いはティルラにバレているのだし、そこから帝国の母と弟に伝わっても不思議はない。もっとも、ニクラウスもエンゲルブレクトの出自を調べるのに東域まで来る事になるとは思わなかっただろうし、それにアンネゲルトがついていくと言い出すとも思わなかったようだが。

イゾルデ館で自分も東域に行くと言った時の、ヴィンフリートとニクラウスの顔は見物《みもの》だった。普段小憎らしいくらい動じない従兄弟《いとこ》と弟が、酷く驚いた表情をしていたのだ。思い出すだけで笑いがこみ上げるが、ここで笑い出せばまたルードヴィグにいらない誤解をされそうなので、扇の陰で噴き出すのを堪えていた。

ウラージェンの王宮は壮麗だ。街同様、宮殿の造りも西域のそれとは大きく異なっているが、とても美しい。イェシカが見たら喜ぶだろう。

彼女も今頃は街に出ているはずだ。さすがに一介の建築士をいきなり王宮に連れてくる訳にはいかなかったので、今日は別行動となっている。

通された謁見の間《まみ》で見えたウラージェンの国王は、若々しい人物だ。三十後半くらいに見えるけれど、即位した時期を考えれば少なくとも四十は越えてるはず。実年齢よりも下に見えるが威厳と貫禄は十分で、玉座に座る彼の眼光は鋭く強いものだった。

「よくぞ参った。我が国は貴殿らを歓迎しよう」

「感謝します、陛下」

受け答えはルードヴィグの役目だ。エドガー達外交官は、アンネゲルト達の後ろに控えている。彼等の実力が発揮されるのは、相手の外交官との折衝《せっしょう》場面でだ。

いくつかの受け答えの後、王宮への滞在を許可された。さすがに船に滞在します、とは言えず、甘んじて受けておく事にする。

◆◆◆◆

王宮に滞在するのは、アンネゲルトとルードヴィグだけではない。今回王宮に来たメンバーは全員滞在する事になる。当然、エンゲルブレクトもだ。

それぞれに与えられた部屋で一息吐いているが、エンゲルブレクトは気が晴れないままだった。これから時間を見つけて、父の昔の部下を訪問しなくてはならない。その人物が、自分の実父を知っているのだ。

だが、相手は素直に教えてくれるだろうか。知らぬ存ぜぬとしらを切られては、こちらには為《な》す術《すべ》がない。ここまで来てわかりませんでしたでは通らないし、通す気もないものの、そうなった場合はどうするのか。エンゲルブレクトは堂々巡りの思考に迷い込んでいた。

しばらく思い悩んだ後、ここで考えたところでどうなるものでもないと結論づける。何しろ相手の性格もわからないのだ、対応を考えるのには限界があった。

訪ねる相手、フリクセルの住所は実家の城代であるステニウスから聞いているが、地理に疎《うと》いためどの辺りの事かはまったくわからない。

この国にはサムエルソン家が所有する商会の支部があるので、後でそちらに顔を出して聞いておこう。うまくすれば訪ねたい相手がいるだろうし、不在でも言付けを頼める。東域に来る事は急に決まったので、商会の船に手紙を託す事すら出来なかったのだ。

エンゲルブレクトは無意識のうちに溜息を吐いていた。この国に近づくにつれて物思いに耽《ふけ》っていたが、今はさらに沈鬱《ちんうつ》な思いに駆られている。

「情けないな」

自嘲《じちょう》の笑みがこぼれた。心身共に鍛えてきたと思っていたけれど、自身の真実を知るのがこれほど恐ろしく感じられるとは。

ずっと、自分はどこから来た存在なのかという疑問が頭から離れなかった。無邪気な子供の頃はまだ良かったが、母が亡くなり、父の領地に移り住んでからは周囲の視線が雄弁に物語っていたものだ。

夫ではない男の子供を産んだ女と、不義の子供。大人がそう言っていれば、子供は真似をする。その言葉がエンゲルブレクトの耳に入ったのは、当たり前だった。

言葉の意味はわからずとも、母と自分が貶《けな》されている事はわかったのだから不思議だ。周囲の子供と軋轢《あつれき》が出来、それは彼等の親をも巻き込んだ騒動になっていった。

最後は父トマスが権力尽くで黙らせたが、それでも悪態をつく人間は後を絶たなかったから厄介だ。本当に、兄ルーカスの存在がなければ、今の自分はいないだろう。

ルーカスは常にエンゲルブレクトを気遣ってくれた。彼も心ない言葉を吐く大人達に翻弄《ほんろう》されていたはずなのに、いつでも笑顔でエンゲルブレクトに接していたのだ。今思えば、それにはどれだけの努力を要した事か。

その兄は、もういない。真冬の冷たい湖に、そりごと落ちて帰らぬ人となった。それについても口さがない者達があれこれ言っているが、真実を知るのはエンゲルブレクトだけである。

彼は必要ない事まで思い出したと頭を振り、考えを追い払った。まずは父の側近中の側近だったという人物、フリクセルに会う事だ。全てはそこからである。

そのためにも時間を見つけなくては。王太子妃であるアンネゲルトのみならず、この外遊中は王太子の護衛隊隊長でもあるエンゲルブレクトの予定は、王太子夫妻の行動に左右される。彼等の予定が整えば、隙も見つけられるだろう。エンゲルブレクトはようやくソファに腰を下ろし、肩の力を抜いた。

◆◆◆◆

外遊と称しているだけあって、アンネゲルト達はこちらの国での社交行事にはなるべく参加する事になっていた。

ウラージェンには社交シーズンそのものがないようで、一年を通して何らかの行事があり、貴族達はそれらに参加している。

「こちらも冬は寒いのにね」

そう言いながら仕度をしているのは、アンネゲルトだった。小間使い達も船から呼び寄せ、荷物を持ってきてもらっている。

ここで着るのも、例の新型ドレスだ。どうもスオメンから情報が来ているのか、使者を通じて女性陣から問い合わせがあったのだという。

中でも一際熱心に詳細を聞いてきたのは、国王の後宮にいる女性達だそうだ。ウラージェンの宗教は西域と同じなのだが、東域に入って大分変質しているらしく一夫多妻が許されていた。どうもこちらの土着信仰と合わさったらしい。

「それでいいのかしら……」

「まあ、こういったところも文化の違いという事で」

そう言うティルラも、アンネゲルト同様新型のドレスを身に纏《まと》っている。今夜の舞踏会には、アンネゲルトだけでなくティルラやダグニー、マルガレータも新型ドレスで参戦予定だった。メリザンドが疲労でふらふらになりながら大量のドレスを仕立ててくれたのだ。


舞踏会は盛況で、アンネゲルトはその場で教えてもらった東域風のダンスも間違えずに披露する事が出来た。体面もあるため、パートナーはルードヴィグだったが。

エンゲルブレクトはといえば、つかず離れずの距離で護衛として控えていた。それを少し寂しいと思うものの、ここはスイーオネースではなく、遠く離れた異国だ。

スイーオネース国内ではアンネゲルトとルードヴィグの間にどんな事があったかを皆

が知っていても、ウラージェンではそうではない。対外的には、アンネゲルトとルードヴィグは王太子夫妻なのだ。ここで相手に夫婦仲が悪いところを見せる訳にはいかなかった。

——私達の好感度が高ければ高いほど、外交官達の仕事が捗《はかど》るって話だもんね。無理矢理入れた外遊なのだから、これくらいの仕事はして当然だ。幸い航海の間にルードヴィグとは和解出来たようだし、このままなら仕事仲間として不足なく過ごせるだろう。

東域のダンスは男女で向かい合って踊るものが多いので、自然とルードヴィグと向き合う事が多く、今まで気付かなかった面が見えてくる。意外と髪がさらさらだったり、瞳の色が光の具合や見る角度によって変わるなど、主に外見についてだが。

それも、エンゲルブレクトはもっと強い髪質だとか、瞳の色は優しいなどと、無意識に比べてしまう。

——これ、絶対口には出せないよね……

こっそり他人と比べているなど失礼な話だし、夫婦仲を疑われる要因になりかねない。アンネゲルトは気合を入れて愛想笑いを貼り付けた。ルードヴィグが唖然《あぜん》としたように見えたが、きっと気のせいだろう。

途中でパートナー交代があり、ウラージェンの国王とも踊る機会があった。ダンスの間は、内緒の話をする場としてもってこいである。ウラージェンの国王もまた、踊っている最中にアンネゲルトに話しかけてきた。

「妃殿下の母君は、異世界からいらしたと耳にしたが、本当なのだろうか？」

意外な質問に、アンネゲルトは目を見開く。西域では有名な話だが、東域にも届いているとは思わなかった。西の話は物や人と共に東に流れてくるのか、それともこの国の情報収集能力が高いのか。

判断はつかなかったものの、ここで嘘をつく必要もないだろうと、アンネゲルトは微笑んで答える。

「ええ、よくご存知ですね陛下」

「異世界には興味があるのでね」

気味悪がられるか、面白半分にからかわれるのかと身構えていたアンネゲルトにとって、ウラージェン国王の返答は予想外だった。まさか、興味があると言われるとは。

驚くアンネゲルトに、ウラージェン国王はさらに驚く事を口にした。

「出来れば、滞在中に母君の国の話を聞かせてもらえないだろうか？」

「もちろん……喜んで」

社交辞令だが、こう答える以外ない。こちらの国にスイーオネースの大使館を置く許可を、目の前の人物からもらわなくてはならないのだ。交渉するのは外交官達とはいえ、そのための下地をアンネゲルトが作っておいても罰《ばち》は当たるまい。

しかし、それは東域外遊の表向きの理由であり、本当の目的はエンゲルブレクトの側を離れない事、彼の実父の情報を得る事だ。結果次第では、二人の未来に変化があるかもしれないのだから。

——って、一人で盛り上がっているけど、肝心の隊長さんの気持ちを確認してないのよね……

といっても、悪い感触ではないと思っている。考えたくもないが、もし彼に意中の人がいたのなら、ティルラ辺りからやんわりストップがかかっていたはず。

情報部出身の彼女は、アンネゲルトの周囲にいる人間を徹底的に調べるようにしているという。当然、交友関係なども調査対象なのだから、エンゲルブレクトに相手がいれば、それも把握しているだろう。

一時期は頭に血が上って冷静になれなかったアンネゲルトながら、最近はしっかり周囲を見て考える事が出来ている。

悔しい話だが、弟のニクラウスが側にいるおかげではなかろうか。彼にあれこれ聞いてもらっていると、不思議と頭の中が整理されていくのだ。あの弟にはカウンセラーの能力でもあるのかもしれない。

ウラージェン国王とは二曲ほど踊って終わりにした。異世界の話を聞かせてもらう場をそのうち用意するという言葉を残して、彼は人波に呑まれていく。その後ろ姿を見送り、アンネゲルトは小さな溜息を吐いた。


その後も社交行事にはいくつか参加した。その裏では、スイーオネースとウラージェンの大使館設立について、エドガーを中心に話し合われている。

「まあ、そう大した問題はないんですけどね」

そう言って笑うエドガーに、アンネゲルトはそんなものなのかと納得するしかない。

スイーオネース組だけで過ごせるのはほぼ朝だけなので、前日の報告を朝食の席で聞くことになっていた。今も、その場である。

大使館をお互いの国に設置する事は大筋で合意が取れているので、後は実際の土地やら建築費用などの問題なのだという。

これにはアンネゲルトとルードヴィグの社交も大いに関わってきた。東域の貴族社会も西域同様、何かと付き合いを大事にする場所だ。

スイーオネースの王太子夫妻があちこちの社交の場で付き合いを続けていれば、貴族達のスイーオネースに対する意識も良い方へと変わっていくのである。ニクラウスが言っていた通りだ。

「という訳で、お二人には頑張ってあちこちに愛嬌を振りまいていていただきます」

エドガーはにっこり笑ってそう告げた。


ウラージェンの夜会は盛況だった。この国に来てから連日のように開かれる宴《うたげ》に参加しているアンネゲルトは、そろそろ疲れが出てきている。だというのに、周囲の貴族達はそんな素振りは一切見せない。この国の貴族は強者揃いなのだろうか。

扇の陰で小さな溜息を漏《も》らしたアンネゲルトに、目敏《めざと》い貴族の男性が声をかけてきた。

「おお、スイーオネースの妃殿下におかれては、何か憂《うれ》いでもおありかな?」

「いいえ、そんな事は……少し、旅の疲れが出てきたようです」

アンネゲルトは愛想笑いを貼り付けて対応するが、相手は引く気がない様子だ。しきりとこちらに絡んでこようとする。

人妻とわかっているはずなのに、この態度はいかがなものか。しかも同じ夜会に夫であるルードヴィグもいるのだ。もっとも彼はダグニーと一緒に別の貴族達と談笑中で、こちらには気付いていないようだが。

先程まで側にいたティルラも、別の貴族に連れ出されてダンス中だ。マルガレータはエドガーと共に外交関係らしき貴族と端で話し込んでいる。

目の前には先程の貴族がべったりと張り付いていて動けない。それどころか、相手がじりじりとこちらに近づいてくるので、気圧《けお》されたアンネゲルトはゆっくりと後退していた。

「遠き国から来訪された方は、この国にないものをお持ちだ」

「ま、まあ……」

他にもあれこれ言っているが、ウラージェンの言葉は覚え立てでよくわからない。さて困った、どのようにこの場を離れようかと考えていると、不意に目の前に馴染んだ背中が見えた。

「何だね、君は」

「失礼、妃殿下はお疲れのご様子ですので、少し下がらせていただきます」

エンゲルブレクトだ。彼はそう言うと何か喚《わめ》いている貴族男性に構わず、アンネゲルトをエスコートして控え室へ連れ出してくれた。

スイーオネースの宮廷同様、夜会や舞踏会では会場となる建物内に、賓客《ひんきゃく》用の控え室が用意されている。

アンネゲルトを連れて部屋に入ったエンゲルブレクトは、改めて彼女に向き直ると一礼した。

「出過ぎた真似をいたしました。このお詫びは幾重《いくえ》にもいたします」

「そんな事ないわ。助けてくれてありがとう」

実際、あの場でエンゲルブレクトが連れ出してくれなければ、どうなっていた事か。最悪の結果にはならなくとも、アンネゲルトがキレていた可能性は高い。その場合、ウラージェンとの国交に致命的なダメージを与えただろう。

「本当、隊長さんが来てくれて良かった……」

エドガーやニクラウスに言われていた「役に立つ事」の真逆をやるところだったのだから、アンネゲルトの言葉には実感がこもっていた。


そのまま控え室でしばらく休んでいると、ティルラが会場から戻ってきた。

「ああ、やはりこちらでしたか」

珍しくも若干焦った様子の彼女に、アンネゲルトは無断で控え室に戻っていた事を思い出す。

「ティルラ……ごめんなさい、勝手に戻って」

「私の方こそ、お側を離れてしまい申し訳ありません。ご無事なご様子で安堵いたしました」

離れていたとはいえ、ティルラはアンネゲルトがどういう状況にいたかを見ていたらしい。通常、ああいった場であっても側仕えのティルラがアンネゲルトの側を離れる事はないのだが、どうも随分としつこい相手にダンスをねだられたようだ。

一曲踊ってくれればいいという言葉を受けて相手をしたところ、その間に例の貴族がアンネゲルトに近づいたという訳である。

「随分と間がいい行動でしたから、おそらく私を誘った男性はあの人物に手を貸していたのでしょうね。手の込んだ事をする」

そう言って笑ったティルラの顔は、非常に迫力のあるものだった。彼女の脳内では、例の貴族とその一味をどう料理するかの計算が始まっているのだろう。

とりあえず、アンネゲルトは話題をやや変える事にした。

「ところで、あの男性って地位は高いのよね？」

ウラージェンの社交界に関しては、ざっとだがエドガーから聞いている。その際に耳にした位階の高い家名の中に、例の男性が名乗った名も含まれていたはずだ。

果たして、ティルラの返答は肯定だった。

「確かに家の位階は高いのですが、それらは現当主である父親の功績でして、彼の力ではないようです」

「納得出来るわ」

ほんの少ししか対応していないが、とても有能な人間には思えなかったのだ。位階の高い家の者だからある程度我慢していたけれど、無駄な努力だったかもしれない。

とはいえ、有能な人間が親としても有能とは限らないのもまた事実だ。無能な我が子をどこまでも庇《かば》うタイプの人間もいる。

さて、件《くだん》の父親はどのタイプなのか。アンネゲルトはティルラに確認しておく事にした。

「それで、父親の方はどういったタイプ？　息子をないがしろにされたら怒る方？　それとも息子の無作法をきちんと叱る方？」

「こちらの調べでは後者です。高位の位階は伊達《だて》ではない様子ですよ。その事も含めて、伯爵には事前にお知らせしておきました」

そう言ったティルラの言葉を受け、エンゲルブレクトは軽く頷いている。いつの間に二人の間でそんな情報共有制度が出来上がっていたのか。

「……どうしてその情報が私のところにはこなかったの？」

「アンナ様に先入観を持たれたくなかったからですよ。聞いていれば、あの人物に対する態度に表れると考えたんです。それはこちらとしても避けたかったので」

拗《す》ねていたはずのアンネゲルトは、言われた内容に頭が下がっていく。腹芸の一つも出来ないと言われているも同然だが、確かに自分の性格では懸念《けねん》通りになっていただろうと思うと、反発も出来なかったのだ。

ティルラはいい笑顔で続けた。

「場所が場所ですから、周囲の私達が気を付けておけば問題ないと判断しましたし、何より私がいなくとも、伯爵がいてくださったでしょう？」

「助けに入ったのが自分ではなくエンゲルブレクトで良かったのでは？」と聞こえるのだから不思議だ。そして、それは本当の事なので反論出来ない。

「……そうね、隊長さんのおかげで助かったわ」

改めて礼を告げると、エンゲルブレクトは一礼した。

「己の職務を全《まっと》うしただけです」

「それでも、あの場でアンナ様を一人にせずに済んで助かりましたよ。あのままではアンナ様のお立場的に困った事になったでしょうから」

ティルラの言葉をアンネゲルトは正しく理解していたが、どうもエンゲルブレクトは別の意味に捉えたようだ。彼は顎《あご》に手を当てて思案気味に口を開く。

「しかし、向こうも立場があるだろうから、妃殿下にあれ以上の事は――」

「いいえ、相手がどうこうではなく、アンナ様が相手に暴言を吐いていた可能性が高いという意味です」

ティルラの言葉に呆然としているエンゲルブレクトをちらりと見て、穴があったら入りたいとはこういう事かと思うアンネゲルトだった。


ティルラが控え室に来てから三十分は過ぎただろうか、会場の様子を見に行くと言って、彼女は控え室を後にした。

残されたのはアンネゲルトとエンゲルブレクトの二人だけである。再びあの貴族男性のいる空間に戻らなければならないのが面倒で、アンネゲルトはつい本音をこぼした。

「もういっそ、このまま部屋に戻っては駄目かしら？」

「さすがにそれは……殿下も会場にいらっしゃいますし、何よりウラージェン国王がまだ退室なさっていないと思います」

ウラージェンの夜会や舞踏会では、その場で一番身分が高い人物が退室しない限り、出席者は帰る事が出来ないのだとか。なので、そういった会場には多くの控え室を用意し、疲れた者はそこで休んで再び会場に戻るのだという。

さすがにこちらの国の慣習をどうこう出来る訳もなく、アンネゲルトはおとなしく控え室でティルラが戻るのを待った。

ほどなく戻ってきた彼女は、隠しきれない笑みを浮かべている。一体、会場で何があったというのか。

「……どうかしたの？　ティルラ」

「朗報ですよ、アンナ様。例の人物は当分の間、社交界から遠ざけられるそうです。彼に与《くみ》した者もまとめて」

「ええ？」

どうやら、アンネゲルトに不躾《ぶしつけ》に言い寄った貴族男性の父親がその場面をウラージェン国王と共に目撃しており、国王に当てこすりを言われたそうだ。それを恥じた父親が息子とその一味を自身の控え室に呼び出したらしい。

彼はその場で息子に謹慎を、一味にそれぞれ実家の親から罰を受けさせると告げて、彼等を控え室に閉じ込めているという。

「ですから、戻っても問題はないかと」

「……その、見てきたような情報は一体どこから得たの？」

「お父上本人からですよ。アンナ様に謝罪なさりたいとかで、私に声をかけていらっしゃいました」

さすがにアンネゲルトも目が丸くなった。随分と常識的な人物だ。そんな父親なら、どうしてあの息子を野放しにしていたのか、そちらが気になる。

「どうしてその父親が、あの息子を今まで放っておいたのかしら」

「周囲からの情報をまとめますと、父親として出来る限りの事をしていたそうですが、息子にまるで通じていなかったようです。ともあれ、今回の件で父親の腹が決まったというところでしょうか」

アンネゲルトはふと、ルードヴィグの廃嫡問題を口にした時のスイーオネース国王アルベルトを思い出した。息子に悩まされる父親はどこも大変なものだ。


エンゲルブレクトとティルラと共に会場に戻ると、既にウラージェン国王は退室した後だった。慣習に従えばこのまま迎賓館《げいひんかん》の部屋に帰っても問題はないのだが、一時間近く中座したので少しだけ顔つなぎのために会場を回る事にする。

アンネゲルトは会場に入る直前、ウラージェン国王と例の父親連名の詫び状を使者より受け取っていた。後日改めて謝罪の場を設《もう》けたいという内容に対し、いつでも構わないと使者に言付けてある。さすがにこの謝罪をなかった事には出来ない。

会場の雰囲気はやや微妙な感じがしたが、戻ったアンネゲルトを目敏《めざと》く見つけたエドガーがマルガレータを伴《ともな》って近づいてきた。

「妃殿下、お加減の方はもうよろしいので？」

一応、疲労のせいで席を外した事になっており、エドガーの言葉はそれを周知するためのものだと思われる。実際、こちらのやり取りを気にしているウラージェン貴族の姿が目の端に映った。

「ええ、休んだおかげでもう大丈夫」

エドガーの隣には、心配そうにこちらを見ているマルガレータがいる。彼女には本当の事を知らせていないらしい。後で説明するとはいえ、騙《だま》しているようで後ろめたかった。

その代わり、もう心配はいらないとばかりに復調をアピールしておく。

「今ならダンスも踊れそうだわ」

折しも、次にかかる音楽はウラージェンで流行《はや》っている舞曲である事が告げられる。ホールの中央には、ダンスを楽しもうと多くの人が出てきていた。

そんなウラージェンの人達を眺めながら、エドガーが提案をする。

「では、妃殿下もダンスに加わってきてはいかがでしょう。相手は丁度そこにおりますし」

エドガーが視線で示したのはエンゲルブレクトだ。ルードヴィグの姿は見えないから、今度は彼がダグニーと控え室で休んでいるのだろう。

ウラージェンの男性と踊るのも社交だろうが、先程の事が少し尾を引いていて、かなり近い距離で、かつ向かい合わせになるこの曲を見知らぬ人と踊る気にはなれない。何より、アンネゲルト自身が久しぶりにエンゲルブレクトと踊りたかった。

側に立つ彼をちらりと見上げれば、視線の意味に気付いたのかエンゲルブレクトが綺麗な一礼をしてみせる。

「妃殿下、一曲お相手を」

「ええ、喜んで」

エンゲルブレクトに手を取られ、アンネゲルトはホールの中央へと足を踏み出した。

◆◆◆◆

夜会の翌日、二日酔い気味の朝を迎えたエンゲルブレクトは、夕べの己の行動を深く反省していた。

アンネゲルトにまとわりついていたウラージェンの貴族を撃退したまでは良かったが、その後、彼女と東域風のダンスをする事になったのだ。西域のものと比べると東域のダンスは向かい合って踊るものが多く、真正面から長く彼女を見つめた。

常にないその状況に、年甲斐もなく胸が高鳴ったのだ。それを鎮めようと自室に戻って酒に手を出したのがまずかったらしい。しかも、匂いに惹かれたのかエドガーとヨーンまで顔を出し、ちょっとした飲み会になってしまったのだ。

護衛の職務に関しては全て終え、引き継ぎを済ませてからだったとはいえ、大分早い時間から飲み始めた結果、二日酔いとなったのである。

「……しばらく奴らと酒を飲むのは控えよう」

思わず、そんな独り言が出てくるほどだった。

幸いにも、今日のアンネゲルトの予定に宮殿を出るものはなく、従ってエンゲルブレクトの仕事もない。東域の王国ウラージェンの迎賓館《げいひんかん》に滞在している今、過剰な護衛は相手国にいらぬ感情を抱かせる危険性もあるため、控えているのだ。

仕事がないならこのまま寝て過ごすか。そう決めて寝台に戻ろうとした彼の耳に、扉を無遠慮に叩く音が響いた。普段ならば問題ないその音も、今は突き刺さるように感じる。

ふらつきつつ開けると、扉の向こうには笑顔のエドガーが立っていた。エンゲルブレクトと同量の酒を飲んでいながら平然としている姿に、何だか腹が立つ。

「何の用だ？」

「ご挨拶《あいさつ》だねえ。いつまで経っても起きてこないから、わざわざ部屋まで様子を見に来てあげたのに。もう昼食の時間になるよ？」

そう言いながらずかずかと入ってきたエドガーは、窓のカーテンをさっと開ける。まぶしさに目をすがめるエンゲルブレクトに、エドガーは仕方ないなあと言わんばかりの様子だった。

窓から見える冬の空のかなり高い位置には、弱々しくもくっきりとした姿の太陽が輝いている。朝だと思っていたが、どうやら大分寝過ごしていたようだ。

「まだ酒が残っているのかい？　まあ、夕べの君の飲み方は、あんまりいいとは言えなかったからねえ」

「やかましい。わざわざ嫌みを言いに来たのか、お前は」

不機嫌そうにそう吐き捨てると、エドガーはにやりと笑った。こういう時の彼は要注意である。

果たして、彼の口から出てきたのは、この状況ではあまり歓迎出来ない内容だった。

「妃殿下が、昼食をぜひご一緒に、ってさ」

ウラージェンの迎賓館《げいひんかん》は、東域には珍しく西域風の建物だ。聞けば、現国王がまだ王太子だった頃に西域から訪れた建築家を気に入り、彼に作らせたものだという。そのせいか、西域風の中に東域の建築様式が取り込まれた、独特の佇《たたず》まいとなっていた。

その迎賓館《げいひんかん》の一室で、簡素ながらも昼食会が開かれている。参加者はアンネゲルト、ニクラウス、エンゲルブレクト、エドガー、マルガレータ、ティルラの六人だ。

最初にティルラが、ルードヴィグとダグニーの姿がない事の説明を行った。

「殿下は本日、ウラージェンの国王陛下とのごく個人的な会食に出られているため、こちらにはいらっしゃっていません。伯爵夫人は殿下に同行なさっています」

本来なら、ルードヴィグに同行するのは妻であるアンネゲルトの仕事なのだが、彼女のたっての頼みという形でダグニーに同行してもらっているという。

アンネゲルトはこの国に来てから、暇を見つけては国王に求められるまま、異世界の話を聞かせていた。そのおかげか、国王に気に入られているらしい。

その「お気に入り」のアンネゲルトの頼みとあって、本来なら正式な夫婦で招待するはずの会食に、夫の愛人という立場のダグニーの参加が認められた。

気の置けない者ばかりという事で、本日の昼食会は大分砕けた空気である。

「まあ、じゃあ街へはもう出てみたのね？」

「はい。とても綺麗な街で、橋の向こうには様々な品を扱っている店もたくさんあるんです」

アンネゲルトの言葉に、マルガレータは頬を紅潮させながら答えた。数人の護衛を連れただけで、街歩きを楽しんできたのだとか。彼女の話を聞くアンネゲルトの顔が輝いているのは微笑ましいものの、エンゲルブレクトとしては懸念《けねん》もあった。

――またお忍びで街に出ると言い出さなければいいが……

既にスオメンでも港街をお忍びで散策している。どうもアンネゲルトは気軽に街に出るのが好きらしい。

もちろん、もしもの時はエンゲルブレクトが護衛としてついていく。この仕事だけは、誰にも渡すつもりはなかった。そのためにもまず、二日酔いをするような飲み方をしないようにしなければ。

夕べの反省をしつつ、食欲のない胃に料理を何とか詰め込んでいく。こちらの状態が伝わったのか、アンネゲルトから心配そうな声がかかった。

「隊長さん、お料理、口に合わなかったかしら？　船の料理長に頼んだのだけど、食材はこちらのものだから、いつもとは勝手が違うかもしれないの」

「いえ、そんな事はありません。おいしいですよ、とても」

しまった、いらぬ心配をかけたようだ。慌てて言い訳するも、信じてもらえていない様子である。余程酷い顔でもしているのだろうか。

平静を装《よそお》うも、隣に座るエドガーが笑いを堪えながら事情を暴露した。

「妃殿下、エンゲルブレクトが苦い顔をしているのは料理が口に合わないのではなく、自業自得ですからご心配なく」

「自業自得？」

「ええ、夕べ少し飲みすぎまして」

アンネゲルトがぽかんとしている。余計な事を言うエドガーを睨《にら》んだものの、相手はどこ吹く風だ。

呆れられるかと思ったが、意外にもアンネゲルトはくすくすと笑い出す。

「じゃあ、今日はもしかして二日酔いなのかしら？」

「そのようですよ。部屋に行ったら、不機嫌な顔で出迎えられましたから」

アンネゲルトの笑いが大きくなった。隣に座る弟のニクラウスに何やら窘《たしな》められているが、気にした様子はない。

元々このメンバーで集まる時は、堅苦しい事はなしにしようと決めてあった。船の中で同じ面子《メンツ》で顔を合わせた際に、アンネゲルトから申し出た事だ。

エドガーの口は今日も絶好調で、こちらに来てから見たもの聞いたものを織り交ぜ、話題を進めていく。

「そうそう、こちらの陛下とは色々とお話しされたそうですね」

「ええ。母の国について知りたいと言われたの」

ウラージェン国王は異世界の国に大層興味があるとかで、何度もアンネゲルトに話を聞いていたらしい。そういえば、彼女の予定にウラージェン国王の名が頻繁に出てきていた。

異世界の話といっても、あちらの技術の事ではなく、普段の生活などを聞かれたそうだ。

「列車や車……馬に引かせないものね、これらにも興味を示されていたけど、一番関心を持っていたのは学校だったわ。もしかしたら、ウラージェンに作る予定なのかもしれないわね」

そう言って微笑むアンネゲルトを見て、エドガーは何やら考え込んでいる。その表情は外交官のもので、普段のふざけた様子は微塵《みじん》もなかった。

「妃殿下、学校の話を私も聞きたいのですが、よろしいですか？」

「ええ、もちろん。実はね、帝国の我が家の領地では、既に学校制度が始まっているの」

彼女のこの言葉には、エンゲルブレクトだけでなくエドガーも驚いた顔をしている。詳しく聞くと、身分に関係なく通えて、しかも学習にかかる費用は無料にしてあるのだそうだ。

「数年前から制服や給食も取り入れて、午前午後を通して学習出来るようになったんですって」

「それはまた……公爵閣下は大胆な事をなさるんですね」

エドガーが唸《うな》るように漏《も》らした言葉に反応したのは、アンネゲルトの弟のニクラウスである。

「学校制度は全て母の管轄です。もちろん、地元の者達との折衝《せっしょう》にはそれなりの人物を当てましたが、計画の最初から関わっている人間は母だけですよ」

本当に、帝国の話は驚かされるものが多い。スイーオネースでは、女性が家から出る機会は社交くらいしかないし、仕事をするなどもってのほかだ。彼女達の一番の仕事は実家にとって利益のある家に嫁《とつ》ぎ、子をなす事なのだから。

だが、帝国では男性に交じり女性も普通に働いているという。そういえば、その代表格であるティルラがこの場にいる。彼女の前歴は帝国軍人という驚くべきものだった。

昼食会は和《なご》やかに終わり、食後のお茶の時間はそれぞれが好きにくつろいでいる。西域とは違い、皆、床に敷かれた絨毯《じゅうたん》にそのまま腰を下ろしていた。そこかしこに大きなクッションが置かれ、座ったりもたれたり出来るのだ。こういうところは東域風を取り入れているらしい。

出された茶器も西域のものとは違っていて、取っ手がないタイプである。お茶の中身は船から持ち込んだもので、スイーオネースでもよく飲まれている茶葉だ。

エンゲルブレクトの前では、アンネゲルトがリラックスした様子で足を投げ出している。スイーオネースや帝国では、行儀が悪いと怒られそうなものだが、東域のウラージェンではこれで行儀が悪い事にはならないのだとか。

どうもアンネゲルトの故国も似たような文化があるらしく、彼女はこの方式を殊《こと》の外《ほか》喜んでいた。

「二日酔いの方はいかが？」

「もう大丈夫ですよ」

なら良かったと笑う彼女に、余計な事を話したエドガーは後で締め上げておこうと心に決めたエンゲルブレクトだ。

現在この部屋には、アンネゲルトとエンゲルブレクトの他にはエドガーとマルガレータしかいない。ティルラとニクラウスは小間使いが呼びに来て退室してしまったのだ。

こちらに話が来なかったところを見ると、帝国組で何かあったのかもしれない。後で確かめておこうと頭の片隅に刻んでいると、隣から脳天気な声が聞こえた。

「良かったね、エンゲルブレクト。妃殿下にあの最悪な寝起きの顔を見られなくて」

「お前は少し黙っていろ」

普通に考えても、アンネゲルトがエンゲルブレクトの寝起きの顔を見る状況になる訳がない。それをわかっていて言うのが、このエドガーの腹立たしいところだ。

エンゲルブレクトとエドガーのやり取りを聞いて、アンネゲルトがまたくすくすと笑っている。こいつと一緒にいると、どうにも見せなくていい面を見せてしまう。かといってこちらが距離を取ろうにも、向こうがそれを決して許さない。面倒この上ない男である。

そんな中、やっと笑いがおさまったアンネゲルトが意外な一言を口にした。

「隊長さんとユーン伯は、本当に仲がいいのね」

一瞬、エンゲルブレクトの動きが止まる。今、彼女は何と言ったのか。耐えがたい誤解を正そうと口を開く前に、呑気《のんき》な声がかけられた。

「だってさ。良かったね、エンゲルブレクト」

どこかで、何かがぶつりと切れる音が聞こえた気がした直後、エンゲルブレクトはそれまでの鬱憤《うっぷん》を全てエドガーにぶつける。

「どこがいいんだどこが！　貴様なぞと仲がいいと誤解された私の身にもなれ！　貴様という奴はいつもいつも――」

「何を言ってるのさ、君とエリクは僕に一生頭が上がらないはずだよ？」

「いつそんな事になった⁉」

人の言葉を遮《さえぎ》ってまで聞き捨てならない事を言い出したエドガーに、エンゲルブレクトは手を上げる一歩手前まで激高していた。

そんな彼に怯《おび》えもせず、エドガーは諭《さと》すように説明する。

「もう忘れたのかい？　君とエリクが夜に学校の寮を抜け出した時、寮監の目を誤魔化したのは僕じゃないか。あの時僕がいなかったら、君達は落伍者《らくごしゃ》の汚名を着せられて放校処分になっていたはずだよ」

「その抜け出す羽目になった大本の原因は、お前だろうが！　変な賭けに人を引きずり込みおって‼」

軍学校時代、先輩に当たる生徒との諍《いさか》いの結果、寮を抜け出してとある店に行き、帰ってくるまでの時間を競うという賭けに巻き込まれたのだ。

寮から抜け出すには、寮監の目を盗んで見つからないようにしなければならない。賭けの大本は先輩と言い合いになったエドガーにあるのだから、その程度の手伝いはして当然だった。

だというのに、肝心な部分を飛ばして自分の手柄だけを言うとは。とうとうエドガーの胸ぐらを掴んで揺さぶったエンゲルブレクトは、その瞬間、ここがどこで誰が目の前にいるかを思い出す。

しまった、と思った時には遅かった。ゆっくりと視線をやると、目を丸くして驚いているアンネゲルトとマルガレータの姿がある。

胸ぐらを掴まれたままのエドガーは、人差し指を立てて左右に振った。

「貴婦人の前で声を荒らげるなんて、紳士にあるまじき振る舞いだよ。まったく、軍人は全てが荒くて困るね、本当に」

「だから、誰のせいだと――」

言いかけて、気力で押し留める。これ以上アンネゲルトの前で醜態をさらす訳にはいかなかった。

エンゲルブレクトはエドガーを放り出し、アンネゲルトに向き直って頭を下げる。

「妃殿下、申し訳――」

「ぷ！　ぷふ！」

何やら、奇妙な音……というか、声のようなものが聞こえてきた。小声で「妃殿下」と慌てて窘《たしな》めるマルガレータの声も聞こえる。

「あの、妃殿――」

「くふふ、ふは！」

顔を上げると、耐えきれないといった様子で、アンネゲルトが笑い出した。ころころと目の前で笑う彼女に、エンゲルブレクトは為《な》す術《すべ》がない。

笑いすぎてにじみ出た涙を指先でぬぐいながら、アンネゲルトが詫びてくる。

「ご、ごめんなさい。でも、隊長さんが誰かとあんな風に言い合うのなんて、初めて見たわ」

「いえいえ、お見苦しいものをお見せしてしまい、こちらの方こそ謝罪せねばなりません。ね？　エンゲルブレクト」

元凶が、けろっとした顔をして、全ての責任を押しつけてきた。こいつはこういう奴であり、責めたところで意味はないとわかっているのだが、少なくとも一言は言っておきたい。

「……だから、お前が言うな」

また笑い出したアンネゲルトの前で、エンゲルブレクトは脱力してうなだれた。

四　真実

アンネゲルトがやっと休みを取れたのは、ウラージェンに到着してから一ヶ月が経った頃だった。ここには二ヶ月滞在する予定でいるので、既に日程の半分を過ぎている。

アンネゲルトが休暇を知ったのは、入浴を終えた後だった。翌日の予定を伝えに来たティルラの口から、三日後に休暇が入った事を聞いたのである。

「一日休みでいいのね？」

「ええ、こちらで日程調整をしました。長旅の疲れが出る頃だろうと、ウラージェン王も仰《おつしや》っていたそうですよ」

ティルラやエドガー達が頑張ってもぎ取ってくれた休みのようだ。そして、この時間を使ってエンゲルブレクトと共に、前サムエルソン伯爵トマスの元側近、フリクセルに会いに行くことが決まった。

メンバーはエンゲルブレクトとアンネゲルトに加えて、ニクラウス、エドガー、ティルラの五人だ。ヨーンとルードヴィグ、ダグニー、マルガレータは居残りが確定している。

ルードヴィグは当初から予定になかったし、ダグニー、マルガレータも同様だ。ヨーンは彼等の護衛のために残していく。

エンゲルブレクトがウラージェンに来た事は、人をやって商会支部へ伝えてある。その際に、支部を預かっているフリクセルが風邪で臥《ふ》せっていると聞いた。しかし、それから数日経っているので、訪問に問題はないだろう。

訪問人数と日時を手紙に記し、フリクセルのもとへ送ったところ、ただ一言、「お待ちしております」と記された返事が届いている。

休みの日はあっという間にやってきた。フリクセル邸までは、船からこっそり下ろしておいたアンネゲルトの馬車を使う。

「良かった……」

東域の馬車による腰へのダメージは、船より急遽《きゅうきょ》来てもらったリラクゼーション担当のスタッフのおかげで大分緩和されているが、もう二度と味わいたくない代物だ。

商会支部で教えてもらった住所によると、フリクセル邸は王宮から馬車で一時間程度の場所らしい。大型の馬車のため、五人全員が乗れるのはいいのだが、車内に妙な緊張感が漂《ただよ》っていて、皆無言なのが苦しいところだ。

訪れた先は、二階建てのこぢんまりした家である。

手紙で来訪を知らせてあったおかげか、不審に思われることもなく応対に出た使用人に招き入れられた。通された部屋――おそらく応接室で待つことしばし、部屋の扉が開いて主《あるじ》と思わしき人物が入ってくる。

年の頃は六十くらいの、やせぎすで小柄な、くたびれた印象の男性だ。彼がフリクセルだろうか。

彼はアンネゲルト達に一礼すると、椅子に腰を下ろした。

「……こんな遠いところまで、よくいらしてくださいました。私がこの家の主《あるじ》、ラスムス・グンナル・フリクセルでございます」

やはり、彼が探していた人物だ。故トマス卿の側近と聞いていたから、もっと気力に溢れた人物と思っていたのだが、どこにでもいる初老の男性である。何だか意外な気がするアンネゲルトだったが、彼女の目の端でニクラウスが動いた。

「あなたが故トマス卿の側近だった人物、ですか?」

「はい」

「我々はあなたに会うために、はるばるスイーオネースから来ました。こちらにいらっしゃるのが、あなたの元主《あるじ》、トマス卿のご子息であるエンゲルブレクト卿です」

「おお……この方がヴァレンチナ様の……」

ヴァレンチナ？　と首を傾げるアンネゲルトの耳に、ティルラがこっそりと「伯爵の母君の名前です」と囁《ささや》く。やはり、ティルラはエンゲルブレクトの事もしっかり調べていたようだ。

「さて、我々がここに来た理由は……もうご存知ですよね？」

ニクラウスの言葉に、フリクセルははっきりと頷いた。

「万が一ご子息様がここにいらっしゃった時は、全てをお話しするよう亡き旦那様から申しつけられております」

彼の言う旦那様とは、故トマス卿の事らしい。何故トマス卿は彼にそんな言付けをしていたのか。トマス卿はエンゲルブレクトがここに来るとわかっていたのだろうか。

「この日が来る事を、私は願っていたのかもしれません。私の知る、全てをお話ししましょう」

そう言って、フリクセルは皆を座らせ、呟いた。

「まずは、何からお話ししたらよいのやら……」

語るべき内容が多いのか、彼は考え込んでしまう。聞きたい事が山ほどあるはずのエンゲルブレクトは、俯《うつむ》いたままだ。その表情には緊張の色が見えた。

アンネゲルトは気が気でない。どうしても知りたくてついてきたが、これから話されるのはエンゲルブレクトの最もプライベートな事だ。

今更だけれど、本当に自分がこの場にいても、いいのだろうか。

――隊長さんにもニコにも、反対はされなかったけど……何だか私まで緊張するよ……

そんな張り詰めた空気が漂《ただよ》う中、口を開いたのはエドガーだ。進行役をニクラウスから替わったらしい。

「差し支えなければ、こちらの質問に答える形で話してもらってもいいかな？」

彼は普段通りにっこり笑って、フリクセルに確認した。

「はい、もちろんでございます」

「それじゃあ、本題に入る前に……エンゲルブレクト。君のご両親の話が中心だ。君は聞きたい事はないの？」

突然話を振られ、エンゲルブレクトは軽く驚いたような表情を見せたが、すぐに眉間の皺《しわ》を深くする。不快感を示した訳ではなく、何か考え込んでいる様子だ。

やがて、彼は口を開いた。

「何故、父は母に自分以外の男の子供を産ませたんだ？」

全ての問題の根源に関わる事柄を、エンゲルブレクトはまっすぐな目でフリクセルに問いただす。

貴族の夫人が夫以外の愛人を持つのはよくある事だし、社交界では当たり前の事と言える。ただし、後継ぎとなる男児を産んだ後に、という条件がついていた。

しかも、愛人との子を産む事は禁忌《きんき》とされているのだ。ウラージェンならともかく、スイーオネースではそれが貴族の世界の常識である。故トマス卿が知らないはずがない。

エンゲルブレクトの母が望んでトマス卿以外の男性と通じたのか、それとも望まぬ妊娠だったのか。そして何故、トマス卿は男として最大の屈辱《くつじょく》を甘んじて受け入れたのか。

その答えは意外な内容だった。

「それは、最初から決まっていた事だからです」

「何だと？」

「それを話すには、まずお二人の結婚の経緯を話した方がいいかもしれませんね……」

そう言うと、フリクセルは何かを考え込む。ややあって顔を上げた彼は、エンゲルブレクトに確認をした。

「実は、ご子息様に会わせたい者がいるのですが、ここに呼んでもよろしいでしょうか？」

「それは誰かな？」

問い返したのは、エンゲルブレクトではなくエドガーだ。相変わらずにこやかな様子だが、目だけは鋭い。相手のどんな嘘も見逃すまいとしているかのようだった。

「ご子息様の母君……ヴァレンチナ様の妹です」

彼の一言に、エンゲルブレクトの肩が揺れる。ここに来て、母方の親族に会うとは思わなかったのだろう。

動揺する彼に代わり、エドガーが許可を出したため、ヴァレンチナの妹でエンゲルブレクトの叔母《おば》は、この場に呼ばれる事になった。

◆◆◆◆

少ししてから部屋に入ってきたのは、黒髪の女性だ。エンゲルブレクトの記憶にある母の姿とは、あまり似ていない。

上質ではあるが質素な服装で、アクセサリー類もあまり身につけておらず、こう言っては何だが、地味な印象を受ける。

女性は部屋にいる一同に会釈《えしゃく》をすると、フリクセルの側に立った。

「彼女がニーナ。ヴァレンチナ奥様の妹で、私の妻です」

「妻!?」

エンゲルブレクトとアンネゲルトが異口同音に叫んだ。フリクセルは六十がらみの男性で、ニーナはどう見ても四十そこそこなのだから、親子ほどに年が離れている。

それに、フリクセルはサムエルソン伯爵家が所有する商会で、ウラージェンに関する全権を握っている人物だから、それなりの収入はあっても身分はない平民だ。

そのフリクセルと結婚しているという事は、ニーナの姉であるヴァレンチナも平民だったという事だろうか。

大概の貴族の結婚には国王の許可が必要で、夫婦どちらかの身分が低い場合、貴賤《きせん》結婚に当たり、許可が得られない場合が多い。

もっともその場合でも、抜け道はいくつかある。貴族の身分を持つ方が自分の身分を捨てる事もあるし、平民側が適当な貴族の養子に入って身分を釣り合わせる事もある。その際の支度金という名の報酬目当てで、養子を積極的に受け入れる貴族もいるという。

部屋に入ってきたニーナは、一目で自分の甥《おい》を見分けたらしく、エンゲルブレクトの顔を見つめて目に大粒の涙を浮かべた。

隣のスツールに座らせた妻の肩を抱いて慰《なぐさ》めるフリクセルは、エンゲルブレクトに向き直って告げる。

「旦那様と奥様が結婚する事になった理由の一つに、ニーナの存在があるんです」

「……どういう事なんだ？」

ますますわからない。何故自分の両親の結婚に、母の妹が関わっているのか。混乱するエンゲルブレクトに、涙を拭いたニーナは弱々しくも答える。

「それは、私からお話しします」

そう言うと、彼女は自分の境遇を語り始めた。

ヴァレンチナとニーナの実家、ノヴォセロヴァ家は、ウラージェンの位階を持つ貴族の家柄だった。

だが、三代続いて放蕩者《ほうとうもの》を主《あるじ》に据えた結果、家の財政は逼迫《ひっぱく》し、ニーナが幼い頃には食べるにも事欠く有様だったという。

「だというのに父は放蕩《ほうとう》をやめず、それどころか後継ぎの兄まで賭け事にはまり、家には財産と呼べるものはもう何もない状態でした」

ヴァレンチナとニーナは少し年が離れていて、父トマスとヴァレンチナが出会った時はヴァレンチナが十八歳、ニーナが十二歳だった。

「姉が伯爵様と出会ったのは、偶然でした。街中で伯爵様の馬車が立ち往生している場に居合わせ、姉が伯爵様の服の汚れを払ったのが出会いだそうです」

ヴァレンチナは姉妹の母に似て、その頃から美しさが際《きわ》だった女性だったという。それに目を付けたのがトマスという訳だ。

出会いからわずか四日後に、トマスはヴァレンチナの家を訪れている。家の現状や、父と長男の放蕩《ほうとう》も知られ、ヴァレンチナ達は当初トマスを警戒していたのだとか。

その後もトマスはヴァレンチナのもとを何度も訪れ、何くれとなく差し入れをくれたという。それは食べ物だったり、ドレスを仕立てる布地だったり、高価な宝石だったりしたものの、食べ物以外は全て父と長男に取り上げられ、彼等の放蕩《ほうとう》に使われていた。

そんなある日、訪れたトマスはヴァレンチナと部屋で何かを話していたが、帰りがけに「残念だよ」と言って帰っていったという。

「その後、しばらく伯爵様は我が家を訪れなくなりました。姉も嫁入り前の娘でしたし、悪い噂《うわさ》が立つのを恐れての事だと、あの時は思っていたのですが……」

当時、ヴァレンチナには結婚話がいくつか持ち上がっていたそうだ。家が破産寸前で厄介な父親と長男がついていても、身分のある家柄と、何より本人の美貌があったからだという。

だが、そのどれも父親がつぶしていた。相手が提示した支度金の額に不満があったせいだ。

「支度金とは名ばかりで、要は姉の代金だったんです。父はなるべく高く姉を売りつけようとして、いつも失敗していました」

そんな父と長男に、トマス卿の事がバレたのは当たり前だったのかもしれない。異国の貴族、しかも貿易で金をたんまり持っているなら、娘を「売って」もいいだろう。二人はそう考えていたのだそうだ。

「実際、私達の目の前で、二人は嬉しそうに言ったんです。これで金の心配をする必要はなくなった、いくらでもあの男から金を引き出せる、って」

ニーナは俯《うつむ》いて震え出した。極悪な家族がいても、彼女とその姉はまっとうだったのだ。だからこそ他人に集《たか》る父と長男を恥じ、随分と居たたまれない思いをしたのだろう。

エンゲルブレクトはニーナを見つめながら、母方の祖父と伯父《おじ》の考えの甘さに内心溜息を吐きたくなった。あの父が、そう簡単に彼等に金を出したとは思えない。そういった連中のあしらい方は、よく知っていたのだから。

ニーナは当時を思い出しているのか、手が震えている。過去を思い出すのは、彼女にとって苦痛であり、自分の家の恥をさらけ出す事でもあるのだ。

「後からわかったのですが、伯爵様は姉にある計画を持ちかけていたそうです。でも、姉はそれを断っていました。それで伯爵様は、我が家に来なくなったんです……なのに……」

ニーナは苦し気な顔をしている。余程言いづらい事なのだろうか。だが意を決した彼女は、叫ぶように吐露《とろ》した。

「姉が伯爵様と取引したのは、私のせいなんです！」

「取引って……一体どんな内容を？」

父トマスなら、誰を相手にしても取引を持ちかける事に不思議はないが、女性、それも没落間近の貴族令嬢に、何をさせようとしたのか。

「伯爵様は、さる方の御子を産む女性を探していたそうです。それで、姉にどうかと持ちかけてきたと聞いています」

話が核心に近づいた。その相手こそが、エンゲルブレクトの実父という事になる。ニーナの言い方から考えて、相当な身分の人物だ。やはり、国王アルベルトの叔父《おじ》、フーゴ・ヨハンネスなのだろうか。

固唾《かたず》を呑むエンゲルブレクトの前で、ニーナは教会で懺悔《ざんげ》する者の如《ごと》く手を顔の前で組み、事情を話し始めた。

「姉が伯爵様と会った少し後、父が私に奉公の話を持ってきたんです。金を持った平民の家に入るという話でした……」

「それは、まさか」

エンゲルブレクトも二の句が継げない。金のために結婚する貴族令嬢は多いものの、さすがに年齢が低すぎるし、しかも相手は平民となると、正式な結婚という訳でもなさそうだ。

同行している女性陣の表情も、途端に険しくなっている。アンネゲルトなど、「ロリコン死すべし」と呟いていた。

「ろりこん」という言葉の意味はわからないが、今はそれどころではない。エンゲルブレクトはフリクセルの言葉に耳を傾けた。

「ニーナの父親は、彼女に妾奉公《めかけ》に出るよう強制したんです。それをヴァレンチナ様が怒って、旦那様に直談判しにいらっしゃいました。あの日の事は、今でもよく覚えています」

トマスが逗留《とうりゅう》していた宿に、ヴァレンチナが訪ねてきたのだそうだ。部屋に通された彼女は、開口一番トマスに尋ねた。「あなたは女二人を守るだけの力と金を持っているか」と。

「旦那様は一瞬驚かれましたが、すぐに破顔なさいました。自分との取引を受けてくれるなら、ヴァレンチナ様の母御と妹の命と生活を保障すると、その場で宣言なさったのです。実際、旦那様にはそれだけの力も財もおありでした」

母と妹が助かるのなら、とヴァレンチナはその場で了承したという。

「母は、自ら望んでその計画に乗ったという事か……」

エンゲルブレクトはぽつりと漏《も》らした。まさか、両親の間でそんな取引があったとは。その結果、生まれたのが自分という事実を、どう思えばいいのかわからない。混乱して、目眩《めまい》を覚えた。

フリクセルはニーナの手を取りながら、当時を思い出すように続ける。

「あの時のヴァレンチナ様の目は、今でも忘れられません。あの年の女性には珍しいほど、強く輝く瞳でした。どこまでも毅然《きぜん》としていらして……」

エンゲルブレクトは、その一言にやや救われた思いがした。少なくとも、母は涙を呑んで父の計画に加担した訳ではないらしい。

思えば、母はエンゲルブレクトの前でも涙を見せた事がない人だった。いつも薄く笑んでいるだけで、怒ったところも見た覚えがない。今フリクセルが言ったような、激しい面も。

トマスとヴァレンチナの間で契約が結ばれた翌日、トマスは行動を起こした。借金だらけだったノヴォセロヴァ家の借金を清算し、その代わりにヴァレンチナ、ニーナ、そして彼女達の母を、父と長男から引き離したのだ。

父達は抵抗したそうだが、トマスは難なくいなして彼等を遠ざけたという。そしてニーナ母娘をフリクセルに託し、トマスはそのままヴァレンチナを連れてスイーオネースへ帰った。

「私はそれまで旦那様について世界中を回っておりましたが、二人を守るという名目でこの地に根を下ろしました。ついでに商会の仕事を任せると旦那様に言われた時は、どちらがついでなのかと思いましたが」

その後、共に生活するうちに情が芽生《めば》え、ニーナと結婚する事になったという。ノヴォセロヴァの家から出た時点でニーナの身分は剥奪《はくだつ》されていたので、問題はなかったのだそうだ。

「旦那様がスイーオネースへ帰ってから二年後でしたか、一度こちらを訪ねてこられたのです」

その際に、トマスはある品を預けていったらしい。

「いずれサムエルソンの名を継ぐ者が来たら、これを渡して全てを話すように、と言付かっておりました。ご子息様がいらしてくださったおかげで、長年の仕事をようやく終えた思いです」

そう言うと、フリクセルは立ち上がって部屋の奥の壁に向かった。そこで彼が何やらいじったところ、壁の一部が開き、隠し金庫が現れる。

席に戻ってきた彼の手には、木の箱があった。両手で持つほどの大きさの箱は、蓋の部分に貴石をあしらった細工が施《ほどこ》されていて、全体的に意匠《いしょう》の細かい美しいものだ。

「綺麗な箱」

アンネゲルトの素直な感想に、フリクセルは微笑してそれを持ち上げた。

「これはからくり細工になっているんです。きちんとした手順を踏まないと、開けられないのですよ」

そう言ってフリクセルは箱のあちらこちらを押したり引いたりする。やがて箱の上部が横に動き、蓋が開いた。

「これが、旦那様から預かっていた品でございます。ご子息様の父君のものだそうです」

エンゲルブレクトの目の前に置かれた箱の中には、丸められた書状と小さな箱が収められている。エンゲルブレクトは震える手で書状を開いた。上質の羊皮紙《ようひし》に書かれた内容を確かめた途端、エンゲルブレクトの目が見開かれる。

「これは……何故……」

呆然とするエンゲルブレクトの手から、誰かがさっと書状を取り上げた。音読する声からして、エドガーか。

「この指輪を持つ者、ヴァレンチナ・チムーロヴナの産んだ子エンゲルブレクト・ロビン・カールを我が子として認める。ヨルゲン・スティーグ・ノア・オークランス」

その場がしんと静まり返った。ティルラとニクラウスの表情は硬い。アンネゲルトは、一人疑問符を飛ばし続けていた。おそらく、彼女は読み上げられた名前に覚えがないのだろう。国外の人なのだから当然かもしれない。

だが、エンゲルブレクトやエドガーには馴染みのある名だ。彼等だけでなく、スイーオネース貴族ならば幼い頃から叩き込まれる名前である。

書状を読み上げたエドガーは、エンゲルブレクトに向かってにっこりと微笑んだ。

「おめでとう、エンゲルブレクト。君の実の父君がわかったよ。先代国王ヨルゲン十四世陛下。現国王アルベルト陛下の父君でもあるから、君は現国王陛下の異腹の弟君だね」

彼の言葉に、一番驚いて声を上げたのはアンネゲルトだった。

◆◆◆◆

驚きのあまり、大声を上げてしまったアンネゲルトは、両隣にいる弟ニクラウスとティルラに日本語で同時に叱られた。

「姉さん……静かにしようね」

「アンナ様、お静かに」

ティルラはまだしも、どうしてこの弟はこうも偉そうなのか。不満を口にしたかったが、その場の空気もありアンネゲルトは口を閉じた。

「お騒がせしまして、申し訳ございません」

大声を出した張本人であるアンネゲルトの代わりに、ティルラが謝罪する。この場でアンネゲルトの身分を明かしてはいないものの、王太子妃たる者、易々《やすやす》と他者に謝罪してはいけないと言われているのだ。

何て窮屈な立場なんだ、と改めて思うが、今はそれどころではない。騒ぐべきでない場所で騒いでしまったアンネゲルトは、反省を表すためにもおとなしくする事にした。

一瞬彼女に集まった皆の視線は、再びテーブルの上の箱に向けられている。特に、小箱の方だ。エンゲルブレクトの長い指が小箱を持ち上げるのを、アンネゲルトは黙って見ていた。

外の木箱同様、細工が施《ほどこ》してあって美しい仕上がりであるが、こちらには仕掛けがないらしい。エンゲルブレクトが蓋を開けて取り出した中身は、男性用の大ぶりの指輪だ。

アンネゲルトの位置からはよく見えないけれど、石をはめたものではなく意匠《いしょう》が施《ほどこ》されているのがわかった。男性がつける紋章入りの指輪ではないだろうか。

そんな中、エドガーがエンゲルブレクトに声をかける。

「ちょっと見せてもらってもいいかな？　ああ、王冠を被った二頭の獅子《しし》が支える盾、その中に王冠と塔か。スイーオネース王家の紋章だね」

そういえば、王宮でその紋章を目にした事がある。やはり、エンゲルブレクトは王族だったのだ。それも、現国王とかなり近い血筋になる。

——あれ……これって、どうなるの？

現国王の従兄弟《いとこ》より、弟の方が王位継承権は高い。とはいえ、父親である先代国王がエンゲルブレクトの母と正式な結婚をしていなければ、彼は庶子扱いで継承権そのものがなかった。

しかしながら、エンゲルブレクトを取り巻く環境が複雑になってきたのは確かだろう。

エドガーは指輪をあらゆる角度から眺め、箱の中身もくまなく調べている。まるで何かを探しているようだが、その理由はすぐにわかった。

「確かに、先代陛下のものだね。いくら偽造しようにも、制作者までは偽造出来ないから。ここにちゃんと制作年月日と制作者の名前が彫られているよ」

王の持ち物を作る職人の名は秘されるのがスイーオネースの決まりだ。その制作者名が明かされるのは、王が退位もしくは死亡した時だけである。ヨルゲン十四世は既に故人のため、彼の身の回りの品を作った職人の名は全て公開されていた。

　そして、国王の持ち物となれば王宮に目録が残されている。目録そのものは廃棄される事がないので、スイーオネースに戻って王宮の目録を調べれば、この指輪についても記載されているだろう。

　だが、エンゲルブレクトはまだ信じられない様子だ。

「……先代陛下の死後、偽造したのかもしれない」

　自信なさげに吐き捨てるエンゲルブレクトに、エドガーは冷静に切り返した。

「先代陛下が亡くなったのは二十二年前だ。トマス卿がこの指輪を持って東域に来たのはそれよりもずっと前だろう？　偽造は無理だよ」

　フリクセルの話では、ヴァレンチナを連れ帰って約二年後にこの指輪を持って東域を訪れているのだから、少なくとも二十五年以上は前の話になる。エドガーの方が正しかった。

「そんなに疑うなら、国に戻ってから王宮の目録と突き合わせてみればいいよ。先代陛下は愛人に贈ったものも全て目録に載せていたっていうから、この指輪の事も出てくるでしょ」

エドガーの言葉に、アンネゲルトはなるほどと納得する。こんな書状を書くくらいだから、エンゲルブレクトについても我が子として公表する気はあったのだろう。だとすれば、ここにある指輪の事も目録に載せていなければおかしい。その割には、今の今までこの話が表に出なかったのが不思議だけれど、それ以外にも疑問は多いので、聞くとしたら後でまとめてになる。

それにしても、王宮の回廊で見た前王の弟の肖像画とエンゲルブレクトが似ていた理由は、叔父《おじ》と甥《おい》だからか。だとしても、あんなに似るものなのかと少し不思議に思ったが、そういえばアンネゲルトの身近にも同じ例がいる。帝国皇太子ヴィンフリートの二番目の弟とアンネゲルトの父はよく似ているのだ。これも叔父《おじ》と甥《おい》の組み合わせである。

アンネゲルトは、そっとエンゲルブレクトの様子を窺《うかが》った。彼はとんでもない真実を前に呆然とする時間を越えて、今は何やら悩んでいる。

「何故父は、こんな事を……」

彼の呟いた父が、トマス卿なのかヨルゲン十四世なのかはわからないけれど、確かにどちらにしても理由がよくわからない。

これまで聞いた話を総合すると、トマス卿に関しては大体事情が推察出来る。ヴァレンチナをスイーオネースへ連れていったのは、ヨルゲン十四世の子を産ませるためだ。

わざわざヴァレンチナを自分の妻とし、生まれてきたエンゲルブレクトを伯爵家の後継者にしたのは理解出来ないが。

それに、先代国王というワードには引っかかりを覚える。以前、誰かから聞いた覚えがあるのだけれど。

「……！」

いきなり思い出したアンネゲルトは、危うく声を上げるところだった。寸前で押さえたので、先程の二の舞は演じずに済んだ。

――そうよ！　お祖父さんの方じゃなくて、お祖母さんの方の話を聞いたんだ！

王宮の回廊で、ルードヴィグから聞いている。エンゲルブレクトによく似た彼の叔父《おじ》の肖像画を見たのも、そこだ。あの時、ルードヴィグは女性の肖像画を見て祖母だと言っていた。

ヨルゲン十四世の王妃、アナ・アデルは夫の愛人であった多くの貴婦人とその子を毒殺したとして、塔へ幽閉された後、すぐに亡くなっている。彼女は敬虔《けいけん》な信徒で、神の教えに背《そむ》いて妻以外の女性との間に子をなした夫に不満を持ち、その不満が愛人と庶子へと向かったのだという。

スイーオネースでは、この事件は今でも「王妃の大虐殺」として人の口に上《のぼ》るのだぞうだ。その事件の、ある意味元凶と言える男が、エンゲルブレクトの父親なのだという。では、エンゲルブレクトは王妃の大虐殺を生き残った、ただ一人の人間という事なのだろうか。

確かめたいが、ここで話題に出していいものか悩む。アンネゲルトが扇の陰で唸《うな》っていると、左右からニクラウスとティルラによる圧力を感じた。扇越しの小さいものとはいえ、唸《うな》り声を上げるのは貴婦人らしからぬ行動だと言いたいのだろう。

——それくらいわかってるわよ！　でも、気になるんだもん……

さて、どうしたものか。視線を両脇にやらず悩むアンネゲルトの耳に、くすりという笑い声が入った。そちらを向くと、エドガーがアンネゲルトを見て笑っている。

「お聞きになりたい件はわかりますよ。先代陛下の事でしょう？」

的を射た言葉に、アンネゲルトは動揺した。彼は魔導を使えないはずだが、今のこのタイミングでこの内容を言うとは、こちらの心を読んでいるのではないだろうか。

焦るアンネゲルトの前で、エドガーはさらに笑みを深くした。

「ちなみに、僕は読心術など会得《えとく》しておりませんよ。この状況とお顔を見て推測しただけです」

普段ならアンネゲルトを敬称で呼ぶエドガーがそうしないのは、彼なりの心遣いなのだろう。アンネゲルトがスイーオネースの王太子妃である事は、この場で公《おおやけ》にしていない。

それにしても、ただの推測とは畏《おそ》れ入る。長らく外交の仕事などをしていると、そういう術《すべ》にも長《た》けるのか。

「さて、では諸々の情報を鑑《かんが》みて、僕なりの推論を立てたんだけど……その前にフリクセル、君はトマス卿が何故ヴァレンチナ夫人を妻としたのか、何故先代陛下との間に彼を儲《もう》ける事になったのか、何故トマス卿が彼を伯爵家の後継にしたのか、知っているかい？」

エドガーはフリクセルをまっすぐに見て問う。確かに、トマス卿の側近だったというのなら、本人から何か聞いていてもおかしくない。

果たして、フリクセルは重い口を開いた。

「……旦那様は、国王陛下より依頼されておりました。その……子供を産む女性を、探すようにと」

言いにくそうにしているのは、女性を道具扱いしている内容だからか、それともその結果生まれたエンゲルブレクトが目の前にいるからか。

東域全体がどうかはわからないが、基本的にこの世界では、女性は子供を産む道具として見なされる事が多い。特に王侯貴族の間では。

帝国でも、アンネゲルトの母である奈々が父と結婚するまでは、その考え方がまかり通っていたという。母達が三十年近くかけて男女双方の意識を改革した結果、そうした考え方は減ってきているものの、今でも根強く残っているほどだ。

それにしても、トマス卿が個人で動いていたのではなく、先代国王主導だったとは。これで先程のエドガーの問いのうち、一つは解決した訳だ。

彼が腕を組んで考え込んでいる間に、エンゲルブレクトがフリクセルに問いただす。

「何故先代国王がそのような事を父に依頼したか、知らないか？」

「申し訳ございません。そこまでは……」

エンゲルブレクトからの問いに、フリクセルは平身低頭で答えた。さすがにそこまでは知らされていなかったのかと考えていたところ、脇からエドガーが口を挟む。

「ああ、それならある程度予測がつくよ」

「何？」

「王妃アナ・アデルへの当てつけさ。とはいえ、当てつけるべき相手はとっくに亡くなっていた訳だけど」

エドガーが言うには、王妃の大虐殺で一番嘆いたのは国王ヨルゲン十四世だったそうだ。彼は愛人達もその子供達も、とても大事にしていたらしく、彼等を殺した妻には憎しみしかなかったのだとか。

——でも、妻である王妃にそこまでの行動を取らせたのは、ヨルゲン十四世本人よね。一番裁かれるべきは、あちこちの女性に手をつけて庶子を作り続けた夫の方だろうに。

アンネゲルトは納得がいかなかった。だが、ここでそんな持論を展開する訳にもいかないので、おとなしくエドガーの推論を聞いている。

「おそらくだけど、愛人が全員殺された時点でトマス卿に依頼していたんだと思うよ。でも大虐殺のせいで国内の女性は怖がって誰もヨルゲン十四世には近づかない。だからトマス卿は遠く離れた東域まで出向いたんじゃないかな?」

商会の仕事のついでに探せば周囲にばれる事もないだろうし、と続けるエドガーに、アンネゲルトはなるほどと膝を打ちたくなった。彼の母は例の事件の後にスイーオネースに行ったので、事件そのものに遭遇していないのだ。

エドガーはフリクセルに先を促《うなが》す。

「それで?　先代陛下主導というのはわかったけど、まだ謎が残っているよ」

「はい……旦那様は、国王陛下からの依頼が他の人間に漏《も》れる事をとても気になさっておいでした。ヴァレンチナ様を自分の妻としてスイーオネースへ連れ帰ったのは、周囲の目を欺《あざむ》くためです」

ヨルゲン十四世は世に知られる女好きだったという。孫であるルードヴィグもその悪癖を知っているのだから、当時の評判は推《お》して知るべしである。

そんな先代国王のもとに若く美しい未婚の女性を連れていけば、周囲がどういう目で見るかは明らかだ。それらを逸らす目的の結婚という訳か。

——そうまでして国王の依頼を遂行しようとするなんて……

貴族が国王に取り入ろうとするのはよくある事だが、どうにも話に聞くトマス卿のビジョンとの間にギャップを感じる。アンネゲルトの中では、トマス卿は権力を小馬鹿にして自分の力だけで世間を渡っていくイメージだ。一体どこからそんなイメージが思い浮かんだのかは、我ながら謎だが。

そのトマス卿が権力になびく様《さま》が思い浮かばず、アンネゲルトは首を傾げるばかりである。その間にも、エドガーが話を進めていた。

「じゃあ、最後の質問に答えてもらおうか」

エドガーの言葉に、アンネゲルトは我に返って話を聞く態勢に入る。何故、トマス卿は自分の子ではないとわかっているエンゲルブレクトに伯爵家を継がせたのか。

フリクセルが話そうとするのをニーナが手で遮《さえぎ》った。夫婦でアイコンタクトを取った後、ニーナが話し出す。

「その件は私から話します。姉が手紙で書き送ってきたのですが、伯爵様はご自身の血統が絶える事を望んでいらしたようなのです」

ニーナによると、スイーオネースへ向かった姉が、無事を知らせる手紙を送ってきた事が一度だけあったそうだ。その中に、トマス卿についても記されていたのだという。

「血統が絶える事を望んだ……？」

「ろくでもない血筋だから絶えさせるのだ、と伯爵様ご自身がこぼしていたのだとか」

また意外な言葉が出てきた。呆然とするアンネゲルトの前で、エンゲルブレクトとエドガーは互いに顔を見合わせている。

普通、貴族というのは家の血筋を残す事に躍起《やっき》になりこそすれ、血筋をわざと途絶えさせる事はしない。たとえ、どれだけろくでもない血筋でも。

「その意見には賛同するが、それだけが理由か？」

エンゲルブレクトの吐き捨てるような言葉に、彼の親族がどういう人達かが窺《うかが》える。だが、本当にそれだけで自分の家を他人に継がせようと思うものだろうか。

アンネゲルトの疑問に対する答えは、フリクセルからもたらされた。

「旦那様は大旦那様……旦那様のお父上を大変嫌っておりました。大旦那様はその……

旦那様の事を傷物だと蔑《さげす》んでいたんです。一時期は家も他の者に継がせるから出ていけと怒鳴っていたくらいでして」

「傷物？」

アンネゲルトが思わず聞き返したのは、それが通常男性に使われる言葉ではないからだ。フリクセルはさらに言いにくそうに、しかし、しっかりと真実を語ってくれた。

「旦那様はお若い頃、イヴレーアの南方で事故にあわれた事がございます。その際に、傷を負われたんです」

どうやら、傷物という言葉は文字通りの意味らしい。それにしても妙な話だ。後継ぎが事故で傷を負ったからといって、後継から外す事まで考えるだろうか。

アンネゲルトは、ふと思いついた言葉を口にした。

「もしかして、後遺症……その事故の傷が原因で、何か障害が残ったのかしら？」

アンネゲルトの疑問に、フリクセルは一瞬言葉に詰まる。どうやら当たりだったようだ。

逡巡《しゅんじゅん》した後、フリクセルは長い溜息を吐いてから、話を続けた。

「……その……実は、傷が元で子をなせないお体になりまして……」

フリクセルの説明によると、トマス卿が負った傷は相当大きなものだったとかで、一時期は命も危うかったそうだ。事故にあった場所がイヴレーア国内であったため、高度な魔導治療を受ける事が出来て一命を取り留めたものの、男性不妊になったらしい。

さすがの内容に、男性陣は言葉もない。フリクセルも、どこか身の置き所がない様子に見られた。

気まずい無言の時間がしばらく続いた後、エドガーが咳払い一つで重い空気を払拭する。

「その……その件が原因でトマス卿は父君と対立した、と？」

「はい。それは酷い言葉で旦那様を罵倒《ばとう》して、家からも叩き出すと仰《おっしゃ》ったんです」

血筋を残せない息子はいらないという訳か。トマス卿には他に兄弟がいなかったようだから、彼が継がなければ親類の中から後継を選ぶ事になったのだろう。

しかし、他の後継を立てる前にトマス卿の父が急死したため、結局トマス卿が家督を継いだのだとか。

事情を知っている親族から猛反発を食らったらしいが、既に相続の手続きが終了していた事、伯爵家の財産に依存していた親族がトマス卿から金をもらえなくなるのを恐れた事などから、すぐに鎮火したのだとか。

以後、トマス卿は持ち前の才覚で元々持っていた商会の仕事に邁進《まいしん》した。東域との貿易を拡大し、商会をさらに大きくしていったのもその頃だという。そこからの利益を親族に与える事で、彼等の口も塞いだのだそうだ。

「やっと疑問が解消されたよ……あの父が何故親族に金が渡るようにしていたのか、そういう理由からだったんだな」

疲れたように呟いたエンゲルブレクトの言葉に、アンネゲルトは胸が締め付けられる思いがした。覚悟をしていたとしても、これだけ一挙に出生の事実を聞かされれば、誰だって精神疲労を起こすだろう。彼の精神状態が心配だった。

――辛くないはずないよね……私にも、何か出来る事があればいいんだけど……

内容が内容だから、下手に声をかけられない。自分も普通ではない生まれの自覚はあるが、彼とは事情が違いすぎて「あなたの気持ちがわかる」とはとても言えなかった。

複雑な思いのアンネゲルトの前で、エンゲルブレクトの隣に座っているエドガーが彼の肩を軽く叩いている。

「なるほどね。自分の後を伯爵家の血筋でないエンゲルブレクトに継がせれば、サムエルソンの血統ではない者が代々伯爵家を継いでいくという訳か。それで血統が絶える……ね。トマス卿は親族への関心が薄かったって聞いているけど、こういう理由からだったんだ」

こういう時、男同士というのはうらやましい。決して女が入っていけない空間を共有出来るのだから。

エドガーは、ふと思い立ったようにエンゲルブレクトに質問を投げかけた。

「でも、今回みたいに君が自分の出自を知ったら、伯爵位を返上するとは思わなかったのかな？」

「思わなかったんだろう……あの親族が相手なら、双方で嫌い合うと読んだんじゃないか」

エンゲルブレクトのその一言で、彼の親族が彼にどう接していたかがわかる。ただでさえ当主の子ではないという疑惑のある人物が、当主に収まっているのだ。その座を狙う連中にとっては、邪魔な存在でしかなかっただろう。

エンゲルブレクトがサムエルソン伯爵の位を返上するという事は、そういう連中に大きな餌を与える結果になる訳だ。

「ふうん……さすがトマス卿だね。先々まで考えて仕込んでいたんだ」

エドガーの言葉には頷けた。本人の性格云々は置いておいても、有能な人だったとわかる。しかも、元々家で持っていたとはいえ、一代で商会を大きくしたというのだから大した才能だ。

――そんな才能のある人を、「傷物」呼ばわりしたばっかりに切り捨てられた親と親族か……

日本でも聞く話だ。アンネゲルトの身近にはいなかったが、友達の友達とか、友達の遠縁などの話として耳に入ってくる事もあった。

それがまさか異世界でも同様の話を聞くとは、あの時の自分では想像も出来なかった事だ。

一通り話を聞いた後は、雑談めいた内容になった。特にニーナはエンゲルブレクトの近況を知りたがり、彼女に問われたエンゲルブレクトは支障のない範囲で語って聞かせている。

「まあ、では妃殿下のお側に？」

「ええ……まあ……」

今の仕事は何をしているのかを聞かれ、素直に答えたところ、このやり取りになった。まさかニーナもその王太子妃がここにいるとは思いもしないのだろう。ティルラはまだしも、ニクラウスも笑いを堪えている気配がしたので、脇腹を肘でつついておいた。

「実は妃殿下は王太子殿下とご一緒に、このウラージェンへ訪問なさっているのですよ」

「まあ！　ああ、それでここに来られたのですね」

エドガーの言葉に、ニーナは合点《がてん》がいったとばかりに笑みを浮かべている。対照的に、エンゲルブレクトは胃の辺りを手で押さえていた。

別にアンネゲルトの身分がバレても本人的には問題ないと思っているのだが、護衛をする立場のエンゲルブレクトは違うらしい。いつ素性が知れるかと気をもんでいるようだ。

それを知ってか知らずか、エドガーはニーナときわどい会話を繰り広げている。いや、彼に限ってエンゲルブレクトの状態がわからないなどという事はない。

わざとやっている証拠に、エドガーは時折「どうかしたのかい？」とエンゲルブレクトを気遣う振りをして彼の反応を楽しんでいる。

――ユーン伯って……

彼の名前が話題に上《のぼ》る度、エンゲルブレクトが嫌な顔をしていた理由を垣間見た気がした。

和《なご》やかな時はあっという間に過ぎ、もう帰らなくてはならない時間だ。別れ際にはニーナに泣かれてエンゲルブレクトが困っていたけれど、母方の叔母《おば》に会えた彼はやはり嬉しそうである。

気楽にまた来ると言える距離ではないため、再会の約束はしなかった。おそらくは、これが最初で最後になるだろう。向こうもわかっているからこその涙だ。

「これからが大変だねえ」

帰りの馬車の中、エドガーは呑気《のんき》にそう言った。行きの時とは違い、帰りの馬車の雰囲気は大分柔らかい。

エドガーの言葉にすぐ反応したのは、彼と付き合いの長いエンゲルブレクトだ。

「何がだ？」

「王宮の混乱が目に見えるようだよ。ああ、楽しみだなあ」

エンゲルブレクトは沈痛な面持ちで額《ひたい》を押さえる。大分エドガーの性格がわかってきたアンネゲルトは、苦笑するしかない。

「エドガー……」

エンゲルブレクトの膝の上には、フリクセルから渡された例の木箱が載せられている。中には書状と指輪が、元あったままの状態で入れられていた。

スイーオネースに戻ったら、これらを持って王宮に行くのだろう。両方が本物と認められれば、エンゲルブレクトは王族として遇される。

そうしたら、自分はどうするのか。物思いに耽《ふけ》るアンネゲルトの耳に、やけに明るいエドガーの声が響いた。

「君だって、周囲が変わるよ。陛下の弟なら、爵位は公爵になるはずだ。公《おおやけ》に王族と認められれば、道が開ける事もあるよ。色々とね」

エドガーの言葉に、エンゲルブレクトは黙ったままだ。

――そうだ……彼が王族として認められたら、もう私の側にはいられないんじゃないの？　王族が王族の護衛なんて、おかしな話だよね？

まさかここに来て、再びエンゲルブレクトと離れる話が出てこようとは。不安になるアンネゲルトを乗せて、馬車は王宮へ向かってひた走った。

アンネゲルトにあてがわれている部屋には大きな窓があり、そこから美しく整えられた冬の庭園が見える。仮初《かりそ》めの部屋の主《あるじ》は庭園を眺めながら、深い溜息を吐いていた。

「妃殿下は、どうかなさったんですか？」

「少し……どうという事もありませんから、お気になさらず」

部屋の隅で王宮侍女のダグニーが側仕えのティルラに尋ねているのが聞こえる。部屋に戻ってからアンネゲルトが溜息ばかり吐いているので、ダグニーが心配したらしい。

事情を知るティルラは苦笑しているようだ。彼女はアンネゲルトが何を考えているのか、わかっているのだろう。

——だったらちょっとは助言くらいくれてもいいのに……

ついそんな理不尽な事を考えてしまう。アンネゲルトから聞くならまだしも、ティルラが自発的に助言するのは立場上間違った事だ。普段はあまり気にしないが、ここは帝国でもスイーオネースでもなく、しかも帝国人以外の存在が多くいる場所だから気を引き締めなくては。

どうしたものかと何回目かの溜息を吐くと、扉の向こうから声がかかった。ティルラが応対に出て、すぐに戻ってくる。

「ニクラウス様がお見えです」

ティルラが開けた扉の向こうには、アンネゲルトの弟であるニクラウスが立っていた。身分を明かしていない彼は、東域に来て随分と羽を伸ばしているらしい。スオメンでも面倒な行事には一切参加せず、街などを見て回っていたのだとか。

ニクラウスは部屋に入ってアンネゲルトを見ると、ティルラ同様、苦い笑みを浮かべた。

「姉上のご機嫌伺いに来たんだけど……よろしくないようですね」

「そう思うならもう自分の部屋に帰りなさいよ……」

弟の顔を見て面白くなさそうにそう呟くと、アンネゲルトはふいっと視線を庭園に戻す。今はニクラウスと顔を合わせる気分ではないのだ。

「ご挨拶《あいさつ》だね、まったく」

ニクラウスにしては珍しく最初から日本語を使っているのは、へこんでいる様子の姉を思っての事なのだろうが、そんな弟の気遣いすら鬱陶《うっとう》しく感じる。

「今あんたと話す気力、ないんだけど」

振り返った先には、ニクラウスしかいなかった。いつの間にか人払いがされていて、ダグニーはおろかティルラすらいない。

姉に邪険に扱われても弟はまったくダメージを負っていないらしく、許してもいないのにアンネゲルトの隣に腰を下ろした。この部屋も、絨毯《じゅうたん》の上に直接座れる造りになっている。

しばらく双方黙ったままだったが、やがてアンネゲルトがぽつりとこぼした。

「……あんた、知っていたの？」

「伯爵の事？」

「うん……」

「姉さんと同程度の情報しかなかったよ。まさか、こういう結果になるとはね……」

ニクラウスの言葉が本当なら、彼もエンゲルブレクトの出自を正しく知らなかったという事になる。

今日聞いた真実は、誰もが驚くべき内容だった。あれはさすがにヴィンフリートもニクラウスも予測出来まい。

「お兄様も……知る訳ないか」

「ヴィンフリート殿下がご存知だったら、あのフリクセルという人物を東域から連れ出すくらいの真似はやったんじゃないかな」

ニクラウスの言葉に、アンネゲルトは納得した。見た目は母親に似て整っているヴィンフリートだが、中身は父親に似て剛胆《ごうたん》なところがある。大事の前の小事とばかりに、証人であるフリクセルをスイーオネース王宮へ引き連れていくくらいしてもおかしくない。

アンネゲルトはぽつりと呟く。

「まさか、国王の弟だなんてね……」

王族の血を引いているとは予測していたが、現国王の弟とは思わなかった。しかも、エンゲルブレクトの表向きの父親は、先代国王に引き渡すためだけにエンゲルブレクトの母親と結婚したようなのだ。どれだけ歪《ゆが》んだ世界なのだろう。

そして、その歪《ゆが》みを突きつけられたエンゲルブレクトは、何をどう考えているのか。父親達の思惑はわかったものの、アンネゲルトには理解出来ないし、したくもない。一体子供を産む女性を、生まれてくる子供を何だと思っているのか。

ようやくショックが一巡し、今度はとうに亡くなっている人物達に怒りが湧く。先代伯爵も先代国王も、今日の事を予想して計画を立てたのだろうか。そうだとしたら、どれだけ人の心がわからないのだろう。

「もうね、王族なんてものは、人の心を持っていない人でなしばかりなんじゃないの？」

「姉さん……それ、自分達にも当てはまる条件だってわかってる？」

ニクラウスのうんざりした言い方に、アンネゲルトはかっと頭に血が上った。

「冗談じゃないわよ！　私は確かに帝室の血を引いてるけど、育ちは思いっきり庶民なの！　あんたとは違うんだから」

「それ、地味にへこむからやめてほしいんだけど」

「……ごめん」

いくら家族でも――いや、家族だからこそ言ってはいけない言葉はあるものだ。アンネゲルトはもう一度小さく、「本当に、ごめん」と言って、立てた膝に顎《あご》を乗せる。

「隊長さん……これからどうなるの？」

聞くとはなしに呟いたアンネゲルトに、ニクラウスは律儀に答えた。

「まずは国へ帰って、国王に証拠の品を見せるところから、かな。王族と認められれば、新たな爵位を賜《たまわ》ると思うよ。サムエルソン伯爵位を持ったままか、破棄してかはわからないけど」

そして、爵位にはセットで領地がついてくる。まさか領地なしの名誉爵位など今更下賜《かし》するはずもない。エンゲルブレクトはまた社交界の独身女性に熱い目で見つめられる事になるのだ。

新たな爵位を得る代わりに、今の伯爵地位と財産は失うだろう。王族と認められるという事は、前サムエルソン伯爵トマスとの血縁関係がないと公《おおやけ》にする事でもある。

アンネゲルトは、今度は返答を期待してニクラウスに聞いた。

「隊長さんが伯爵位を失ったら、サムエルソン伯爵家はどうなるのかしら……」

「親族から誰かを選んで後を継がせるよ。貴族の家とはそういうものだし」

前伯爵のトマスないし、現伯爵であるエンゲルブレクトが重大な罪を犯した訳ではない限り、家を取りつぶされる事はないというのがニクラウスの主張だ。

「隊長さんは、親族にはろくでなししかいないって言ってた」

「まあ、能力がない人間が家を継いだら、没落していくだけだよ。現時点で僕らに出来る事は何もない」

一見冷酷なニクラウスの言葉だが、内容は正しい。ここでニクラウスとあれこれ言っていても、どうなるかは国王アルベルトの心一つである。

そういえば、エンゲルブレクトの母であるヴァレンチナの実家も、没落貴族だという。そう考えると、どこにでも転がっている話なのかもしれない。

しばらく二人でとりとめのない話をしていたおかげか、アンネゲルトの気分がやや上向いた。そうした事に敏《さと》いニクラウスは、扉を開けて人を呼び、お茶を運ばせる。寒い日には温かいお茶がありがたい。冷ましながら少しずつ飲むと、体の中から温まる気がした。

茶碗を両手で包み、アンネゲルトはぽつりとこぼす。

「これから隊長さんにどんな顔で会えばいいのか、わかんない……」

顔を合わせて、ぎこちない態度になったらどうしよう。そんな恋する乙女の悩みは、生意気な弟には理解出来ないらしい。

「別に今まで通りでいいだろうに。何をかしこまってるのさ」

「そういう意味じゃないっての！」

本来なら知るべきではなかった相手のプライベートを、強引に覗き見てしまった後の気まずさと言えばいいのだろうか。それが好きな相手ならなおさらである。覚悟はあったはずなのに、いざ本人がショックを受けていた現場を見ると、果たしてあの場に自分がいても良かったのかと思うのだ。

　悩むアンネゲルトに、ニクラウスは的外れな事を言ってきた。

「……姉さん、自分の父親がどういう立場の人か、わかってる？」

「何、今更。わかってるに決まってるでしょ。そのせいで私はスイーオネースに嫁にやられたんだから」

「ああ、良かった。ちゃんとわかってるんだ。じゃあ、伯爵の立場が父さんとほぼ同じって事も、わかってる？」

　ニクラウスの言葉に、一瞬、頭の中で父アルトゥルとエンゲルブレクトがイコールで結ばれた映像が浮かんだが、すぐに頭を振って追いやる。

「確かに、国主の弟っていう部分は一緒……よね」

「まあ、庶子という事で伯爵の方が身分的には劣るけど」

　いきなり父の話を出したと思ったら、劣るとは何事か。それに微妙に話題がずれているし、この弟は一体何が言いたいのだろう。色々と言いたい事はあるが、まずは主張しておかなくてはならない。

「劣るとか言うな。そんなの隊長さんのせいじゃないじゃない」

ニクラウスの言い方に嫌みを感じたので睨《にら》みつけたけれど、またもや相手はまったくダメージを受けていないようだ。一体、この弟に怖いものなんてあるのだろうか。

「確かに伯爵に責任はないよ。でも、西域において嫡出子と庶子では扱いが違うのは、姉さんも知ってるよね？　庶子である以上、伯爵に継承権はない」

ニクラウスの言葉は正しい。通常、庶子は相続や継承に関して一切の権利を持たない。妻以外の女性が産んだ子というだけで、同じ父の子でも正式な妻の産んだ子とは差別される。これは教会の唱える一夫一婦の教えが根強いからだ。

帝国では法律で庶子の権利も保護する動きが起こっているものの、周辺諸国、特に教会の影響が強いスイーオネースではまだまだ従来の慣習が通っている。

「……それじゃあ、隊長さんには何の権利もないって事よね」

「伯爵が権利を持たないのは、王位と王家の財産に関してだよ。先代国王の子と認められれば、庶子でも爵位を賜《たまわ》るものだし」

その辺りが貴族の庶子と王家の庶子の違いか。貴族の庶子はしばしば隠されるが、王家の庶子は公表されてそれなりの爵位を賜《たまわ》る事の方が多い。

メリット面を話したニクラウスは、浮かない顔をしている。アンネゲルトがどうしたのかと聞こうとする前に、彼は口を開いた。

「でも、正式に王族と認められて姉さんと結婚すれば、一番王位に近い人間と目《もく》されるかもしれないね」

「け！　けっこんって!!」

いきなりのニクラウスの言葉に、アンネゲルトは激しく動揺している。確かにそれを望んではいるが、弟に目の前で言われるのは衝撃的だった。

だというのに、ニクラウスは真剣な表情で確認してくる。

「アルベルト陛下から、姉さんが選んだ相手が次の国王だって言われてるんだよね？」

「え？　う、うん……って、あんたにこの話、したっけ？」

ティルラに話したのは覚えているが、その場にニクラウスもいただろうか。疑問符を浮かべているアンネゲルトには構わず、ニクラウスは強い語調で言い切った。

「それは、今はどうでもいいよ。とにかく、スイーオネースに戻ったら姉さんと一緒に、伯爵の身も守らないとね」

「え……そう……なの？」

何故そういう結論に至るのか理解出来ないでいるアンネゲルトは、しきりに首を傾げている。その様子を残念なものを見る目で見てきたニクラウスは、再び口を開いた。もう少し砕いて説明してくれるらしい。

「姉さんが命を狙われる理由は何？」

「えーと、スイーオネースに魔導技術を入れるのを阻止したい人達がいるから」

「それと、帝国との同盟を解消させたいから、だよね。ここに今度は王位継承争いも絡んできたら？」

「……でも、私は継承権には関係な――」

「なくはないよね？　実際アルベルト陛下に言われているんだから」

アンネゲルトの言葉を遮《さえぎ》ってまで告げられたニクラウスの言葉は、鋭利な刃物のようにアンネゲルトの胸に突き刺さる。今まで見ないようにしていたものを引きずり出された気分だ。

「じゃあ次。庶子とはいえ陛下の弟が、継承権を握っている現王太子妃と結婚したら、周囲はどう思う？」

「……もしかして、隊長さんが次の国王になる……って、思う？」

庶子は王位継承権を持たないというのも、国王の一存で特例として認めてしまえばひっくり返らない訳ではない。現在の西域の王制とは、国主が絶対なのだ。

スイーオネースは教会の力が大きかったが、それも教会所属の騎士団が起こしたイゾルデ館襲撃事件によって大分削《そ》がれている。王宮と教会の勢力図を塗り替えるなら今しかない。

また、元々教会の力が強い事に反発しているというアルベルトが、この機を逃すはずがなかった。だとすれば、教会への当てつけとしてエンゲルブレクトを厚遇する可能性がある。

補足説明を終えたニクラウスは、アンネゲルトに目線を合わせてきた。

「こういう考えを持つ人がいても、不思議じゃないよね？　そして、そう思うのが姉さんや伯爵の味方ばかりではなく、敵だったとしたら？」

「隊長さんの命を、狙う？」

「おそらくね。まあ、ティルラの方でも準備は進めているらしいから、大丈夫じゃないかな。後はリリーの結果待ちか」

ぶつぶつと呟くニクラウスの言葉の中に、聞き捨てならない名前が含まれている。

「ちょっと、ティルラもリリーも私の側仕えなのよ。勝手に使わないでよね」

怒るアンネゲルトに、ニクラウスはやれやれと言わんばかりの様子で肩をすくめた。

「わかったよ。といっても、彼女達が自発的にやってるんだから、姉さんが責めちゃ駄目だからね」

「しないわよ、そんな事」

大体、そんな必要はまったくないではないか。それに、リリーはともかくティルラを責めたりした日には、倍返しの説教がやってきかねない。そんな危ない橋を渡ってなるものか。

「とにかく、身辺には十分に気を付けるように。人間、もう大丈夫と気を抜いた時が一番危ないんだから」

腹立たしいばかりの弟だが、言っている内容は正しいので、アンネゲルトは不承不承《ふしょうぶしょう》に頷いた。

五　戸惑い

割り当てられた部屋にて、エンゲルブレクトは物思いに耽《ふけ》っていた。今日は終日休みだったので、夕食は全員一緒かと思っていたけれど、アンネゲルトの姿がなかったのが気になる。

ティルラからは少し疲れているようだと聞いているが、本当だろうか。もしかして、日中の件で何か至らない点があったのかもしれない。そういえば、帰りの馬車の中で様子がおかしかった。

そんな事を考え続けて、最悪の結論に行き着いてしまいそうになる。どうやら、自分も疲れているらしい。

今日は早めに寝るかと寝仕度をしようとした矢先、招かれざる客がやってきた。

「こんばんは。あれ？　もう寝るつもり？」

エドガーだ。手には酒の瓶を持っている。こいつはまたこの部屋で酒盛りをしようというのか。数日前に大変な目にあったばかりだというのに。

エンゲルブレクトは眉間に皺《しわ》を寄せて、腐れ縁の相手を手で追い払った。

「そうだ。だから帰れ」

「まあまあ、そんな事言わずに飲もうよ。いい酒を手に入れてきたんだからさあ」

人の話を聞かないエドガーは、エンゲルブレクトに嫌がられても意に介さない。ここで力尽くで追い出してもいいのだが、そうすると後日面倒な事態になるのがこの男だ。

重い溜息を吐いたエンゲルブレクトは、今夜も遅くなる事を覚悟した。

グラスに注がれた酒は、エドガーが言う通りいい酒だ。どこで手に入れたのかは知らないけれど、味に覚えがないからウラージェンの酒なのだろう。こいつの情報収集能力には畏《おそ》れ入るばかりである。

そのエドガーは、グラスの酒をなめるように飲みながら、主にルードヴィグに関してぼやいている。

「少しは使えるようになったかと思ったのにさー、ルーディー坊やってば、肝心なところが抜けてるんだよねー」

「そうか」

「一昨日《おととい》なんかもさ、ウラージェン国王の前で余計な事を口にしようとしたから慌てて阻止したよ。側にいたヴェルンブローム伯爵夫人が驚いていたな」

ヴェルンブローム伯爵夫人。それは王宮侍女になるのに相応《ふさわ》しい身分が必要だったために用意された、ダグニーの称号だ。元は実家のホーカンソン男爵令嬢と呼ばれていた。エンゲルブレクトとは幼い頃から行き来のあった相手で、今もあの頃の面影《おもかげ》を残している彼女を見る度、亡くなった兄ルーカスを思い出す。ルーカスとエンゲルブレクトとダグニー、年は離れていたが寂しい三人の子供はお互いに寄り添うようにして過ごしていた。といっても、ダグニーがサムエルソン家を訪れるのは月に数回程度であったが。

彼女が王太子ルードヴィグの愛人になった時は本当に驚いた。あり得ない話だが、同じ名前の別人ではないのかと疑ったほどだ。

そのダグニーは、今ではアンネゲルトの王宮侍女でもある。確かに有能な彼女にはうってつけの仕事だろう。スイーオネースにおいて、貴族女性が出来る数少ない仕事が王宮侍女だ。

エンゲルブレクトが生返事をしている間にも、エドガーは次から次へと愚痴《ぐち》をこぼしていく。よくこれだけ溜め込んだものだと感心するが、それを聞かされるのはやはり気分がいいものではない。

一体いつまでこの苦行が続くのかと思ったら、いきなり話の方向が変わる。

「君、ここに来て妃殿下の事を諦めるとか言わないよね？」

「言う訳があるか」

何だ急に、と思うより先に、反射で本音が出た。

大体、諦められるのならとっくの昔にそうしている。出来なかったからこそ、東域まで来る事になったのだ。人の気も知らないで勝手な事をほざくなと言いたかったが、エンゲルブレクトにも酒が回っているようで、うまく言葉がまとまらない。

エドガーは目の前でにんまりと笑った。

「うん、いいね。やっと欲しいものを欲しいと言えるようになった訳だ」

「お前……」

いつぞやのエドガーの言葉だ。欲しいものは欲しいと言えるようになっておけ。あれは、アンネゲルトに対する想いの事だったらしい。

エンゲルブレクト自身でさえ自覚していなかった頃から、こうなる事はわかっていたとでも言うのか。その場合、自分はこいつの読みの鋭さを讃《たた》えるべきか、それともこいつに知れてしまうほど、あれこれと感情を垂れ流していた自分を恥じるべきか。

――後者だな。

あっさりと結論づけたエンゲルブレクトは、エドガーを見た。彼もこちらをまっすぐに見ている。

「君がその気になったのなら、僕は全力で協力するよ。これでも宮廷ではそこそこ力を持ってるんだからね」

エドガーの言葉を、エンゲルブレクトは心強く思うべきか悩む。

確かに彼の言う通り、宮廷でのエドガーの力は無視できない。革新派の実力者であり権力中枢に深く食い込むアレリード侯爵の右腕で、その交際範囲は多岐にわたる。心強い味方だ。

だが一方で、何故ここまで肩入れしてくるのかわからない。エドガーに限っては「友達だから」という言葉は信用出来なかった。

――これがエリクなら、簡単に信用出来るんだがな……

同じ第一師団に属していたエリクとは、軍学校出身という以外に軍人という共通項がある。それに彼はエンゲルブレクト同様、堅い考えの持ち主だ。また、エドガーと違って他人を欺《あざむ》くような事は決してしない。

知らずのうちに溜息を吐いていたエンゲルブレクトに、エドガーは不満を漏《も》らす。

「何その態度。せっかく僕が力になるって言ってるのに」

「いや、お前の場合は裏がありすぎて、素直に感謝出来ないだけだ」

「そういう事、本人の前で言う？　普通」

他の人間ならいざ知らず、エドガー相手ならばこれくらいで丁度いい。この辺りはエリクとの共通認識だった。

エンゲルブレクトは、先程思い浮かんだ疑問を口にする。

「ここだけの話、何故そこまで私に肩入れする？　それでお前にはどんな利益があるんだ？」

友であるが故《ゆえ》の、遠慮のない質問だった。エドガー相手では、下手な小細工は通用しない。反撃を食らうのがおちだ。

さて、どんな返答をしてくるのやら。

目の前に座るエドガーは、一瞬きょとんとした表情をしたが、すぐに人の悪い笑みを浮かべた。エンゲルブレクトが知る、彼らしい表情だ。

「君は、僕が利益のない話に乗る訳ないと思っているんだね」

「違うのか？」

「んー……ちょっと違うかなー？」

そう言ったエドガーは、人好きのする笑顔に表情を切り替えている。しばらく明後日《あさって》の方向を向いていた彼の視線が、エンゲルブレクトに向けられた。

「ねえ、エンゲルブレクト。前例がない事は、その前例を作ってしまえばいいんだって」

「はあ？」

いきなり飛んだ話題についていけない。混乱するエンゲルブレクトを眺めながら、エドガーはまた話題を変える。

「僕はこれでも愛国心に溢れているんだけど、知っていた？」

「初耳だ」

「じゃあ今から知っておくといいよ。僕はね、スイーオネースをよりよい国にしていきたいんだ。そのために諸外国を回ってきたんだから」

エドガーはそれだけ言うと、窓の外に視線を移してしまう。その横顔に疑問をぶつけようと思ったが、何をどう言えばいいのか、エンゲルブレクトにもわからなかった。

◆◆◆◆

休みの翌日からは、再び社交の日々だ。それでも大分予定に余裕があるのは、ウラージェン国王の配慮なのだという。

朝一番に本日の予定を伝えてくれる文官の男性の言葉を聞いて、アンネゲルトはウラージェン国王に感謝していた。

「陛下におかれましては、両殿下のご訪問をいたく喜んでおられるご様子です」

「そう……陛下には、改めてお礼を申し上げたいわ」

「妃殿下の御心、しかと陛下にお伝えいたします」

正直本当に助かっている。先日のショックはまだ尾を引いていて、エンゲルブレクトと顔を合わせても気まずくて仕方ないのだ。こんな状態で人の多い社交の場になど出たくはなかった。

感謝の思いがあったからか、滞在日程も残すところあと十日といった日に行われたウラージェン国王との茶話会では、普段よりなめらかに口が動いた気がする。

会場となった部屋にはウラージェン国王と侍女達、アンネゲルトにティルラ、マルガレータがいる。ウラージェン国王と異世界の話をする時は、ほぼこのメンバーで参加していた。

「ほう、では列車を動かす動力は電気というのか」

「はい。ですが、それ以前には蒸気で動かしていたんですよ」

「蒸気？　あの、湯を沸かすと出る湯気《ゆげ》の事か？」

「そうです」

アンネゲルトは蒸気機関の説明を簡単に行った。簡単になったのは、本人が詳しくは知らないからである。

――確か、一度ネットで見た……はず。蒸気でピストンを動かす……のよね？

技術に関しては、記憶の底からうろ覚えの知識を引っ張り出して披露しているので、かなりあやふやな内容も多い。ただ、それを後でティルラから窘《たしな》められた事は一度もなかった。それで以前、疑問に思ったアンネゲルトが尋ねたところ、あまり詳しく異世界の技術を教えるのは良くないという答えが返ってきたのだ。

『本当は話をするのもどうかと思う部分もありますけど、技術に関してだけ知らぬ存ぜぬを通す訳にもいきませんしね。ですから、大幅に間違っていなければよろしいかと』

随分とあけすけな言い方だったが、それはいつもの事なのでアンネゲルトも何も言わない。要は東域に進みすぎた技術が渡らなければいいのだろう。

そんなことを思い返していると、ウラージェン国王が口を開いた。

「そういえば、妃殿下は離宮を修繕されたとか」

「え？　ええ。どなたからお聞きになったのかしら？」

「あなたの国の外交官だ。雑談の折に出た話題だよ」

「まあ」

「誰だ余計な事を言ったのは」と思ったけれど、ここで表に出す訳にはいかない。アンネゲルトはスイーオネース社交界で鍛えた愛想笑いで乗り切った。

「どのような修繕を施《ほどこ》したのか、伺ってもよろしいか？」

「もちろんです。といっても、元が酷い状態だったので、使用出来るようにするために修繕しただけですのよ」

嘘は言っていないが、全て真実という訳でもない。あの離宮が住める状態だったとしてもきっと手を入れていただろう。それも、今と同じ水準まであれこれいじる事は想像に難《かた》くない。

――言えない……風呂場やら温水洗浄トイレやら、エレベーターやらを入れてますなんて。寒い国だから断熱も頑張ったってのも言えない。

あれだけ荒れていたからこそ遠慮なくやれたというのは認める。配管を通す関係から、壁や床などは一度剥《は》がして入れ替えているし、地下部分に関してはわざわざ上の建物を移動させて作ったのだ。スイーオネースのみならず、西域でもここまで大胆に改修した建物はないだろう。

それ以外にも、悪ノリしたアンネゲルトのアイデアを、これまた悪ノリしたリリーがほぼ実現してしまったので、出来上がった離宮はちょっとしたギミックハウスとなっている。

もちろん仕掛けは敵に対してのみ起動させるので、普通に暮らす分には何の支障もない。その辺りも、アンネゲルトとリリー、修繕を請け負った女性建築家のイェシカがこだわったところだ。

未だに命を狙われる可能性が高いアンネゲルトが住まう宮殿であるし、今後はエンゲルブレクトの命も危うくなるかもしれない。一時は仕掛けを入れすぎたかと反省したが、結果的にはあれで良かったと思っている。

ウラージェン国王は何とか離宮の情報を探り出そうとしているようだが、これに関してはアンネゲルトも細心の注意を払ってボロが出ないようにしたので、大した話はしていない。おかげで茶話会が終わる頃には精神疲労が半端なかった。

部屋に戻ったアンネゲルトを、ティルラが労《ねぎら》ってくれる。

「お疲れ様でした、アンナ様」

「本当に疲れた……」

部屋にはマルガレータもいないので、いつも通り日本語で通す。

「あんなに離宮について聞きたがるって事は、やっぱり興味あるのかなあ？」

「そうでしょうね。こちらの陛下は貪欲な方のようです」

特に技術関連は食いつきがよく、かつ執拗《しつよう》だ。しかも、それをこちらに悟らせない術《すべ》も身につけている。

とはいえ、異世界の技術に関してはアンネゲルトに大した知識がないから教えられないだけだし、離宮に関しては口を滑らせないように注意していたから切り抜けられた。そうでなければ、今頃全てしゃべらされていたのではないだろうか。

「ああいうタイプは初めてかも……」

「確かに。あの国王はどこであういった話術を習得したんでしょうね。興味があります」

そう言ったティルラは、普段とは違いどう猛な笑みを浮かべている。こういう時、彼女は帝国軍人だったという事を思い出す。

相手にそれと知らせず情報を聞き取るという技術は、どちらかと言えば情報に関わる人間のものだ。それを一国の王が持っているというのは、ちょっと異質に感じる。

しかし、少し前までこの国は周辺国と戦争ばかりしていたという話だから、その最中に必要に駆られて習得したものかもしれない。スオメンはともかく、ウラージェンの周囲に小国しかないのは、他の中規模の国は全てウラージェンに呑み込まれてしまったからだ。

そして、若い頃からその侵略戦争を指揮したのが、今のウラージェン国王である。一筋縄ではいかないのも当然か。

「とにかく、陛下には気を付けておいた方がいいよね」

「私もそう思います。一応、今までのやり取りも全て記録してありますし、振り返って対策を練っておきましょう」

「うん」

アンネゲルトが身につけているアクセサリーには、全てリリーによる術式付与がなされている。特に愛用しているブレスレットには集音機能も取り付けられていて、録音と共に、音による危険察知も行っていた。

東域では何が起こるか予測がつかないという事で、他にも護身に関わる術式が山のように盛り込まれている。今のアンネゲルトは、ちょっとした攻撃なら全て無効化するほどになっていた。

◆◆◆◆

アンネゲルトがウラージェン国王との茶話会に臨んでいる頃、ダグニーは一人で街中に出ていた。一人と言っても背後に護衛がついていて、一目で上流のお嬢さんの街歩きとわかる状態である。

とはいえ、こんな外出が出来るのも国外であればこそだ。スイーオネースでは女性が一人で出歩くなど、してはならない事とされている。

既婚女性は夫と、未婚の女性は父親か兄弟、もしくは身内の年上の既婚女性と一緒でなければ買い物にすら行けなかった。もっとも、既婚女性の場合は抜け道がいくらでもあるものだが。

ダグニーの場合は王太子ルードヴィグの愛人という立場があるため、既婚女性に準ずる扱いになっていた。

それに加えて、アンネゲルトの王宮侍女という立場のおかげで比較的容易に外に出られる身ではあるが、やはり勝手に歩き回る事は出来ない。国外に出ている今だけが自由な時間で、国に帰ればまたあの窮屈な生活が待っている。ダグニーは知らぬうちに溜息を吐いていた。

彼女が現在いるのは、ウラージェンの王都スクリポヴァのほぼ中心だ。王宮からはさほど離れておらず、活気に溢れる場所である。

スクリポヴァは、スオメンに続く大河の両岸に作られた街だ。三つの大きな橋で繋がれた街は、左岸と右岸とで大きく異なる顔を持つ。

王宮がある左岸には官公庁や役所関連が多数あり、それらで働く者達の住居も多い。

右岸は商人と職人の街で、数々の品が橋と大河を使って送り出され、また届けられている。

ダグニーは一番大きな橋、ライサ橋を渡って右岸に来ていた。

「橋の近くには、高価な品を扱った店が色々とあります。橋から遠くなればなるほど、安価な品を揃えているんです」

ウラージェン国王がつけてくれた護衛は、王都の案内役でもある。彼等はダグニーの求めに応じて、あれこれと説明してくれた。

「もう少し先まで行けるかしら？」

「右岸の中程まででしたら。それ以上は治安が良くないので、行かない方がいいでしょう」

「十分です」

どの国、どの街にも治安の良くない場所というのはあるものだ。スイーオネースの王都、クリストッフェションにもあった。その場所で、カールシュテイン島にあった狩猟館炎上事件に関わる者達が捕縛《ほばく》されたのだと聞いている。あれは王都中に広まった捕り物話だった。

右岸の通りは狭く、馬車などは見当たらない。これでどうやって荷を運ぶのかと思いきや、背に荷物を積んだロバが細い道を歩いている。隊列をなして階段を上《のぼ》っていくロバを見て、あれはどこへ行くのかと案内役に聞いたところ、上の住居に荷物を運んでいるのだろうという回答があった。

スクリポヴァの右岸は丘陵《きゅうりょう》になっていて、上に行けば行くほど、高級住宅地になっているのだとか。

「裕福な商人達は、皆丘の上に住宅を建てるのですよ。その際に、どれだけのロバを使って建築資材を運んだかを競うそうです」

資材が多ければ、それだけ大きな邸宅を建てた証《あかし》になるらしい。そんなところは東も西もそう変わらない。人は誰しも他者より優位に立ちたいという事か。

右岸は商業の街だ。狭い通りにこれでもかと大小様々な店が建ち並んでいる。中でも目を引くのは貴金属細工の店だった。特に橋から続く通りには、細工の店がいくつも並んでいる。

どの店の細工も細かく優美な意匠《いしょう》で、見ていて飽きない。高価な商品には細工の中に宝石が使われているものも多く、中流から上流まで使える品が揃っていた。

「素晴らしい細工物ね」

「ウラージェンはこうした細工物で有名なんです。今上陛下が細工師達をこの王都に呼び寄せ、彼等の住む場所と工房をひとまとめにしたのですよ」

そのおかげで、細工物の出来が飛躍的に良くなったのだとか。それに併せて王都の治安維持にもかなり力を入れているそうだ。

侵略戦争を繰り返した恐ろしい国王と思っていたが、実際に会った後に彼の偉業をこうして見ると、とてもそんな風には感じられなかった。

――人は一面だけ見て判断するべきではないという事ね。

それは、身近な人間にも言えるのではないか。ルードヴィグ然《しか》り、アンネゲルト然《しか》り、エンゲルブレクトもそうかもしれない。

自分が知っているのは、幼い頃の彼だけだ。あれから自分が変わったように、エンゲルブレクトも変わったはずである。その彼と、今は同じ方を支える立場にあるとは、何とも不思議な話だ。

ダグニーはいくつかの店で細工物を買い、王宮に戻る事にした。活気のある街は人で満ちていて、店先には女性の姿も多い。聞けば、ウラージェンには女性が就ける仕事が色々とあるのだとか。

「貴族にも、女性が家督を継いでいる家があります」

「本当に?」

「ええ。といっても、この制度が制定されてからまだ十年と少しくらいですが」

驚きすぎて、二の句が継げなかった。西域では一部を除いて女性が家を継ぐ事は出来ないし、職業を持つ事もほとんどない。スイーオネースも当然そうで、父親や夫を亡くした女性を救済する施設があるほどだ。

国が変われば常識も変わる。それは東域に来る前にティルラから教わった話だ。頭では理解していたつもりだったが、こうしてまったく違う国に来て目の前に突きつけられると、ここまで衝撃が大きいものなのか。

ダグニーは父からの手紙を思い出し、大河の流れを見下ろした。橋では移動させられない大きさの荷物は、船を使って川を渡る。両岸を行き来する船からの音、岸で荷物の上げ下ろしをしている人々のかけ声、物売りらしき女性の笑い声、ここにいるだけで実に多くの音が聞こえてきた。

自分一人だけが、この世界から切り離されたような孤独感を覚える。どうして自分はここにいるのだろう。どうして自分はこの国に生まれなかったのだろう。

何故、自分は女に生まれたのだろう。

◆◆◆◆

ルードヴィグは滞在している王宮の一室で、机に向かって書き物をしていた。手紙ではない、今回の外遊の報告書のようなものだ。

ふと手を止めて、視線を窓の外にやる。寒々しい景色は故郷と似ているが、植生の違いのせいか、建築様式の差か、やはり異国にいるのだなと感じさせられた。

思えば生まれてこの方、ルードヴィグは国から出たことがない。今回の外遊が初めてだった。

——国を出るというのは、こんなに心細いものなのだな……

周囲は同国人で固められているとはいえ、何とも気弱になってしまう。

男の自分でさえこうなのだ。女の身でスイーオネースへやってきたアンネゲルトは、どれだけ心細い思いをした事だろう。己の所行を思い返すだに、罪悪感に駆られる日々が続いている。

窓の外は曇り空ながら、雪は降っていないらしい。冬のウラージェンは晴れる日も多いとかで、そんなところも冬は曇り空ばかりが続くスイーオネースとは違っていた。

ルードヴィグは再び報告書を書き始める。初めての外遊に緊張もあったが、実際始まってしまえばやる事は社交シーズン中と大差ない。もっとも、これまでその社交をなおざりにしていたせいで、戸惑う場面も多かった。

その覚束《おぼつか》ない社交に関しては、外交官として同行しているユーン伯エドガーが手助けすると申し出てくれている。

『重要な話し合いはこちらでいたします。殿下にはぜひ、社交の場で愛嬌を振りまいていただきたいのです』

妃殿下同様に、と付け加えた彼の表情を思い出した。あの妃はそんなに社交を得意としているのかと思ったが、考えてみればルードヴィグは彼女が社交の場にいるところをろくに見ていない。だからこの外遊で社交を見事にこなす彼女の姿を、意外に感じたものだ。

そういえば、エドガーはこんな事も言っていた。

『外交も人対人なんです。人間なんておかしなもので、重要な国とわかっていても、自分が気に入らない相手がいる国とは深く付き合いたくないと思うものなんです。逆もまた然《しか》り。貴族社会でしっかり相手の心を掴んでおいてください。それが我々の仕事のためにもなります』

社交の場で愛嬌を振りまくなど、これまでのルードヴィグには一番苦手な事だった。以前同じ言葉をかけられていたなら、打算で作られた笑顔に何の価値があるのかと一蹴《いっしゅう》していた事だろう。

しかし、回復してから東域の社交の場に出て、今まで見えなかったものが見えてきた。

貴族達はにこやかに談笑しているだけのように見えて、端々ではそれぞれの領地に関わる事や、家が関わっている商会などについて話し合っている。

無論、見えない場所での根回しなどもされているはずだが、ああいった場で情報交換をしたり、陳情をしたりするのは、実はとても有意義な事なのだと知った。

アンネゲルトにしてもそうだ。何も考えずに笑っているのかと思っていたが、そうではなかった。

今回の外遊では相手の好みそうな話題を仕入れたり、スイーオネースに取り込んだ新しいドレスを着たりして、こちらの社交界の貴婦人達の視線をさらっている。それだって、考えなしにやった訳ではないらしい。

スオメンでの外遊が終わった後に、何故新型のドレスを着ていったのか聞いた事がある。返ってきた答えは、たった一言だった。

『だって、女性は新しいものが好きですもの』

目新しいものを身につけていれば、それだけで話題にしてくれる。注目もされる。奇抜すぎると逆効果になるが、今回のドレスはそうではない。

『おかげで、スオメンの貴婦人達との話が盛り上がりましたよ』

そう言ってにっこり笑う自分の妃を見て、自分は今まで彼女の何を見ていたのか、と落ち込む羽目になった。

おそらく、何も見ていなかったのだ。子供のように嫌だ嫌だと言うだけで。望まぬ結婚を強《し》いられたのは、彼女も同じだろうに。

自身の不明を恥じ、この外遊中はもちろん、帰国後も彼女の待遇を改善しなければと心に誓うルードヴィグだった。

◆◆◆◆

今日のアンネゲルトの予定は、ウラージェン国王とその側近達との昼食会のみである。午後からいつもの茶話会が入っていたが、これは国王の都合で取りやめとなっていた。

その午後に、ニクラウスが硬い表情でリリーを伴《ともな》ってアンネゲルトのもとを訪れる。

「どうしたのニコ。そんな顔をして」

「姉上、まずは人払いをお願いします」

部屋にはティルラの他に、王宮侍女であるマルガレータとダグニーがいる。ニクラウスの言葉にアンネゲルトが軽く頷くと、ティルラが率先して二人を連れて出ていった。

「それで？　何があったの？」

ニクラウスは一瞬部屋の中を見回してから、日本語で話す。

「こちらに来る時に東域の魔導について調べると言っていた事、覚えてるよね？」

「当たり前じゃない」

リリーを連れてきたのは、そのためか。彼女は東域の魔導を研究するという名目である術式を探していた。魔力に干渉して阻害する、イゾルデ館襲撃の際に使われた術式である。

スオメンでも調査していたが、結局何も出てこなかったのでウラージェン方式なのだろうと当たりをつけていた。そして、こちらでも側仕えの仕事を免除されて調査に乗り出していたはずだ。

「もう見当はついてると思うけど、いくつか調査結果が上がってきてる。ちょっと待ってて」

そう言うと、ニクラウスは携帯端末でティルラを呼び出した。近くで控えていたのか彼女がすぐに部屋に来たので、それを確認してからリリーが部屋に障壁を張る。これで部屋の音は外に漏《も》れない。

「さて、では各々報告をしてもらおうか」

ここからはリリーのために帝国言語で統一する事にした。ニクラウスの言葉に軽く一礼したリリーが口を開く。

「まず、例の術式ですが、それらしいものが見つかりました」

「本当に!?」

やはりウラージェンにあったのだ。しかし、リリーの表情は優れない。その理由は、続く報告にあった。

「ですが、イゾルデ館に使われた術式そのものではなく、また、それに繋がると言えるものでもないんです。切れっ端とでも言いましょうか」

酷く言いづらそうな様子のリリーからは、彼女の悔しさが伝わってくる。魔力そのものに干渉するなど、想定外もいいところだから気にするなと言いたいが、それでもリリー達魔導士の悔しさは晴れないだろう。

例の術式に関しては、リリーが緊急で対抗策を講じ、その後も順次アップデートを行っているので現在は問題ない。それでも、術式そのものを調査しないと根本的な解決が望めないので、調査は必要なのだそうだ。

「切れ端でも、何とかなりそう？」

ティルラの質問に、リリーは自信なさげに答えた。

「全てはわかりませんが、方向性は見えました。これだけが救いです」

「それでいいわ。引き続きお願いね」

「はい」

決意も新たなリリーを見て、ティルラは微笑んでいる。今回術式が見つかったきっかけは、ウラージェンの魔導士組合からの情報だったらしい。

魔導士組合は魔導士の育成保護を目的に設立されていて、魔導に関わる仕事の全てを一手に担《にな》っている。逆を言えば、魔導士は組合を通さなければろくな仕事にありつけないという事でもあった。

魔導士はほとんどが組合に参加しているが、中には参加を拒否する者、参加していても犯罪に手を染めたなどの理由から除籍になった者達もいるそうだ。

その組合から、ある話を聞くことが出来た。三年ほど前に組合を除籍された魔導士が、他者の術式に干渉する術式の研究を行っていたという。

「それって……」

「ええ、例の術式でした」

組合が件《くだん》の魔導士を除籍した理由は、研究内容が危険すぎるからというものだった。

確かに、他人の術式に干渉するなど、危険きわまりない。

除籍されるまでの研究内容は組合に残されていたが、内容が内容なので閲覧禁止になっているそうだ。今回リリーに閲覧許可が出たのは、ウラージェン国王からの紹介があったおかげだった。

そして、その紹介をもぎ取れたのは、アンネゲルトが国王にせっせと異世界の話をしたためだという。

「結構くだらない内容ばっかり話していたんだけど」

「でも、紹介してもいいと思う程度には満足してくれたんでしょう。一応、姉上の手柄になりますね」

「やめてよ」

珍しいニクラウスの褒め言葉に、アンネゲルトは嬉しくなるどころか背筋が寒くなった。

「そ、それで、除籍された魔導士のその後は？」

話題を変えるために提示した質問だが、これも今回の調査対象である。

調査の一番の目的は術式そのものを見つける事。それ以外にもその術式を作った研究者、そして術式をスイーオネースへ持ち込んだ人物の特定なども期待されていた。

研究者や人物特定などは情報部の管轄になるので、報告はティルラからだ。

「その魔導士ですが、除籍の一年後、つまり今から二年前に姿を消しています。消える数日前に、自分は西域のさるお偉いさんに雇われる事になった、と言っていたそうです。実際、魔導士が消える前に、見慣れない西域風の顔立ちの男と会っているところを見たという者がいます」

「じゃあ、魔導士本人がスイーオネースで例の術式を使った、という事？」

「おそらくは」

術式だけではなく、開発した本人をスイーオネースへ連れていったのか。しかし、外国から人を入れる場合、手続きが煩雑《はんざつ》になるし記録も残るはずなのだが、その辺りはどうしたのだろう。

「その、西域風の男が誰か、わかる？」

「実は、ウラージェンの入国記録などを調べました。面白い結果が出てきましたよ」

ティルラはそう言うと、ドレスのポケットから携帯端末を取り出した。全ての情報は、船のサーバーで共有する事になっていて、スイーオネースの機密書類などもこっそり画像にして保存している。携帯端末を貸与《たいよ》されている人間なら誰でもサーバーの情報を閲覧出来るが、情報の重要度によっては制限がかかるようになっていた。

ティルラは携帯端末の画面を操作して、一つの情報を提示する。

「魔導士が姿をくらましたと思われる時期にスイーオネースから来た船は、この一隻《せき》のみです。持ち主は――」

「フランソン伯爵……」

ニクラウスと一緒に画面を覗き込んでいたアンネゲルトが、呟くようにその名を口にした。誰もが無言の重苦しい空気を破ったのは、アンネゲルトの声だ。

「え……と、フランソン伯爵って……誰？」

一瞬ティルラの顔が般若《はんにゃ》に見えた気がしたが、気のせいだろうか。彼女はにこやかな表情のまま答えた。

「保守派の貴族ですね。確かに目立った功績などはありませんから影は薄いですけど、スイーオネースの伯爵の一人ですよ」

そう言われても、アンネゲルトの記憶にはない。おそらく、ろくに顔を合わせていないのだろう。保守派という点を考えれば、付き合いの薄さもお察しだ。

「でも、どうしてフランソン伯爵がそんな魔導士をスイーオネースへ？　というか、彼がイゾルデ館襲撃を企《くわだ》てたの？」

「保守派ですからアンナ様を狙っても不思議はないんですけど……どうにもフランソン伯爵に関する情報が少なすぎて」

どうやら、ティルラの情報網にも引っかからないほどの小物だったらしい。ニクラウスも一緒に悩んでいるのを見て、アンネゲルトは思いつきを口にする。

「ねえ、ユーン伯が何か知っていないかしら」

その時の二人の反応は見物《みもの》だった。


すぐに手の空《あ》いた者に呼びに行かせると、ユーン伯エドガーはエンゲルブレクトとヨーンと共にやってきた。

「お待たせいたしました妃殿下」

「いいえ、こちらこそ急に呼び立ててしまって大丈夫だったかしら」

「問題ありませんよ。寂しい男三人で顔を突き合わせていただけですから」

どうやら、エドガー達は三人で一緒にいたらしい。

——それにしても、副官さんが来たのはやっぱり呼びにやったのがザンドラだから？

アンネゲルトの目から見ても、ヨーンの視線はザンドラに固定されている。一方、ザンドラの方は普段と何ら変わる事なく、側仕えとしての仕事に集中していた。

「それで、私に聞きたい事があるとのお話でしたが」

「ええ、実は……」

アンネゲルトはエドガーからの問いに答えようとしたが、どう言っていいのかわからない。単刀直入に、フランソン伯爵がどういう人物かを聞いてもいいものかどうか悩んでいると、ティルラが代わりに尋ねてくれた。

「実は、とある事情からフランソン伯爵がどういった人物かを知りたいと思いまして」

「そのとある事情の内容は教えてもらえないのかな？」

「一応秘密となっております」

ティルラもエドガーも笑顔での応酬だ。その背後にどす黒いものが見えたのは、アンネゲルトの気のせいではないだろう。

ティルラの拒否の言葉に、エドガーは大げさな身振りで嘆きを口にした。

「おお、とても残念ですよ。こちらはエンゲルブレクトの素性すらもさらけ出しているというのに」

「おい！」

いきなり自分の事を引き合いに出されたエンゲルブレクトが、慌てた様子でエドガーの肩を掴んだ。それにもかかわらず、エドガーは続ける。

「あの場にだって、本当なら僕とエンゲルブレクトだけで行くべきところを、妃殿下がどうしてもと仰《おつしや》るから同行を認めたというのに、この仕打ちですか？」

押しつけがましさがぬぐえないエドガーの言葉に、ティルラはさわやかな笑顔で返答した。

「それを決めるのはユーン伯ではなく、サムエルソン伯ですね。サムエルソン伯、あの場にアンナ様がいらして、迷惑でしたか？」

「いや、そんな事は……」

「迷惑とか、迷惑じゃないとかの問題ではないのですよ」

「おや、ではどんな問題だと？」

ティルラとエドガーに挟まれたエンゲルブレクトが哀れだ。見ていられないのは、彼の姿に自分を重ねたからかもしれない。アンネゲルトはティルラを止めにかかった。

「ティルラ、もういいから……」

「わかりました」

意外にもあっさり引き下がったティルラが、軽く頷いている。これは、詳細はアンネゲルトから話せという事か。

――ユーン伯とのやり取りは茶番だったな！　まったくもう。

それならそうと、最初から言ってくれればいいのに。アンネゲルトは深呼吸すると、口を開いた。

「以前、王都のイゾルデ館が襲撃された件は覚えていますね？」

「教会騎士団の起こした事件ですね」

エドガーはさすがに反応が早い。おそらくアレリード侯爵辺りに詳しい話を聞いているのだろう。

「その時と、それ以前に旧狩猟館が放火された時、両方の現場で東域のものと思われる術式が見つかりました。その術式を開発したと思しき人物を、ウラージェンからスイーオネースへ連れていったのがフランソン伯爵らしいの」

「それはまた……」

アンネゲルトの言葉に、エドガーだけでなくエンゲルブレクトも驚いている。

「だから、フランソン伯爵はどういう人物か、知りたいのよ」

「わかりました。私見になりますが、フランソン伯爵は小物と言っていいでしょう。保守派の中でも大きな集まりには入れず、同じようにあぶれた者同士で小さな集まりを作り、その中心を取って満足する程度の人間です」

やはり、読みは正しかったらしい。だがそうなると別の疑問が浮かんでくる。そんな小物が、わざわざ東域から、教会が禁じている魔導を扱う者を連れてくるだろうか。

考え込むアンネゲルトの耳に、エドガーの声が響いた。

「妃殿下、伯爵の背後には、黒幕と呼ぶべき人物がいると思われます」

アンネゲルトが咄嗟《とっさ》にティルラを見ると、彼女も頷いてエドガーの言葉に同意を示している。

「フランソン伯がユーン伯の仰《おっしゃ》るような人物であるなら、そう考えるのが正しいでしょう。では、その黒幕とはどんな人物でしょうか？」

それまでおとなしく話を聞いていたニクラウスが発言した。だが、それが簡単にわかれば苦労はしない。

彼の質問には、しばらく考え込んでいたエドガーが答える。

「保守派の中でも相応の力を持っている人物でしょう。フランソン伯爵はより大きな集まりに入りたがっていましたから」

では、その大きな集まりに人を入れる権限を持っている人物か。保守派そのものは、今ではすっかり勢力をなくし、所属人数も日に日に減っているというのは外遊に出る前に聞いている。アンネゲルトの存在と、イゾルデ館襲撃が大きいそうだ。

特にイゾルデ館襲撃は教会騎士団が主犯であり、あの事件で教会騎士団員と騎士団に近い聖職者が根こそぎ粛清されている。彼等は教会内で守旧派と呼ばれ、保守派貴族と強い結びつきがあったのだ。

守旧派の聖職者がいなくなった事で、保守派貴族達の力も大きく削《そ》がれている。スイーオネースは教会の影響力が強い国だから、教会に伝手《つて》があるのとないのとでは大違いなのだそうだ。

そんな力を失いつつある保守派の中でも未だに力を保っているとなると、相当大きな集まりなのではないだろうか。

アンネゲルトは記憶を辿って、以前紹介された保守派貴族の名前を引っ張り出した。

「保守派筆頭の集団をまとめているのは、確かリンドバリ侯爵よね」

すると、すぐにエドガーが口を挟む。

「彼は違いますよ。侯爵は根っからの魔導嫌いなんです。たとえ目的のためとはいえ魔導を、しかも東域の術式を使う事は許しませんよ」

意外な情報だった。エドガーによれば、どうやらリンドバリ侯爵は東域の国々もお嫌いらしい。

だが、では別の集団を率いている人物かと問われると、これといって名前が挙がらない。リンドバリ侯爵が保守派の最後の大物なのだ。

「スイーオネースに戻ってからフランソン伯爵自身を調べるのでは駄目なのか？」

皆が煮詰まった状態の中、建設的な意見を出したのはエンゲルブレクトだった。確かに、ここであれこれ悩んでいるよりは、スイーオネースに帰国してから件《くだん》の伯爵を調べた方がいい。

　発言したエンゲルブレクトの肩を、エドガーがぽんと叩く。

「君、たまにはいい事を言うね」

「たまには余計だ。まったくお前は……」

　その様子に、アンネゲルトは笑顔を誘われた。先程まで重い話をしていて澱《よど》んでしまった部屋の空気が、一瞬で塗り替えられたようだ。

　全ては帰国してからという事になり、どうやって調べるかなどの打ち合わせを終えて解散する段で、切羽詰《せっぱつ》まったヨーンの声が部屋に響いた。

「妃殿下にお願いがございます！」

　呆気にとられていたがすぐに我に返ったエンゲルブレクトが、ヨーンの肩を掴んで制止する。

「おい、グルブランソン」

「今を逃せばもう機会がありません！」

「だからといって――」

「ええと……何かしら？」

　エンゲルブレクトとヨーンのやり取りを延々と見ている訳にもいかないので、アンネ

ゲルトが仲裁がてらヨーンの願いとやらを聞いてみた。

「ザンドラ殿を一日お貸し願えませんでしょうか」

「あ、やっぱりそっち?」

あまりに予想通りすぎて、つい日本語で言ってしまったアンネゲルトの背中を、ニクラウスが軽く突いてくる。やばいと思った時にはもう口にしていたので、それは甘んじて受けておく事にした。

この時まで、ヨーンもエンゲルブレクトと共に日本語授業を受けていたという事を失念していたのだ。

「そうです! そっちです! ぜひ!」

「……それは、当人の意見を聞いてから、ね」

あまりの圧に、アンネゲルトは腰が引けている。エンゲルブレクトが背後からヨーンを制しているというのに、それを振り切る勢いとはどういう事なのだ。

アンネゲルトは助けを求めるようにティルラを見た。

「ザンドラは日中でしたら空《あ》いているはずですが。ザンドラ、グルブランソン子爵とご一緒してくる?」

ティルラの質問に、ザンドラは無感動に答える。

「それはご命令でしょうか？」

一瞬、膝の力が抜けるかと思った。この期に及んで命令か、とは。ただ、ヨーンの方をこっそり見たところ、気にした様子はない。彼にとってはザンドラと一緒に過ごせるかどうかが重要であって、彼女がどう思っているかは二の次らしい。

ザンドラの返答に、ティルラは苦笑しながら首を振った。

「いいえ、あなたの希望を聞いているのよ。行きたいのなら休みを与えるし、行きたくないのならそのまま休んでいらっしゃい」

ザンドラはティルラの言葉を聞いて何かを考えていたが、そのまま固まってしまう。どうやら、自分で考えて行動するというのが苦手なようだ。

その様子を見て、ヨーンがアンネゲルトに強い視線を送ってきた。おそらく駄目押しの一言を言ってもらおうという魂胆《こんたん》なのだろう。彼の背後でエンゲルブレクトが「いい加減にしろ！」と、小声で怒っているのが聞こえる。

はっきり断らず悩むという事は、少しは脈があると見ていいのではないか。まるきり眼中にないのなら、きっと先程のティルラの言葉に休むと即答しているはずだ。

ならば、少しくらい手伝っても罰《ばち》は当たらない。

「ザンドラ、ウラージェンに滞在するのもあと数日だから、今日は街を見てきてはどうかしら？　一人だと支障があるかもしれないから、子爵と一緒に。ね？」

アンネゲルトの言葉を聞いてしばらく俯《うつむ》いていたザンドラだったが、やがて顔を上げるとヨーンに一礼した。

「……わかりました。子爵様、よろしくお願いします」

「はい！　お任せください」

珍しく喜びを露《あら》わにしたヨーンを見て、何とかうまくいってほしいものだと思う。

微笑ましく二人を見ているアンネゲルトの耳に、その場をまとめるティルラの声が入った。

「それでは、改めて解散という事でよろしいですね？　リリー、あなたは引き続き術式の調査と解析を出来るだけ進めてちょうだい」

「はい、ティルラ様」

「アンナ様は残りの日程、社交を頑張ってくださいね」

「はい……」

「皆様も、外遊の残り日数は少のうございます。各々の職務に励んでくださいませ」

ティルラの言葉に全員が頷いて了承し、その場は解散となった。

◆◆◆◆

アンネゲルトのもとを辞したエドガーは、割り当てられた部屋で一人くつろいでいた。東域に来た収穫は予想以上なのだから、自然と機嫌も良くなるというものだ。今にも鼻歌を歌い出しそうな彼の意識を現実に呼び戻したのは、部屋に響いた来客を知らせる声である。

「誰が来たって？」

小間使いが告げた名前は、先程まで一緒にいた王太子妃アンネゲルトの弟、帝国のヒットルフ伯爵ニクラウスのものだった。

開けられた扉の向こうには、笑みを浮かべたニクラウスがいる。

「いきなり訪れた非礼をお詫びします、ユーン伯。少しお話ししたい事があるのですが、よろしいでしょうか」

「ええ。どうぞ、ヒットルフ伯」

エドガーはにこやかにニクラウスを中へと招いた。彼の事は一目見た時から自分と同類だと認識している。目的のためなら手段を選ばない、そういう類《たぐい》の人間だ。

双方笑顔だというのに、薄ら寒い空気が辺りに漂《ただよ》っていた。

「で？　わざわざ僕の部屋までお越しいただいたのは、どういった理由でしょうか？」

本来なら社交辞令でも交わすところだろうが、この相手には必要ない。しかも、彼がここに来た理由も大方わかっている。彼の姉、アンネゲルトに関する事だ。

単刀直入な入り方だったが、相手も問題なしとしたらしい。さすがは同類である。ニクラウスは椅子に座って早々に切り出した。

「失礼を承知で伺いたい。ユーン伯とアレリード侯は、サムエルソン伯にどこまでを期待していますか？」

そう来るか、とエドガーは内心笑う。しかし表向きは先程と同様、微笑みを浮かべたままである。

エドガー自身、まだまだ青二才と呼ばれる年齢だが、目の前のニクラウスはさらに若い。年齢でいえば、少年と呼んでも差し支えはないだろう。

その少年は帝国皇太子の側近であり、ゆくゆくは皇帝の側近となり帝国の重鎮となる身だ。そんな彼が自分のところに来てすぐにそう切り出した。つまり、帝国もエンゲルブレクトに対して何某《なにがし》か望んでいると見ていい。これは期待してもいい流れだ。

とはいえ、簡単に手の内を見せるのはしゃくに障る。これは元々のエドガーの性分なのでいかんともしがたい。

「それは、ヒットルフ伯個人としての質問かな？　それとも、君の大事な方からのものかな」

いくらアンネゲルトの弟といっても、他国の、しかも爵位が同じ伯爵なら、年齢が上のエドガーの方が上からの態度になっても不思議はない。一瞬、ニクラウスの表情に変化が見られたが、すぐに立て直した。こういった事は姉より弟の方が得意らしい。

さて、どう出るやら。エドガーは年若い異国の青年を前に、鷹揚《おうよう》に構えている。そのエドガーをしっかり見据えて、ニクラウスは口を開いた。

「両方、と認識いただいて構いません。こんな場で聞くのは無粋《ぶすい》とお思いでしょうが、今のうちに確かめておきたいのです」

落ち着いた話し方だ。内心がどうあれ表に出さないようにするのは、交渉の初歩の初歩。彼はそれをきちんと知っている。

それにしても、両方と言ってくるとは予想しなかった。てっきり皇太子のみの意向と答えると思っていたので、エドガーの当ては外れた事になる。

だが悔しいとは思わないし、相手の青さを侮《あなど》る気にもなれない。自分のようなねじくれた人間には、時としてこうして真っ正面から切り込む方が効果的な事がある。ニクラウスがそうとわかっていて切り込んできているのだとしたら、将来は大物になるだろう。

エドガーは軽く笑った。その様子を不審に思ったらしいニクラウスに、言い訳をしておく。

「いや、失礼。こんな場で腹の探り合いをしている場合ではないな、と反省したのですよ。仕事の癖が抜けないのは、悪い事ですね」

嘘でもないが本当でもない。ニクラウスを相手にして血が騒いだ結果なのだが、正直に言う必要もあるまい。

改めてエドガーは居住まいを正した。

「私自身確かめた訳ではありませんが、閣下はサムエルソン伯の血筋をご存知なのではないかと思っています」

これも本当ではない。アレリード侯爵はエンゲルブレクトの血筋を知っていた。エドガーをここに派遣したのは、その確証を得るためである。

侯爵はエドガーの目の前で、「サムエルソンは王家の血を引いている。その事を確認し、証明出来る品があれば持ち帰れ」と命じたのだ。

アレリード侯爵がいつ、どこで彼の実父を知ったのかまではわからないが、あの様子からして、情報源はしっかりしているのだろう。

「国を出る際に、閣下からは伯の出自を確かめる場に必ず同席せよとの指示をいただきました。当時は、てっきり計画を確かなものにするためかと思いましたが、よく考えたら違うような気がしてならないんです」

ニクラウスが気にしそうな言葉をちりばめて、食いつくのを待つ。こちらから用意されたものとわかっていても、向こうは食いつくしかない。アレリード侯爵に関する情報を持っているのは、ここではエドガーだけなのだ。

この場合、今ここでというのが重要になる。おそらく、ニクラウスはスイーオネースに帰り着く前に話をまとめたいのだ。彼が出してくる話の内容は、いくつか推測を立ててある。そのどれもが、アンネゲルトとエンゲルブレクトに関わる件だ。

――そうなれば、僕にも無視出来ない内容って事になるしね。

しばらく考え込んでいたニクラウスは、無難な方面から攻める事にしたらしい。

「ユーン伯の違和感が……侯爵がサムエルソン伯の実の父君について知っていた事に繋がる、と？」

「それだけでは弱いでしょうが、彼の出自を知っていたからこそ、計画を立てたと思えるんですよね」

果たして、ニクラウスは軽い溜息を吐いた後、餌に食いついた。

「その計画というのは、今ここで伺っても構わないものでしょうか？」

「そうですね……ヒットルフ伯は妃殿下の弟君ですから。その方面でご助力願う事もあるかもしれませんし」

もったいをつけて焦《じ》らすのは、必要だからでなくエドガーがやりたいからだ。悪い癖だとアレリード侯爵にもエンゲルブレクトにも言われるが、どうしても直せないのだから仕方ない。

エドガーは笑みを消してニクラウスに向き直った。

「スイーオネースで現在、王位継承に関して問題が起こっているとご存知でしょうか？」

「ええ、知っています。その件では姉が迷惑を被《こうむ》っていますから」

全てエドガーのいいように話を進めている事に対する意趣返しか、ニクラウスからの小さな反撃があった。エドガーは軽くいなす。

「妃殿下の被られた迷惑に関しては、臣として心苦しいばかりです。話を戻しますが、我々革新派は次の国王にサムエルソン伯エンゲルブレクトを推《お》します。王太子ルードヴィグ殿下にはご退場願う予定です」

普通なら驚く場面なのだろうが、ニクラウスにその様子はない。おそらくは、彼もそれを読んでいたのだろう。ここに来たのは、彼にとっても単なる確認作業だったのではないか。

エドガーはその感想を率直に口にした。

「あまり驚かれないのですね」

「そうですね。これまでの事を考えれば、推測出来て当然の内容かと思います」

ニクラウスの言葉に、エドガーはにこりと微笑んだ。彼の言い分は正しい。まだ若いが、目の前の少年は将来いい側近に育ちそうだ。

まったく、帝国がうらやましい。問題のない後継者に、順調に成長しつつある側近、それらは現在のスイーオネースにはないものだ。

とはいえ、エドガー達も手をこまねいている訳ではない。革新派が中心となって、スイーオネースを内側から変えていく。そのためにも、侯爵の計画を成功させなくては。

たとえ目の前の少年に助力を願う事になったとしても。

「確かに。正解にたどり着くのは簡単ではないでしょうけど、ヒットルフ伯はあの場にもいらっしゃいましたしね」

エンゲルブレクトの実父が判明した場である。あの時彼が同行する事を黙認した時点で、この日が来る事を自分は確信していたのだ。

微笑むエドガーに対して、ニクラウスの方は苦笑を浮かべている。

「本来なら他国の人間である私が同席するべきではなかったのでしょうが、姉の事が気がかりだったものですから。それと、お気付きと思いますが我々は各派閥が推《お》す継承者を調べていました。その中で、どうしても革新派の候補だけが絞りきれなかったんです。余程厳重に情報統制をしていたようですね」

それはそうだ。何せ計画を知っていたのは、立案者のアレリード侯爵とエドガーの二人だけなのだから。

話し合いの場でも符丁を使って隠すほどの徹底ぶりだったのだ、簡単に調べ上げられては困る。だが、そんな事は表に出さず、エドガーは軽く笑むに留めた。

「その辺りはご想像にお任せします。さて、ではあなた方の事も伺いましょうか。帝国の皇太子殿下は、何を考えてスイーオネースへおいでになったのでしょうね?」

「もちろん、姉の事が気がかりだったからです。スイーオネースでの姉の処遇は、帝国にも届いていましたので」

そう来たか。こればかりはスイーオネースの人間は強く出られなかった。本当に、あの王太子はろくな事しかしない。

エドガーは心苦しい様子を押し出しながら、謝罪を口にした。

「ルードヴィグ殿下のなさりようは、スイーオネース王の臣下としてお詫び申し上げます」

「いえ、その事はもう良いのです。姉自身が落とし前をつけましたし、本人としては島と離宮の方が大事なようですよ」

王宮での公式な謝罪の件か。その場にいたアレリード侯爵に後で話を聞いた時、エドガーは笑い転げたものだ。鮮《あざ》やかな手口に、どれだけやり手の女性なのかと思ったが、本人を知ってあの筋書きは側仕えのティルラが考えたものだとわかった。あれは、アンネゲルトが自ら考えつく内容ではない。

エドガーは、もう一歩踏み込んでみた。

「では、皇太子殿下の目的は？」

「姉の再婚を決める事です」

意外なほどあっさりと明かされた事に、逆に嘘ではないのかと疑いたくなる。だが、ここで嘘を言ったところで双方に益はない。皇太子の側近である彼が、そんな無意味な事はしないだろう。

それよりも、今ここで自分にこの件を伝えた方が重要だ。

「私に話すという事は、相手にはサムエルソン伯を考えている、と考えてよろしいか？」

ニクラウスは無言で頷いた。なるほど、あちらとこちらの利害は一致している訳か。

だからこそ、彼が自分に接触してきたらしい。

アレリード侯爵率いる革新派は、技術革新に及び腰のルードヴィグを次の国王に据えたくない。無論、保守派の掲《かか》げる他の候補でも駄目だ。

エンゲルブレクトもそういう意味では未知数なのでは、と思わないでもないが、彼は早い段階でアンネゲルトの船に入っている。帝国の技術に触れる機会は、スイーオネース国内でも多い方だろう。

それに、エンゲルブレクトは信仰に厚い訳でもなく、帝国にも嫌悪感を持っていない。便利なものは取り入れればいいという、実に合理的な考えなのだ。

これこそ革新派の求める継承者だった。取り入れる技術を己の利に繋がるよう選別しようとする教会も、凝《こ》り固まった考えから抜け出せない保守派も、切って捨ててしまえばいい。もっとも侯爵に言わせると、そうした者達も抱え込めるだけの器量がなくてはいけないそうだが。

とはいえ、あの二人の結婚には大きな障害がある。

「再婚の前に、妃殿下は王太子殿下との婚姻を解消しなくてはいけませんね」

「姉は帰国次第、婚姻無効の申請を出すと言っています。我々としても、一刻も早く姉が自由になる事を望んでいるのです」

それはそうだろう。王太子はアンネゲルトに対してろくな対応をしてこなかった。あれでよく帝国と戦争にならなかったものだと、侯爵と話した事がある。

ひとえにアンネゲルトの慈悲と帝国の寛容さのおかげだろう。ならば、自分だけでも彼等の恩に報いなくては。たまには殊勝な動機で動いても罰《ばち》は当たるまい。

エドガーは笑顔を消してニクラウスに向かった。

「こちらは帰国後すぐ、サムエルソン伯の出自に関して侯爵閣下に報告します。閣下から国王陛下に伝わるでしょう。厳しい道ではありますが、全力をあげて彼を王位に就けてみせます」

我々の手で。本人はぐずるかもしれないが、その時はいくらでも丸め込んでみせよう。一番の切り札はアンネゲルトの存在だ。幸い彼女も、エンゲルブレクトに想いを寄せている。そこを使えば、エンゲルブレクトは簡単に落とせるはずだ。

「我々は協力者になれますね」

「ええ、今後ともよしなに願います。これよりは、私の事はエドガーと呼んでください」

「では、私の事はニクラウスと」

二人は固く手を握り合った。

ふと、エドガーは思いついた事をニクラウスに聞いてみる。

「もし妃殿下がエンゲルブレクトを好いていなかったら、この話はあり得ましたか？」

一瞬虚を突かれたニクラウスだったが、すぐに曖昧な笑みを浮かべた。それだけで全てがわかる。なるほど、彼等にとっては帝国の利益より、アンネゲルトの幸せが優先のようだ。

――もっとも、スイーオネースにそれだけの旨《うま》みがないという事かもしれないけど。

西域の中で、スイーオネースは北回り航路を持ち、東域との交易が盛んという程度の国に過ぎない。経済でも文化でも軍事でも、大国といわれるには程遠い存在なのだ。

話は終わったとばかりに、ニクラウスは暇《いとま》を告げる。

「では、私はこれで」

「ええ、また何かあったらいつでもどうぞ、ニクラウス君」

いきなり変わった呼び方に、再び虚を突かれたニクラウスだが、今度はにやりと笑った。

「わかりました、エドガーさん。何かありましたら、ぜひ」

そう言い残すと、ニクラウスはエドガーの部屋を辞した。さて、これで幾分か自分の仕事が楽になる。エンゲルブレクトは文句を言うかもしれないが、それで欲しいものが手に入るのだから諦めてもらおう。

エドガーはこれからの事を考えながら、鼻歌を歌い始めた。

六　恋心

ウラージェン滞在も残すところあとわずかとなったある日、アンネゲルトはティルラに直訴《じきそ》した。

「まだ王都を見てないから、見に行きたいです！」

「またお忍びですか？」

「出来たら……」

考え込むティルラに、アンネゲルトは気が気でない。まるで親にお小遣いアップを頼む子供のようだが、言っている本人は真剣だ。

外遊も終わりが近づいているせいか、あちこちの貴族が主催する催《もよお》し物に招かれる回数が増えている。それらの予定をうまく組んでいるのはティルラなので、遊びに行く場合は彼女に頼む以外ないのだ。

しばらく黙っていたティルラは、ようやく判断を下したらしい。

「護衛はサムエルソン伯にお願いするとして、実施日は四日後、刻限は夕食までです。

その日はウラージェン国王が晩餐《ばんさん》を一緒にと仰《おつしや》っておいでですから、刻限までには絶対にお戻りください」

「もちろん！　じゃあ、いいのね!?」

スオメンの時のように遠回しに反対されると思っていたので確認すると、ティルラは笑顔で送り出す言葉をくれた。

「疲れが溜まっても困りますから、最終日付近は予定をあまり入れていないんです。楽しんでいらしてください」

「やったー!!　ティルラ大好き!!」

思わず抱きつくと、相手はちゃんと受け止めてくれる。こんなところも頼りになって好きなのだが、そういえばあまり口にした事がないと、アンネゲルトは今更気付いた。


エンゲルブレクトの実父が判明した日以来、どうにもぎくしゃくした感じが抜けない二人だったが、先日のフランソン伯爵の件から再び気負わずに接するようになった。

——あの話からどうしてそうなったのかは、我ながらわからないわー。

人と人の関係など、些細《ささい》なきっかけで良くも悪くもなるものだ。そう考えると、共通の敵の話で仲間意識が強まった結果という事でいいのではないか。それより、目の前に迫った街歩きデートの方が大事だった。

本日の予定を全て終えた夜、アンネゲルトは明日のデートのための服選びに余念がない。目の前に広げられているのは、東域の街中で着てもおかしくはないデザインのものばかりだ。これらはメリザンドの新作で、そのどれもにウラージェン特有のデザインが取り込まれている。

東域外遊にメリザンドの同行が決まった時点で、アンネゲルトはイゾルデ館や船、離宮で着る用に軽い服を注文しておいたのだ。その時に、東域らしさをどこかに取り入れてほしいという希望も伝えておいたのだが、彼女は見事に応えてくれた。

メリザンドはイェシカと共に何度も街歩きをしていて、その度に街を歩く人々や店頭にある服から模様や形などを学んでいたらしい。

それはイェシカも同じで、彼女はアンネゲルトが国王に頼んで出してもらった許可状を手に、王宮やあちこちの建物に入り浸《びた》って見学しまくっていたそうだ。滞在日数を目一杯使って建物を見尽くす勢いだと、ティルラが言っていた。

アンネゲルトの前に広がるのは、メリザンドの作ったブラウスと上着、それに重ね着するスカートだ。こちらでは、庶民もスカートを重ね着するのが普通で、冬場だけでなく夏場も薄い布地のスカートを重ねるのだとか。

「うーん……どれにしよう」

ここはセンスが問われるところである。アンネゲルトは散々悩んだ末に、スタンドカラーのブラウスに色鮮《あざ》やかな糸で刺繍《ししゅう》がされたベスト、裾に濃い糸を使った刺繍《ししゅう》が施《ほどこ》されているスカートを三枚選んだ。

これらの細かい刺繍《ししゅう》を見た時は驚いたものだが、メリザンドによるとミシンを使っているのでそんなに時間はかかっていないのだという。

――ミシンすごい。ってか、それを既に使いこなしているメリザンドがすごいの？

学生時代の被服の時間に手を縫いそうになったアンネゲルトには、とても出来ない事だった。

◆◆◆◆

エンゲルブレクトは一人、部屋で剣の手入れをしていた。明日はアンネゲルトの護衛で街に出るので、何があってもいいように念には念を入れて調子を整えておく。

そういえば、スイーオネースに嫁《とつ》ぐ前のアンネゲルトを迎えに行った際、港街で迷子になっている彼女を助けた事があった。まさか明日もそんな事態にはなるまいが、やはり気を引き締めておくべきだろう。

それにしても、東域での時間はどれも濃いものだった。連日の社交に加え、ここウラージェンでは自身の実父がようやく判明したのだ。

ふと、あと数日でスイーオネースへ帰国する事が頭をよぎった。国に帰れば、自分の立場は一変する。エドガーからも言われているし、自分でもそう思う。

爵位が変わるのはどうでもいい。また、領地が増えるのも構わない。けれど、護衛隊から引き離されるかもしれないと考えると憂鬱《ゆううつ》だ。

そうなるくらいなら、いっそ王族として認めてもらわなくてもいいと思うほどだが、それはニクラウスが許さないだろう。アンネゲルトの再婚相手として認めてもらう条件が、王族としての地位を確立する事なのだから。

アンネゲルトとの仲は、未だに不明瞭なままだ。立場のせいか、お互いに踏み込めないものを感じている。二人の間にある壁を壊すことが出来れば、その先にあるのは……

自分の考えに沈んだエンゲルブレクトの耳に、ドアを叩く音が響いた。こんな時間に誰かと不機嫌に扉を開ければ、そこに立っていたのはエドガーである。つい頭を抱えたエンゲルブレクトに構わず、彼はずかずかと中に入ってきた。

「君、明日は妃殿下とお出かけなんだってね」

入ってきて早々にこれかと呆れたが、いつもの事だと思い直す。エドガーを早く追い返すためには、下手に抵抗しない方がいいと知っているエンゲルブレクトは、仕度の手を止めずに言った。

「そうだ。だから邪魔せずとっとと帰れ」

「酷いなあ。せっかく助言してあげようと思ったのに」

「いらん」

こいつの助言など、後で何を請求されるか知れたものではない。大体、一体何を助言するというのか。明日は護衛として同行するのだ。エドガーの知識が入り込む余地はない。だというのに、エドガーは勝手にエンゲルブレクトのベッドに腰かけると、じろりとこちらを睨《にら》んでくる。

「あ、そんな事言っていいの？」

「何が」

「グルブランソンがザンドラ嬢と出かけられたのも、僕が助言したからなのに」

「……何？」

どうも知らないうちにヨーンを焚《た》きつけていたらしい。何をやっているんだと怒鳴りたいところだが、その結果本人の望むようになったというのなら、エンゲルブレクトが口を挟む問題ではなかった。

　こちらが口を閉じたのをどう解釈したのか、エドガーは嬉しそうに詰め寄ってくる。

「だから、君も明日は僕の助言通りに動くといいよ！　そうすれば妃殿下との距離がぐっと近づくから」

「ふざけるな」

　これ以上聞く価値もないと切り捨てたエンゲルブレクトに、エドガーがいつになく真剣な様子で続けた。

「君こそふざけてるの？　欲しいものは欲しいとちゃんと言わないと、どこかの誰かに攫《さら》われちゃうんだよ？　ただでさえ妃殿下とルーディー坊やとの間が正常になりつつあるってのに、君のその余裕はどこからくるんだい？」

　エドガーの最後の一言が、エンゲルブレクトの怒りに火をつける。

「誰が、余裕だって？」

「君だよ君。何の対策もせずに明日の妃殿下とのデートに臨むつもりなんだろう？」

「でーと？　とは何だ？」

　意味不明な言葉に一瞬毒気を抜かれたエンゲルブレクトは、エドガーに尋ねた。

「好き合ってる男女が一緒に出かける事だって。あ、グルブランソンのがデートって言えないのは、ザンドラ嬢の気持ちがわからないからなんだけど」

　エンゲルブレクトの頭には、エドガーが言っている事の半分も入ってきていない。衝撃が強すぎて、頭が理解する事を放棄したらしい。

　好き合っている？　誰と誰が？　いや、自分の想いに自覚はあるし、嫌われてはいないと思っているし、何なら多少の好意は寄せてもらっていると自負している。ということは、好き合っている男女でいいのか。

「おーい、エンゲルブレクトー。ちゃんと聞いてるー？」

「いや……」

　正直、エドガーの言葉は聞こえていない。つい素直に口にしてしまったが、エドガーはいつものように怒る事もなく、もう一度言ってきた。

「じゃあ、ちゃんと聞きなね。明日は、照れたりしないで自分の想いを伝える事。もういい年なんだから」

「お前も同じ年だろうが」

「僕の事はいいんだよ。今は君の事。何事も素直に、ね。あれこれ考えるのは後でいいから」

　そうだ。素直になるには色々と考えたり乗り越えたりしなくてはならない事が多すぎる。一番の問題は彼女がまだ王太子妃であるという点だ。エドガーは考えるのは後にしろとしきりに言うが、後回しに出来る問題でもないだろうに。

「エンゲルブレクト！」

「……何だ」

耳元で叫ばれてはたまらない。エドガーは至近距離から真剣な様子でこちらを見上げている。

「君は王家の血を引いてるんだ。妃殿下……あえてアンネゲルト様と呼ばせてもらうけど、あの方と比べても、君の血筋は見劣りしないものなんだよ。その事は絶対に忘れちゃいけない。それと、君がここで臆《おく》して気持ちを伝えなかったら、アンネゲルト様はルーディー坊ややハルハーゲン公爵に持っていかれてしまいかねないって忘れないでね。そんな事になったら、嫌でしょ？」

当然嫌だ。でも、今までそれを口には出来なかった。自分は護衛に過ぎないのだからと、何度己に言い聞かせた事か。

アンネゲルトが頼ってくれるのが嬉しくて、ずっと護衛として側にいられればと思っていた。いつ頃からか、それだけでは物足りないと思うようになったのは。

腹立たしい事だが、自覚したのはハルハーゲン公爵の存在があったからかもしれない。夫であるルードヴィグはアンネゲルトに寄りつかなかったし、他に彼女に近づこうとする存在はいなかったからだ。

そして今、自分が王族であるとわかり、帝室の姫でもあるアンネゲルトを望んでも問題ない身分が得られる可能性が出てきた。エドガーの言う通り、ここが勝負所なのだろう。いつどこでだったか忘れたが、恋愛も戦《いくさ》だと聞いた事がある。だとしたら、自分の決戦は明日なのだ。

エンゲルブレクトは軽い溜息を吐くと、エドガーに自分の部屋に帰るよう促《うなが》した。一瞬何か言いかけた彼は、こちらの落ち着いた様子を見て何かを感じ取ったのか、「頑張って」の一言を残して去っていく。まったく、奴らしくない事だ。

窓から見える空には、月が昇っている。この月を、彼女も部屋で見ているだろうか。明日は確実に勝利をもぎ取らなくてはならない。

もう一度月を見上げたエンゲルブレクトは、しばらくそのまま空を眺めてから寝台に入った。

◆◆◆◆

「うわあ」

王都スクリポヴァの街中に出たアンネゲルトは、声を上げた。冬の穏やかな日の光が降り注ぐ中、大河の川面がきらきらと輝いて美しい。帝国ともスイーオネースとも違う異国風の街並みは美麗で、どこを見ても絵になる。

見とれていたアンネゲルトに、エンゲルブレクトが日本語で声をかけた。

「妃殿下、あまり離れないでください」

「あ、ごめんなさい」

日本語で会話する事になったのは、お忍びで街に出ている間、下手にスイーオネースの言語を使うと、外遊一行の一人と思われて危険が増すという判断からだ。

王宮を出た二人は蛇行《だこう》する大通りを通って大河まで来ている。目の前には王都で一番大きな橋であるライサ橋があり、その向こうには店が建ち並ぶ区域が続いていた。

区域の一番奥にある丘からは、スクリポヴァを一望できる展望台があるという。今回の街歩きの最終目的地はその展望台だ。

「橋を渡るのは人と馬、ロバだけなのね。もっと馬車や荷車が行き交ってると思っていたんだけど……」

ライサ橋を渡りながら呟いたアンネゲルトは、周囲を見回している。馬車の行き来が見えるのは王宮側だけだ。

「大きな荷は船で川を渡すようですね。かなり立派な船も行き交っていますよ」

「あ、本当だ」

エンゲルブレクトに言われて川面を覗くと、大小様々な船が両岸を往復しているのが見えた。なるほど、橋と船とで棲み分けがされているようだ。

そのまま二人で他愛ない事を話しながら橋を渡り、店が多く建ち並ぶ区域に入ると、アンネゲルトの目の色が変わる。

「す……すごい……」

この区域は、貴金属の細工物を扱う店を中心に、小物や服を扱う店が多い。出歩く人の数も多く、あちこちから呼び込みの声が聞こえてきた。

思わず目移りする多種多様さで、実際アンネゲルトは先程からあちらの店こちらの店と忙しそうに視線が動いている。

活気に満ちた街だ。宮殿のお膝元というだけでなく、国王が経済に力を入れている証拠でもある。もっとも、今のアンネゲルトにとってそんな事はどうでもいいが。

今日はエンゲルブレクトと一緒に街を歩いて心の距離を縮め、最後の丘の展望台で重要な話を伝えるために出てきたのに、一瞬それらが吹き飛んでいた。

——は！　ダメダメ！　今日は大事な日なんだから、失敗したら大変だよもう。

既に失敗に片足を突っ込みかけている事からは目を逸らし、アンネゲルトは自分の欲を押さえこみ、斜め後ろにいるエンゲルブレクトを振り返る。

「す、すごい人よね！　これだけでも、この王都の豊かさが伝わってくるわね！」

精一杯の笑顔で言ったはずなのに、エンゲルブレクトはぽかんとした表情をした後、笑いを堪えている。今度はアンネゲルトがぽかんとする番だ。

「あの……隊長さん？」

「く……も、申し訳ありま……ぷ……」

「……笑いたい時には思いきり笑った方がいいと思うの」

アンネゲルトのその一言で、エンゲルブレクトは堰《せき》を切ったように笑い出したのだからたまらない。しばらく続いた笑いがようやく収まった頃には、アンネゲルトはすっかりへそを曲げていた。

「申し訳ありません、妃殿下」

「いーですよーだ。怒ってなんかいませんよーだ」

どこからどう聞いても拗《す》ねている物言いだが、何をしたという訳でもないのにいきなり笑われたのだから、当然だと言いたい。ふくれっ面のアンネゲルトに、エンゲルブレクトは下手《したて》に出てきた。

「お怒りをお収めください。私に出来る事でしたら、何でもしますから」

エンゲルブレクトにしては珍しい言葉だ。たまにアンネゲルトが拗《す》ねても、彼はこんな取引めいた言い方をした事はなかった。驚いて彼の顔をまじまじと見つめていると、エンゲルブレクトが眉尻を下げて聞いてくる。

「どうかなさいましたか？　その、無礼は幾重《いくえ》にもお詫びいたします」

どうやら、まだアンネゲルトが怒っていると思っているらしい。アンネゲルトは緩く首を横に振ると彼に向き直った。

「そうじゃなくて、隊長さんがそういう事言うの、初めてだと思って」

「そういう事?」

「何でもするって」

「ああ」

やっと合点《がてん》がいったという風に、エンゲルブレクトは苦笑した。先程とは違う笑い方だ。そういえば、あれだけ笑うエンゲルブレクトというのは、珍しいのではないか。

――もっと、ちゃんと見ておけば良かった。

見つめるアンネゲルトの前で、エンゲルブレクトは真摯《しんし》な態度で口を開く。

「航海中に、弟御のヒットルフ伯爵との会話を耳にしまして」

「ニコとの？　……あ！」

心当たりがあったアンネゲルトは、瞬時に頬が熱くなった。ニクラウスとのやり取りというと、口喧嘩でいつものようにやり込められそうになった時に、「弟なら、何でも言う事を聞くから許してって言いなさいよね！」と大変理不尽に責めたやつではないか。まさか、あれを見られていたとは。

「私は弟御ではありませんが、妃殿下のお怒りを買ってしまったのですから、謝罪の意味を込めて言いました」

「そ、そう……」

それ以外に何も言えず、アンネゲルトは熱くなるばかりの頬を冷やすために、手で顔を扇《あお》ぐ。

どれくらいそうしていたのか、やっと熱が治まってきたので先程の件を聞いてみる事にした。

「そういえば、さっきは何でいきなり笑い出したの？」

「……言わなくてはいけませんか？」

「あら、何でもするって言ったわよね？」

アンネゲルトが意地悪く追及すれば、エンゲルブレクトは「参ったな」と小声で言いながら口元を手で覆っている。その姿にも、恋する乙女の心は高鳴った。

しばらく困ったようにしていたエンゲルブレクトは、アンネゲルトが諦めないとわかると、仕方ないとばかりに理由を口にする。

「その、店を見て回られたいのでしょうに、それを隠そうとする姿が可愛らしくて、つい」

「か！」

いきなりの直球な言葉に、アンネゲルトは口をぱくぱくとさせるだけで言葉にならない。やっと治まったと思った頬の熱も、あっという間に元通りだ。

こんな時にどうすればいいのかわからないアンネゲルトはパニック状態だが、それを知ってか知らずか、エンゲルブレクトは彼女に手を差し伸べてくる。

「妃殿下、そろそろ街を見に参りましょうか」

「う……は、はい……」

差し出された手に自分の手を重ね、エスコートされるままに歩き出した。

◆◆◆◆

手を引いて歩くアンネゲルトは、つい先程まで真っ赤な顔で下を向いていたが、すぐにあちらこちらの店を生き生きとした目で見つめる。そんな姿を見て、エンゲルブレクトは微笑ましい思いで一杯だった。

――とりあえず、エドガーには感謝しておくとしよう。非常に腹立たしいが……

素直になれているかどうかは置いておいて、まずは一歩を踏み出そうと、いつもより近くにいるようにした。エスコートも、馬車から降りる時とダンスの時以外にはした事がないが、アンネゲルトの様子を見る限り嫌がってはいないようだ。それどころか、頬を薔薇色《ばらいろ》に染めて綺麗に微笑んでいる。

こんな笑みを、今まで見た事があっただろうか。それだけではない、今日の彼女はこれまでに見た事がない顔をいくつも見せてくれている。拗《す》ねる姿すら可愛いなど、自分がこんな風に感じる日が来るとは思ってもみなかった。

アンネゲルトは細工物の店や小物の店を中心に回り、露店で売られている串焼きや果物などをおいしそうに食べている。本来なら毒味役を連れてくるべきなのだが、心配したエンゲルブレクトに、本人は腕輪を見せびらかすように掲《かか》げた。

リリー作の腕輪で、毒物を無効化する機能もあるそうだ。どうやって作用するのかアンネゲルトにはわからないらしいけれど、あえてリリーには聞かなかったという。

それが正解だとエンゲルブレクトも思った。彼女は魔導に関しては妥協という言葉を知らないせいか、一から十まで全てを説明しようとするきらいがある。

——説明を聞くならフィリップだな、絶対。

リリーとフィリップに接した事がある人間なら誰しもたどり着く結論に、エンゲルブレクトも到達していた。

結局、アンネゲルトは装飾品をいくつかと小物を少し買ってご満悦だ。正直、品質という意味では一国の王太子妃が持つようなものではないのだが、本人が嬉しそうにしているので、余計な口は差し挟まない事にした。

それよりも、店で買い物を終えた後に、自然に自分と手を繋ぐ姿に心の内が温かくなっていく。アンネゲルトにとっても、今日この時がいい思い出になっているといい。

スクリポヴァの右岸に広がる区域は、左岸とは違って細い路地が入り組んでいる。その路地にも店があり、抜けた先にまた店があるのだから、まさしく迷路だ。

そして、当たり前のように二人は迷い込んでいた。

「ここ、どこだろ……」

「完全に迷いましたね」

人に道を聞こうにも、誰も通らない。どうしたものかと悩むエンゲルブレクトに、アンネゲルトはあっけらかんと笑った。

「とりあえず、歩いていればどこかに出るわよ。行き止まりに出たら来た道を戻ればいいんだもん。それもまた、こういう街歩きの楽しみの一つよね」

そう言って、繋いだままのエンゲルブレクトの手を引っ張って歩き出す。一瞬呆気にとられたエンゲルブレクトは、すぐに彼女の隣に並んで歩いた。

こういうところがとても好ましく感じる。社交界にいる貴婦人なら、こんな時どうするだろうかとつい考えてしまうが、前提が間違っていると瞬時に気付いた。貴婦人が街を歩くなどするはずがないのだ。

意気揚々《いきようよう》と歩くアンネゲルトと共に進み、途中の店を冷やかして歩く事しばらく、少し大きめの通りに出た。ライサ橋から続く大通りのようだ。

「やった！　ここまで出れば、何とかなるわよね」

明るく笑うアンネゲルトに、エンゲルブレクトも笑い返すが、すぐに彼女の顔が真っ赤に染まる。どうしたのかと思ったら、彼女は繋いだ手に視線を落としていた。

「ああ、はぐれないように繋いだままでした」

この場合、はぐれるのは彼女なのか自分なのか。どうも後者に思えるのは気のせいではないだろう。護衛という立場なのに、情けない事だ。

「そ、そうよね、はぐれたりしたら、大変だものね。私一人じゃ王宮まで戻れないかもしれないし」

焦って言うアンネゲルトに、本日何度目かの笑みを誘われた。

◆◆◆◆

朝からせっせと街歩きに勤《いそ》しんでいたアンネゲルトは、さすがに昼を過ぎる頃には疲労が溜まっていた。

「疲れたー」

ライサ橋に続く大通りの奥にある広場の、噴水の縁に座ってぐったりするアンネゲルトに、エンゲルブレクトが心配そうに声をかけてくる。

「大丈夫ですか、妃殿下」

「うん、少し休めば大丈夫。一応、船でも体力を落とさないようにあれこれやっていたんだけどね」

「ああ、機材による身体訓練ですね。我が隊の者達も使わせてもらっています」

そういえば、ジムを使う際はちゃんと予約を入れるようにティルラに言われていたが、あれは護衛隊隊員とバッティングしないためだったのか。確かに、男性に交じって女性が一人で黙々とトレーニングするのもどうかと思うし、何よりジムでは体の線がばっちり出るウェアを着ている事が多い。

――こっちの人達にとっては見慣れないだろうから、はしたないとか思われるもんね。

ティルラの気遣いに感謝しつつ、アンネゲルトは座ったまま広場を眺める。人々の憩《いこ》いの場であるらしい広場の外周部分には多くの屋台が出ていて、人が並んで食べ物を買っているようだ。

ここに来るまでにもあちこちの屋台に引っかかったが、ここまで屋台だらけなのは見た事がない。これはあれだ、祭りや、初詣《はつもうで》の参道に並ぶ屋台に似ているのだ。

リリー作の魔道具のおかげで毒に怯《おび》える必要がないアンネゲルトは、手を挙げてエンゲルブレクトに主張した。

「はい！　隊長さん、屋台で何か食べたいです！」

一瞬呆気にとられたエンゲルブレクトだが、すぐに了承してくれたのは、彼がアンネゲルトの言動に慣れてきたからか。

大分体力も戻ってきたため、二人して屋台を見て回る。肉を焼く屋台、クレープのようなお菓子を焼いている屋台、幾種類もの果物を細かく切って混ぜ合わせたスイーツを提供する屋台など、実に多種多彩だ。

その中でもアンネゲルトの目を引いたのは、川魚を焼いて出す屋台だった。香草と一緒に焼いているらしく、いい香りが辺りに漂《ただよ》っている。その香りに惹かれてか、屋台には多くの人が並んでいた。

「ここの魚が食べたい」

アンネゲルトの一言で、二人して焼き魚を買ってかぶりついた。こんな風に一緒に食べ物を買ってその場で食べるなど、スイーオネースではまず出来ない。これも東域に来たからこそ出来る事だった。

その後も休憩を入れながら歩き、とうとう目的地の丘の上まで来た。途中で兵士に止められたが、エンゲルブレクトが何かペンダントのようなものを見せると、簡単に通ることが出来たのだ。

展望台に人影はない。例の兵士のせいかとエンゲルブレクトに確認すると、なんとウラージェン国王がアンネゲルトのために展望台を一時的に閉鎖したのだそうだ。

「マジで!?」

「陛下のご厚意という事ですね」

「それにしても、やり過ぎでしょうに……」

アンネゲルトは頭を抱えたくなった。とはいえ、他の人がいないのなら、これはいいチャンスになるのではないだろうか。

それにしても、まさかウラージェン国王がアンネゲルトの計画を知っていたとも思えないし、ただの偶然のはずだが、結果的には助かった。

——もしくは、ティルラがそうするよう仕向けたとか……あり得そうで怖い……

今更ながらに、考えると背筋にじわじわとくるものがある。

しかし、今はそれどころではない。アンネゲルトは展望台を見回した。

「結構広いのね……」

屋台のあった広場ほどではないが、円形に開《ひら》けた場所で縁の方には手すりがある。手すりに近寄ると、街が一望出来た。

「確かに見晴らしがいいわね。あ、王宮も見える」

景色の良さに気を良くしたアンネゲルトは、あちこちを見てはきゃっきゃとはしゃいでいる。冬の日は短く、もう夕日が沈み始めていた。

赤く染まりつつある世界で、エンゲルブレクトと二人だけ。アンネゲルトは、街を見下ろしながら覚悟を決めた。

今日二人で街に出てきたのは、ある目的があったからだ。もうじき東域を離れ、スイーオネースへ帰る。そうなっては、もうこんな風に二人で過ごす時間を取るのは難しくなるだろう。

言うのなら、今日だ。一日一緒に過ごして、自分の気持ちに揺らぎはないと確信出来た。相手も、ただの義務で付き合ったのではないと感じている。

これから口にするのはかなり非常識な事だ。アンネゲルトの立場は普通の貴族の夫人ではない。王太子妃という、王族の妻なのだ。

――でも、もうじき婚姻無効にするし！　独身に戻るのは確実だから、きっと大丈夫！

日本にいた頃の感覚が残るアンネゲルトにとって、たとえ形だけとはいえ結婚している身で想いを告白するのは、非常にハードルが高い。

手すりに手を置いて、静かに深呼吸をした。一度目を閉じてから、ゆっくりと開いて振り返る。目の前にいるのはエンゲルブレクトだけだ。背の高い彼の顔を見上げて、アンネゲルトは口を開いた。

「隊長さん」

「はい」

周囲に人がいない事から、アンネゲルトはスイーオネースの言語に切り替える。

「私は、あなたが好きです」

子供じみた告白だったが、他に思いつかなかったのだ。言った後に、鼓動が激しくなって顔が熱くなってくる。

そういえば、日本にいた頃にも告白などした経験はなかった。付き合った相手はいても、大概が友達の紹介という形で、しかも長続きしたためしがなかったのだ。

まさか、別の世界の国に嫁《とつ》いだ後に告白するような事になろうとは、日本にいた頃は思いもしなかった。

そっとエンゲルブレクトの様子を窺《うかが》うと、驚きに目を見開いてこちらを見たまま動かない。彼が驚くのも無理はなかった。王太子妃という立場の人間に、いきなり「好きだ」と言われたのだから。

それにしても、反応がないのが気になる。アンネゲルトが告白してから、たっぷり十秒以上は経っているのだ。

「あの、隊長さん……？」

さすがにしびれを切らして呼びかけた。もうこうなったら、イエスでもノーでも答えが欲しい。このままなかった事にだけはしてほしくないのだ。

どう返事をしてくるのかと思っていたアンネゲルトは、彼の行動に驚かされる事になる。エンゲルブレクトは大きく息を吸い込んだかと思うと、いきなりひざまずいたのだ。

どうしたのかと声をかける前に、彼はアンネゲルトの手を取って見上げてきた。

「妃殿下」

エンゲルブレクトはそう呼びかけて、アンネゲルトの手を自分の額《ひたい》に当てる。何が起こるのかと慌てるアンネゲルトの耳に、彼の声が響く。

「先に言われてしまいましたが、お慕《した》い申し上げております。どうか、私の妻になってください」

「は、はい！」

ほとんど反射で答えていた。一拍置いた後に、彼の言葉の意味を正確に理解する。付き合う前にプロポーズをされて、了承してしまった。だが、後悔はない。

エンゲルブレクトは、ほっとしたような表情で立ち上がった。

「一生、大事にします」

そうして、強く抱きしめられる。これも、初めてだ。エンゲルブレクトの腕の中で、アンネゲルトは「私も」と呟いた。

しばらくそのままでいたが、エンゲルブレクトの腕が緩んだので、アンネゲルトも体勢を整える。頬に当てられた手に、彼を仰ぎ見てああ、と思う。

――キス、だ……

当然拒《こば》む事もなく、自然と受け入れていた。

「妃殿下……」

離れた後の呼び方に、ほんの少し不満がある。せっかく想いを伝え合ってプロポーズを受け入れたのだ、名前で呼んでくれてもいいのではないか。

そう考えた時には、アンネゲルトは口を開いていた。

「アンナ」

「は？」

「これからは、アンナと呼んでちょうだい。これは、アンネゲルトの愛称でもあるんだけど、日本語の名前でもあるの。『様』もいりません」

エンゲルブレクトは視線を外して逡巡《しゅんじゅん》していたが、やがてまっすぐにこちらを見て名前を呼んでくれた。

「アンナ」

何故か、呼ばれたアンネゲルトの方が顔を真っ赤に染めるという事態に陥《おちい》っている。

——な、名前を呼ばれただけで、こんなにくるなんてー!!

恥ずかしいのと嬉しいのと、くすぐったいのと、一体どれが一番大きいのか自分でもわからない。アンネゲルトが頬を押さえて色々と耐えている間に、エンゲルブレクトは何か考えていたようだ。

「そういえば、帝国の皇太子殿下はあなたの事をロッテと呼んでいましたね」

「ああ……あれはお兄様だけが呼ぶのよ。リーゼロッテの愛称ですって」

周囲の皆がアンナと呼ぶので、自分はロッテと呼ぶと子供の頃に宣言して以来、ずっとそうしているという。アンネゲルトが生まれた頃の話だから、母からの伝聞だ。

それを告げると、エンゲルブレクトの眉間に皺《しわ》が寄った。

「皇太子殿下だけが呼べる名前……」

「あの、そこにこだわらないでね？　お兄様はへそ曲がりなところがあるの」

外見からはそう見えないが、ヴィンフリートの天邪鬼《あまのじゃく》というか、へそ曲がりな性格は親族の間では有名である。彼は立場上政略結婚を強《し》いられるだろうが、輿入《こしい》れする女性は苦労しそうだと思ったものだ。

「そ、そうだ。隊長さんにも、特定の人しか呼ばない愛称とかはないのかしら？」

話題を変えようと言った途端、エンゲルブレクトは複雑な表情をして俯《うつむ》いた。知らぬうちに、地雷を踏んでしまったのかもしれない。今の言葉のどこにそんなものが潜んでいたというのか。

「兄が……兄だけが私の事をロビンと呼んでいました」

「ロビン……」

そういえば、彼には亡くなった兄がいたと聞いた覚えがある。それで先程の反応だったのだと気付いた。

本当は、特別な呼び方があれば自分も使おうと思っていたのだが、やめておいた方がいい。そう判断したアンネゲルトは、じゃあ彼の事をどう呼ぶのかと考えて、また湯気《ゆげ》が出そうなほど真っ赤になった。

「妃殿下？」

まだ呼び慣れていないエンゲルブレクトは、呼び方が戻ってしまっている。それをじろりと睨《にら》んでから、アンネゲルトは口を開いた。

「呼び方を間違えているわよ。あの……それと……」

自分から言い出すのは恥ずかしいものの、今日はこれ以上の羞恥《しゅうち》をたくさん感じているのだから今更だ。

アンネゲルトはエンゲルブレクトを見上げて、おねだりしてみた。

「その、エンゲルブレクトと呼んでもいいかしら？」

展望台を後にする頃には、すっかり空の色が変わっていて、真っ赤な夕日が遠くに沈もうとしている。結構長いことここにいたのだ。

繋いだ手に、先程あった事は全て現実なのだと実感する。本当はここで告白して、返事をもらうまでいければいいと思っていたのに、一足飛びにプロポーズまで受けてしまった。

いい事ずくめなのだが、ちょっと進みすぎかという気がしないでもない。

「まあ、いっか」

「何がですか？」

「ううん、こっちの話」

会話はまた日本語に戻っている。というより、アンネゲルトが無意識で使うのが日本語だから、エンゲルブレクトの方が合わせている形だ。

すっかり夕日に照らされた王都は真っ赤に染まっている。ライサ橋を渡る時には、川面も染まって見えた。

王宮に戻る少し手前で、エンゲルブレクトがこちらに向き直った。

「アンナ、ここから先は呼び方も接し方も、元に戻します」

「うん」

「全ての問題が解決したら、必ず迎えに行きます」

「うん……」

わかっている。二人の間にある問題はまだ何一つ解決されていない。まずはスイーオネースに戻って、アンネゲルトの婚姻を無効にしなくてはならない上、エンゲルブレクトの出自を明らかにして王族として認めてもらう事も残っていた。

その他にも調整をしなくてはならない事は多いので、簡単に結婚はできないだろうし、二人きりで過ごす時間もそうそう取れなくなる。しかし、覚悟の上だ。

王宮の門が見えてきたところで繋いでいた手を離して、エンゲルブレクトは一歩後ろに下がり、護衛の位置に戻る。それを寂しく感じながらも、アンネゲルトは王宮の門を潜《くぐ》った。

それから数時間後。アンネゲルトはウラージェン国王との晩餐《ばんさん》をどうにかこなし、部屋に戻って寝る仕度を終えてやっと一息ついた。

「お疲れ様でした、アンナ様」

「うん……」

いつものように絨毯《じゅうたん》に座り、ティルラが淹《い》れてくれたお茶を飲みながら、アンネゲルトは今日あった事を思い返している。口約束だが、想う相手と婚約したのだ。まだ婚姻を無効にしていない立場で婚約というのもおかしな話だけれど、アンネゲルトの中であれは確かに婚約だった。

「今日はいい事がありましたか？」

「うん」

ティルラの問いにアンネゲルトが素直に答えると、彼女は笑みを深くする。

「うまく想いを伝えられたんですね」

ああ、やっぱりティルラにはバレているんだ、と思った。展望台が貸し切り状態になっていたのは、彼女が画策《かくさく》した事なのだろう。

とはいえ、それをここで口にするのもどうかと思うので、アンネゲルトは別の件を報告した。

「うん……あのね」

「はい」

「プロポーズ……された」

ティルラは予測していたのか、驚く事もなく話を続ける。

「お返事はなんと？」

「はい……って」

「そうですか」

あれこれと動きつつ話をしていたティルラは、アンネゲルトのもとへ来ると目の前に正座をして、日本式のお辞儀をした。

「おめでとうございます、アンナ様。心よりのお祝いを申し上げます」

「ありがとう」

本当に心から祝福してくれているのが伝わってきて、アンネゲルトの胸が温かくなっていく。

「奈々様も喜ばれるでしょう。早速通信でお知らせしなくては」

「あ、あの、お母さんに言うのはもうちょっと待ってほしいなあって……」

まだクリアしなくてはならない問題は多いのだから、それが片付いてからでいいと思うアンネゲルトだが、ティルラはそうではないらしい。

「まあ、おめでたいお話なんですから、早めにお知らせしないと。きっと奈々様も気をもんでいらっしゃいますよ」

ティルラの言葉に、何かおかしさを感じる。何故、アンネゲルトとエンゲルブレクトとの事で、母が気をもむのだろうか。

というか、この話の流れだと、今日アンネゲルトが告白するつもりでいたと、ティルラだけでなく母まで知っているように聞こえるのだが。

「ティ、ティルラ……まさか今日の件、お母さんに話してるなんて事……」

「もちろん報告しておりますよ。奈々様も非常に興味……いえ、心配してらっしゃいました」

「今、興味津々《きょうみしんしん》って言おうとした!?」

何という事だ、母に筒抜けだったとは。そういえばティルラは奈々と仲が良かった。それは日本にいた頃からよく知っていたはずなのに。

慌てるアンネゲルトとは対照的に、ティルラはいつも通り落ち着いた様子でにこやかに告げる。

「気のせいではありませんか？　さあ、では私はこれで」

「ちょと待ってええええ！」

引き留めようと伸ばした手をかい潜《くぐ》り、ティルラは「お休みなさいませ」と言い残して部屋から立ち去った。

その後、アンネゲルトの部屋から何やら叫ぶ声が聞こえたとか聞こえなかったとか。

◆◆◆◆

東域にいる間も当然ながら護衛隊は訓練を欠かさない。特に射撃訓練に関しては実施出来るのが船内のみという状況から、交代で船に戻って訓練を受けている。残りの人員に関しては、王宮の練兵場を間借りしての訓練だ。

本日、エンゲルブレクトは船内での訓練の日だった。昨日――アンネゲルトと出かけた余韻が残るかと思ったが、長年軍で体を動かす事に慣れ親しんでいたせいか、訓練となると思考が切り替わるらしい。

船底の訓練場で射撃訓練をしていたエンゲルブレクトに、内線で呼び出しがかかった。客が上階のラウンジで待っているのだとか。

客とは誰だと不審に思いつつラウンジに向かうと、そこには見慣れた顔があった。

「ああ、いたいた。エンゲルブレクト！」

エドガーである。彼は珍しくも焦った様子でこちらに駆け寄ってきた。

「どこに行っていたんだよもう」

出会い頭に随分な挨拶《あいさつ》だ。エンゲルブレクトはむっとした顔を隠そうともせずに答えた。

「どこって、訓練に決まってるだろうが」

「訓練だったら、練兵場で十分でしょ。何で船に戻ってるのさ」

「そんな事までお前に一々報告しなければならないのか」

エンゲルブレクトが報告する義務を有しているのは、アンネゲルトに加えて現在はルードヴィグだけだ。エドガーは外交官であり、護衛隊のエンゲルブレクトとは協力関係にあっても、上下の関係ではない。

そんな事は言わなくともエドガー自身十分知っていると思ったのだが、彼は子供のようにふくれ面をして言った。

「そういう訳じゃないけどさ」

「まあいい。それで、何か用があったんだろう？」

「もちろん、あるから来たんだよ。ここじゃなんだから、いつもの店に行こうか」

そう言ってエドガーは勝手知ったる様子で歩き出す。確か、この男が船に乗っている期間は自分よりも短かったはずなのだが、どうしてこんなに馴染んでいるのか。

船内にはいくつかの店舗が入っていて、係留中も基本的に営業していた。外遊に連れてきた人員全てを下船させている訳ではないので、船に残っている者達のために開けているのだ。

エドガーがエンゲルブレクトを連れてきたのは、よくアンネゲルトも使っている上階のティールームだった。

「それで、一体何の用だ？」

「うん、君の部屋でもいいかなーと思ったんだけど、ここでも周囲に人はいないから」

確かに、一番の得意客であるアンネゲルトが王宮にいるせいか、店内は閑散《かんさん》としている。もっとも、ここは来客用にしているので、滅多に使わないのだとティルラから聞いた事があった。

向かい合わせに腰を下ろした二人のもとに、店員がメニュー表を持ってくる。適当に選んで注文すると、すぐにテーブルに届けられた。

「さて、これでしばらく邪魔はないね。エンゲルブレクト、単刀直入に聞くけど、君、いつ頃彼女に告白するつもり？」

エドガーのあまりの言葉に、エンゲルブレクトは危うく飲んでいたものを噴き出すところだ。

「っ！　……いきなり何を——」

「いきなりじゃないでしょう？　言ったじゃない。君達の事は僕にも関係があるって」

そういえば、そんな事を言っていた気がする。今ひとつ要領を得なかったが。

「で？　いつなの？」

「……そんな事、こんな場所で言えるか」

「じゃあ告白する気はあるんだね」

既に求婚を済ませて了承を得ている、と言ったら、目の前の男はどうするつもりなのだろう。とりあえず、しばらくは伏せておくという事でアンネゲルトとは了承し合っている。とはいえ、向こうはティルラだけには話すと言っていたが。

エンゲルブレクトは、はっきり答えずに話題を逸らす事にした。

「大体、まだ帰国もしていないし、あちらもこちらも問題が解決していないだろうが」

「それなんだけどね」

エドガーは身を乗り出して、エンゲルブレクトに耳を貸せと手招きする。嫌々ながらも近づけば、エドガーは口元に手を当てて小声で言ってきた。

「ニクラウス君からの情報によれば、妃殿下は帰国次第、婚姻無効の申請を行うつもりだそうだよ」

「……そうか」

話の内容にではなく、エドガーがニクラウスを名前で呼んでいた事に驚いたエンゲルブレクトは、それだけ言うのが精一杯だ。

一体、いつの間にそんな仲になったのか。だが、考えてみればこの二人はよく似ている。エドガーの方が年長の分、経験も上だが、ニクラウスが今のエドガーの年齢になる頃にはいい競争相手になるのではないだろうか。

アンネゲルトとエンゲルブレクトがうまくいけば、帝国との同盟も長続きさせる事が出来るはずだ。もちろん、自分の全てをかけてうまくいかせるし、アンネゲルトの事も一生守る。

内心で決意するエンゲルブレクトの前で、エドガーはにっこりと微笑んだ。

「という訳で、君も覚悟を決めておくようにね」

覚悟などとっくに出来ている。それを口にするのはしゃくだったので、あえて別の事を言っておいた。

「……何故そんな偉そうに言われなくてはならないんだ?」

「それはね」

エドガーは人差し指を自分の口の前で立てる。

「君がいつまでたっても動こうとしない、へたれだからだよ」

「な!」

「じゃあ僕はこれで。訓練の邪魔して悪かったね～」

「待てこら！　へたれとはどういう意味だ!!」

普段鍛えている訳でもないのに、エドガーは逃げ足だけは速い。これも昔から変わらない事だった。

取り逃がしたのは腹立たしいが、それでも珍しくエドガーを出し抜けたので気分がいい。エンゲルブレクトは中断していた訓練に戻るため、下層の訓練場へ向かった。

ニクラウスから求婚話を聞いたエドガーが、エンゲルブレクトの部屋に押しかけたのはその日の夜だ。扉を開けてすぐに「嘘つき！」と詰《なじ》り、その後浴びるほど飲まされた。

◆◆◆◆

ウラージェンでの滞在最終日、アンネゲルトは国王に呼び出されていた。予定していた日程も全て消化して、明日には帰国の途に就く。外遊中は大使館設立に始まり、各種条約などがアンネゲルトの知らないうちに締結されていたらしい。結果として実りの多い外遊だったと言えるだろう。

明日の出立を前に、ウラージェン国王からささやかな贈り物をしたいという申し出があったため、本日の謁見とあいなったのだ。

　謁見の間に案内されたのは、アンネゲルト、彼女の少し後ろにニクラウスとエンゲルブレクト、エドガー、そのさらに後ろに控えているのはマルガレータ、ヨーン、ティルラ、リリーだった。ルードヴィグがいないのは、ダグニーと共に別の貴族からの招待を受けているからだ。

　一通りの挨拶《あいさつ》が済むと、布がかけられた小山が四つ運び込まれてくる。

「我が国に滞在した記念に、こちらを妃殿下に贈ろう」

「ありがとうございます。ですが、これは……？」

「我が国における魔導の知識の粋《すい》を集めたものだ」

　国王の言葉と同時に、かけられていた布が一斉に取り払われて、積み上げられた書籍が姿を現す。うずたかく積まれた本の山は、全てがウラージェンの魔導書なのだそうだ。装丁の凝《こ》り具合などから、王宮付きの魔導士のために制作されたものではないだろうか。背後でリリーが息を呑んだ気配があった。

　それにしても、自国の魔導技術をこうも簡単に渡してしまうとは。国王の真意はどの辺りにあるのか。しかも、聞き間違いでなければアンネゲルトを名指ししての贈り物である。普通なら夫婦連名で、そうでなくとも王太子にあてて贈るものだというのに。

「私がこれをいただいてしまって、本当によろしいのでしょうか？」

「構わん。あなたの教えてくれた異世界の話と、あなたの魔導士が我が国に提供してくれた技術への、ほんの見返りに過ぎん」

あの雑談にこれだけの価値があるのかどうか謎だったが、価値などというものは主観的なものだ。国王自身がそうだと認めれば問題はないのだろう。

それよりも、驚いたのは後半の話だ。アンネゲルトの与《あずか》り知らぬところで、リリーは術式の調査だけでなくウラージェンの魔導士達と技術情報の交換をしていたらしい。

この場で初めて知った事柄だが、そんな事はおくびにも出さずに、アンネゲルトはにっこりと微笑んだ。

「それでは、ありがたく頂戴いたします。陛下のご温情は、決して忘れません」

「貴国と帝国、長く友好的でありたいものだ」

「ええ、本当に」

和《なご》やかな空気のまま、謁見は終了した。

翌日はルードヴィグが帰国の挨拶《あいさつ》を述べ、順調な出立となった。王宮から馬車を連ねて移動する中、アンネゲルトは見納めにと小さな窓から街並みを眺める。

「思ったよりも長くいたわね」

流れる景色を見ながら、アンネゲルトはぽつりと漏《も》らした。同じ馬車に乗っているのは、ニクラウスとティルラだ。

ルードヴィグはダグニーと共に別の馬車に乗り、エドガーは珍しくエンゲルブレクト達と一緒に騎乗して列に加わっている。

「名残《なごり》惜しい？　姉さん」

「そういう訳じゃないんだけど……何だか不思議な気分」

帝国組だけという気安さから、車内で使っているのは日本語だった。それにしても、本当に不思議なものだ。まさか自分が東域に来るとは。それ以前に、こちらの世界に帰る事になるなど、学生の頃には夢にも思わなかった事だけれど。

「それにしても、ウラージェンの王は思い切った事をなさいますね」

ティルラの言葉に、アンネゲルトは「記念に」と渡された魔導書を思い出す。本は別便で船に運んだので、今頃積み込まれているだろう。

魔導士にとって、魔導書とは教科書であると同時に、先人達が編んだ知恵の結晶でもある。しかも中身を確かめたリリーが興奮状態で報告してきた内容によると、今回もらった魔導書はまさしくこの国の魔導技術の集大成なのだそうだ。

それを土産《みやげ》として簡単に渡してきたのだから、ティルラが思い切った事と言うのも当然だった。もっとも、リリーにより帝国の魔導技術もいくつかウラージェン側に渡ったというので、ある意味等価交換になるのだろうか。

アンネゲルトは列の背後――リリーが乗っている馬車の辺りに視線をやって呟いた。

「リリーは技術交流を随分頑張ったのね。その結果が、あの魔導書なんでしょ？」

「それだけじゃないよ。これから先も、帝国、スイーオネース両国からの技術と物資、双方の融通《ゆうずう》を期待しての事だと思う」

アンネゲルトの呑気《のんき》な一言に、ニクラウスは眉間に皺《しわ》を寄せている。帝国皇太子ヴィンフリートの側近として未来の帝国を担《にな》う者となれ、と教育されてきた彼は、ウラージェン王の真意をそう判断したらしい。

「何それ。こっちがこれだけしてやったんだから、当然見返りを寄越せよって事？」

アンネゲルトの言い方は身も蓋もないが、要はそういう事だ。二人からも否定の言葉は出てこない。

そんな思惑など無視してしまえばいいと思うものの、それが出来ないのが国同士の付き合いというものだ。相手の厚意に低質の技術や品で返しては、自国の度量が疑われる。暗黙の了解で、相手に十もらったら十かそれ以上で返さなくてはならないと決まっているのだ。

それが出来なければ未開の国と蔑《さげす》まれ、そうしたレッテルを貼られると汚名返上は大変難しいらしい。「だからこそどの国も、贈り物や土産《みやげ》には大変気を遣うんだ」とニクラウスは締めた。

「そういう事なので、期待するのは向こうの勝手とか思わないようにね」

「またあんたは人をバカにして！」

本当に、この弟はどれだけ姉をバカだと思っているのか。アンネゲルトだって少なくない経験から、国は面子《メンツ》が大事という事くらい実感している。何より、そうした事を決めるのも意見を言うのも、アンネゲルト以外の人間だ。口を差し挟むような愚行をするつもりはないというのに。

ニクラウスを睨《にら》むアンネゲルトに、ティルラが声をかけた。

「姉弟喧嘩はそこまでになさってください。それよりも、ウラージェン王にいただいた書物で図書室の棚が大分埋まりますね」

「そうね。リリーが喜んでいたけど、船にいるフィリップも喜ぶでしょう」

彼は今回、船から一歩も出ていない。立場が微妙な事と、確たる身分がないせいだ。それでも携帯端末が王宮内でも使えたので、リリーやティルラとは逐一連絡を取っていたのだとか。

魔導書の事も聞いているだろうから、船に戻ったら狂喜乱舞するフィリップが見られるかもしれない。

「あの魔導書の中に、例の魔力に干渉する術式に繋がるものがあればいいんだけど……」

「そうですね」

一応の対抗策はあっても、やはり大本の術式を解析出来るのと出来ないのでは、大きな差があるらしい。

東域滞在中、リリーは全力で術式の捜査と解析に努めたが、全容解明には程遠かったという。わかったのは、例の魔力に干渉し阻害する術式は個人の完全なオリジナルであった事、またその術式を開発する際に参考にした術式が存在する、という事だけだそうだ。

とはいえ、リリーとフィリップは優秀な研究者だし、船にも十分な研究施設がある。ウラージェンの術式を網羅した魔導書も手に入れた以上、二人の努力で術式の再構築が出来るとアンネゲルトは信じていた。

問題は、術式を独力で開発した魔導士をスイーオネースへ連れていったと思しき人物、フランソン伯爵である。

魔導士がウラージェンから消えた時期に入港したスイーオネースの船は、フランソン伯爵の船だけなのだ。

そこを突いてはどうかというアンネゲルトの提案に、ニクラウスとティルラは揃って首を横に振った。

「姉さん……どうしてそう短絡的なんだ……」

「さすがにそれだけでは、弱いですね」

随分な言われようだが、続くティルラの言葉を聞けば反論出来なかった。

「ユーン伯も仰《おっしゃ》っていましたが、下手に伯爵をつつくと、後ろにいる誰かさんに警戒されるかもしれません。それだけは避けなくてはならないんです」

やるなら一網打尽に、がティルラの意見だ。確かに、トカゲのしっぽ切りとばかりにフランソン伯爵が切り離されたら、その背後にいる人物を辿る事が出来ない。

「魔導士も野放し状態なのは、仕方ないのよね……」

「そうですね。対抗策は順次リリーとフィリップが考案していますので、今はそれでしのぐ他ありません」

どうにも後手に回っている今の状況に歯がゆさを感じるけれど、致し方ない事なのか。不満げに窓の外へ目をやるアンネゲルトに、ニクラウスが爆弾を落とした。

「それよりも、やっとサムエルソン伯に想いが通じたんだから、姉さんはそっちを考えないと」

一瞬それもそうねと言おうとして、違和感を覚える。はて、自分はいつ弟にエンゲルブレクトとの事を話したのだろうか。

思い返しても、そんな記憶はどこにもない。だとするなら、答えは一つだ。

「……ティルラ?」

「おめでたい事ですもの。ニクラウス様も祝福なさっているんですよ」

悪びれた様子もなく言うティルラに、ニクラウスもにこやかに言葉を続ける。

「本当におめでとう。これでヴィンフリート殿下にもいい報告が出来るよ」

「待て!　何でそこでお兄様の名前が出てくるの!?」

思いがけないところで飛び出した従兄弟《いとこ》の名前に、アンネゲルトはニクラウスの胸ぐらを掴んだ。走っている馬車の中で危ないとティルラの注意が聞こえたが、それどころではない。

「あんた達、まさか外遊と称してスイーオネースに来たのって……」

「姉さんと伯の再婚話をまとめるためだよ」

「何やってるのよあんた達は!」

アンネゲルトはニクラウスの胸ぐらを掴んでがくがくと揺さぶりながら怒鳴るものの、

すぐに馬車がスピードを落としたのでバランスを崩し、ニクラウスに覆い被さるように倒れ込んだ。

「何やってるんだよまったく」

「お怪我はありませんか、アンナ様。停泊所に到着したのでしょう。念のため、船でメービウス医師に診《み》てもらってください」

結局、この話は船に乗ってからという事になった。

馬車を降りると、多くの人が荷を積み込むために動いている。そしてその様子を遠巻きに見ている人だかりも出来ていた。

何を見ているのかと不思議だったが、漏《も》れ聞こえてきた話を総合すると、帆船《はんせん》に積み込むにしては多すぎる荷物に人足達が首を傾げているらしい。

確かに、見た目通りの帆船《はんせん》ならば、今積んでいる荷物の量は過積載もいいところだ。しかし、それらは全て船内に消えていき、船は沈む気配すら見せない。船をよく知っている人であれば不思議に思うだろう。

そんな注目の中、アンネゲルトはタラップを上《のぼ》って船に乗り込んだ。このタラップも見た事がない者が多いらしく、あれこれ言っているのが聞こえるが、流しておく。出立してしまえば、おそらくこの国に来る事はもうない。自分達がいなくなった後で何を言われても痛くもかゆくもないのだから、言いたいだけ言わせておけばいいのだ。

船に乗って部屋に戻るアンネゲルトは、ニクラウスの耳を掴んでいた。

「痛いって！　ちゃんと一緒に行くから」

「うるさい！」

アンネゲルトにとって、馬車で聞いた話は聞き捨てならないものだ。

帝国皇太子ヴィンフリートがスイーオネースに滞在中、誰が彼の側についていたのか。そしてニクラウスは、ヴィンフリートがアンネゲルトの再婚をまとめるためにスイーオネースに来たと言っていた。その相手はエンゲルブレクトだとも。これだけ揃えば、嫌な可能性に考えが至っても不思議はない。

アンネゲルトは自分の私室にニクラウスを放り込むと、再び弟に詰め寄った。

「何考えてんのよ！　私の人生はあんた達のおもちゃじゃないっての！」

「わかってるよ。僕らはそんなつもりじゃ――」

「つもりじゃなくても、結果的にそうなら同じじゃん！」

アンネゲルトには、エンゲルブレクトのプロポーズが従兄弟《いとこ》と弟に仕組まれたもののように感じられたのだ。

——じゃあ、あの時の言葉も何もかも、彼の本心からじゃなくてお兄様やニコに頼まれたからなの？　そんなのって……

だとすれば、まだ王太子妃という地位にあるアンネゲルトにプロポーズしたのも頷ける。エンゲルブレクトは、アンネゲルトがルードヴィグとの婚姻を無効にするつもりだとは知らないはずなのだ。その裏に、ヴィンフリート達からの後押しがあったとは。

感情が高ぶりすぎて声にならないアンネゲルトの近くで、ぱんと乾いた音が響く。驚いて視線をやると、ティルラが手を叩いた音だったようだ。

「アンナ様、落ち着いてください。ニクラウス様も、きちんとご説明くださいますね？」

「もちろん、最初からそのつもりだよ」

解放されたニクラウスは首元を緩めている。そんな様子すら腹立たしくて、アンネゲルトは再び弟を睨《にら》みつけた。

「さあ、お二人ともお掛けになってください。今お茶をお持ちします」

ティルラの誘導でソファセットに腰を下ろすと、今度はニクラウスの顔を見ているのが嫌になって、アンネゲルトは俯《うつむ》く。

決死の覚悟で告白したのだ。東域から離れてしまえば、もうそんな時間を取る事も出来ないだろうと思って、これが最後のチャンスだと自分を追い込んで、ようやくした告白だというのに。

「う……」

悲しさと悔しさから、アンネゲルトは涙が落ちるのを止められなかった。ニクラウスが驚いているのはわかるが、知った事ではない。勝手に困れという気持ちと、弟といえど人前で泣くのはみっともないという気持ちがない交ぜになっている。

「落ち着いてください、アンナ様。大丈夫ですよ、決して悪い事にはなりません」

いつになく優しいティルラの言葉と淹《い》れてくれたハーブティーに、段々アンネゲルトの感情も落ち着いてきた。ティルラはハンカチを取り出して、アンネゲルトに握らせてからニクラウスに尋ねる。

「まずは、アンナ様が気になっている部分を明らかにしていきましょうか。ニクラウス様、サムエルソン伯に結婚を強要したりしていないんですよね？」

「当たり前だよ。そもそも、殿下と僕が姉さんの再婚相手に彼をと思ったのだって、母さんから回ってきた情報を手にしたからだし」

情報？　とハンカチで涙をぬぐいながらニクラウスを見ると、彼は裏事情を全て話した。

母の奈々から、アンネゲルトがエンゲルブレクトを想っているようだと聞いた事、ヴィンフリートが外遊と称してスイーオネースへ行き、相手を見てこれはと思えば再婚をまとめてこようと考えた事などだ。

「伯は王家の血を引いているらしいから、どうせなら恋愛結婚するにも付加価値があった方が周囲を納得させやすいだろうって殿下が仰《おつしや》ったんだ。それで伯にも、王族との血の繋がりを証明するのが結婚の条件だって」

「つまり、隊長さんがわざわざ東域まで来て自分の出自を確かめようと思ったのは、アンナ様との結婚がかかっていたからなんですね？」

ティルラが普段は使わない呼称を使うのは、ささくれだっているアンネゲルトの気を静めるためか。

ニクラウスはティルラに問われ、すぐに返答した。

「そうだよ。最初は伯だけで行く予定だったから、結構危険な旅になるはずだったんだけどね。姉さんも一緒に行くって言い出して、この船で皆一緒に来る事になったけど、結果的に安全な旅になって良かったかもね。色々とおまけもついたし」

ニクラウスの言うおまけとは、ウラージェン国王からもらった魔導書の事か。それにしても、今の話が本当なら、アンネゲルトの懸念《けねん》はまったく逆という事になるのではないか。

何を信じればいいのかわからなくて混乱するアンネゲルトに、ティルラが声をかけてきた。

「アンナ様、たとえニクラウス様のお言葉が信じられなくても、サムエルソン伯の言葉は信じなくては」

聞きようによっては主筋の人間に対して失礼な物言いだが、ここで文句を言う者は誰もいない。それに、ティルラの意見は正しかった。あれこれ後付けの形で知ってしまったからおかしな話になったが、エンゲルブレクト本人を見ていればわかる事ではないか。彼は出世や欲のために動く人ではないのだから、いくら帝国皇太子に話を持ちかけられたからといっても、彼自身が望まなければ突っぱねただろう。

——という事は……そういう事、だよね？

そこに思い至ったアンネゲルトは、それまでの泣き顔を真っ赤に染めた。

アンネゲルトが落ち着いたと見たティルラは、ニクラウスを部屋から出してアンネゲルトには食事時まで休んでいるように進言する。

「きちんと顔を冷やしておかなくては」

濡れたタオルと氷嚢《ひょうのう》で目元を覆うと、ティルラも退室していった。その音を聞きながら、アンネゲルトは寝台でこれまでの事を振り返る。

本当ならずっと幸せなままでいられたはずなのに、弟の余計な一言で台無しだ。あれはいつも一言も二言も多い。まあ、今日はそのせいで姉が泣いたから、やや怯《ひる》んでいたようだが。

「少しは反省しやがれ」

ティルラに聞かれたら「口が悪い」と怒られそうな一言を呟き、アンネゲルトは眠る。

その日の昼食時、微妙な空気の姉弟にエンゲルブレクト達が首を傾げていたが、アンネゲルトは愛想笑いで乗り切った。

◆◆◆◆

帰国の航海は行きよりも速い。大河を下ってスオメンを素通りし、大海に出た「アンネゲルト・リーゼロッテ号」は普段通りの速度を出していた。

このまま予定通りなら、シーズン幕開けの少し後にスイーオネースに帰り着くはずだ。それはそれで面倒な事が多くやってくるのだが、のろのろ帰るという選択肢はアンネゲルトにはない。

何より、早く帰国して婚姻を無効にしなくては、せっかくのエンゲルブレクトとの婚約も台無しだ。

「頑張らなきゃ」

「何をですか？」

不思議そうな声で聞いてきたのは、隣を歩くエンゲルブレクトである。現在、二人は船内のメインストリートの店舗を見に来ていた。

丘の展望台で婚約して以来、二人は人目も憚《はばか》らずに一緒に過ごすようになっている。当然噂《うわさ》になるのだが、船内はスイーオネース組より帝国組の割合が多く、そちらでは祝福ムードなので何も問題はなかった。

スイーオネース組にしても、護衛隊隊員達は最初こそ驚いていたけれど、二人の様子から何かを察したらしく、こちらもお祝いしてくれているようなのだ。それでいいのかと思わなくもないが、敵だらけになるよりはいい。

ニクラウスなどは、スイーオネース国内でも王太子夫妻が仮面夫婦なのは知れ渡っているし、ルードヴィグの廃嫡の噂《うわさ》もあるから大丈夫などと言っていた。エンゲルブレクトとの間を邪魔しまくっていた行きとは大違いである。あの時は随分と醜聞《しゅうぶん》を気にしていたというのに。

――まあ、邪魔されるよりはいいか。

行きよりも盛況なメインストリートは、店頭の品が様変わりしている。各商人が己の目とプライドをかけて仕入れてきた東域の品々だ。店頭に出しているのは航海中に売り切りたい分で、スイーオネースに持って帰る分は他に確保しているという。

どれだけ買い付けてきたんだと思わなくもないが、それでスイーオネースの経済が良くなるのならいい事なのだろう。

しばらく各店舗を冷やかしていると、背後から声をかけられた。振り返った先にいたのは、王太子ルードヴィグだ。

「妃に話がある。席を外してくれ」

普段と少々様子の違う彼に、アンネゲルトの中に不安が広がる。思わずエンゲルブレクトの袖を掴んでしまった。

これまでの経験から、エンゲルブレクトはどんな場面でも自分を守ってくれると確信している。また、ルードヴィグは知らない事だが、二人は内密に婚約した仲だ。その状況でまだ婚姻を無効にしていない相手と二人きりで話したいとは思わないし、それはエンゲルブレクトも同じである。

「……妃殿下は少しお疲れのご様子、もしもの事を考えて、私も同席をさせていただきたいのですが」

苦しい言い訳ながら、二人きりにしたくない意思は伝わるはずだった。というより、船内はアンネゲルトとエンゲルブレクトの噂《うわさ》で持ちきりなのだから、知らないという事はないだろうに。今更、何を話すつもりなのか。

エンゲルブレクトの後ろに隠れるようにしているアンネゲルトを見たルードヴィグは、一瞬何か言いたそうな顔をしたが、すぐにエンゲルブレクトに視線を戻した。

「夫婦の問題について話したい。伯には外してもらう」

卑怯な言い方ではあるものの、まだ婚姻を無効に出来ていない以上、ルードヴィグはアンネゲルトの夫だ。

それにしても、この言い方は気に障る。薬で暴力を振るって倒れるまで、アンネゲルトについて一切気にかけた事などなかったのに。その上、顔を合わせる度に睨《にら》まれていた事だって忘れていないのだ。

――でも、このままだとらちが明かないよねえ。

アンネゲルトは軽い溜息を吐くと、ルードヴィグの申し出を了承した。

「わかりました」

「アン……妃殿下」

アンネゲルトが了承するとは思わなかったのか、エンゲルブレクトが少し慌てている。

その際に呼び方を間違いかけたのを、アンネゲルトは聞き逃さなかった。

「ただし、個室のないティールームで話を聞きます」

申し出を了承はしたが、アンネゲルトは条件をつける事も忘れない。

「……人に聞かれるのは困るのだが」

何を話すつもりか知らないけれど、それはルードヴィグの都合であってアンネゲルトの都合ではないという事に、彼は気付いているのだろうか。

「先程申した以外の場所では、話を聞きません。これは譲れませんから」

一切引く態度を見せないアンネゲルトに、結局ルードヴィグが折れた。普段来客があった時に使うティールームの名前を口にし、アンネゲルトはエンゲルブレクトに向き直る。

「という訳で、少し殿下とお話ししてきます」

「……腕輪の使い方は、おわかりですね？」

厳しい表情のエンゲルブレクトが日本語で聞いてきた。

「え？　……ああ、ええ、大丈夫」

何を言われたのか一瞬わからなかったが、ようやくその意味に気付く。アンネゲルトの腕輪には色々と機能がついていて、その中に集音マイクの機能も含まれているのだ。つまり、マイクを通して会話をモニターしているので安心するようにという事らしい。

エンゲルブレクトの気遣いが嬉しいアンネゲルトは、少し浮かれた様子でルードヴィグの前を歩いてティールームに向かった。

ティールームに人はいなかったが、念のために店員に頼んで人払いをしてもらった。これで店員も盗み聞きは出来ないだろう。

――とはいえ、マイクで筒抜けになるんだけどねー。

ルードヴィグが何を言い出すかは知らないが、後で皆と共に対策を立てる必要があるかもしれない。その際にどんな事を話したか聞かせるためにも、マイクを使った録音は大事だ。腕輪には専用録音機器があって、マイクを使う時には自動で録音も始まるようになっている。

席についたルードヴィグは、何やら考え込んだまま話し出そうとしない。自分から誘っておいて何なのだと思うものの、アンネゲルトは顔には出さないようにした。

二人の前に置かれたお茶が冷めそうな頃に、ようやくルードヴィグが口を開く。

「今日は、話があって、来た」

「ええ」

それは先程聞いたのだが。話の腰を折る訳にもいかないので、アンネゲルトは相づちを打つにとどめる。

「その……私の今の立場は、非常にもろいものになっているという話を聞いた」

「……はい」

一体どこで誰に聞いたのかと疑問が湧いたけれど、そういえば彼の廃嫡の噂《うわさ》は王都でもかなり広まっていた。それこそ船に乗っている商人達でさえ知っているレベルなのだし、聞く耳さえあればいくらでも入ってくるというものだ。

当たり前に手に入れられるはずだったものが遠のくというのは、それなりにショックな事だろう。たとえ、それが自業自得だったとしても。

とはいえ、彼の場合、薬の影響があったとも言える。一体いつから盛られていたのかはわからないが、その結果アンネゲルトや周囲に対して心ない態度を取っていたとも解釈出来るのだ。

それと、ダグニーから聞いた彼の乳母《うば》の話。最後の反王制派だった彼女に教え込まれた反貴族とも言える考えは、彼の根幹に根付いてしまっているのではないか。

――でも、だとしたらやっぱり彼は王位に就かない方がいいと思う……

国を動かすのは、国王一人の力では出来ない。どうしても力を持った貴族が必要なのだ。能力さえあれば平民でもいいとアンネゲルトは思うが、スイーオネースが平民から官僚を登用しようとするなら、準備だけで十年以上かかるだろう。

まずは教育から変えなくてはならないのだから、一朝一夕《いっちょういっせき》に出来るものではない。帝国ですら三十年費《つい》やしても、まだ完全に貴族を国政から排除出来ないのだ。

何やら考え込んでいるルードヴィグを見て、ふとエンゲルブレクトを思い出した。似ているところなどない二人なのに、何故か共通項があるように思えるのは、二人が血縁者だと知ったからか。

——叔父《おじ》と甥《おい》なんだ、二人って。

何だか不思議な感じだ。スイーオネースに来てからずっと、アンネゲルトを憎んでいたルードヴィグと、守り続けてくれたエンゲルブレクト。接点も少なそうな二人の共通項が「王家の血」とは。

見た目も、童話の王子様そのままのルードヴィグに対し、エンゲルブレクトはいかにも軍人と真逆なのに。

アンネゲルトがあれこれ考えている間も、ルードヴィグは何やら迷っているのかあちらこちらに視線をやっていたが、ようやく本題に入るらしい。

「私は自分の王太子としての立場を、確固たるものにしたいと思っている」

「……はあ」

そう言う以外になかった。こんな事を言うのに、あれほど迷っていたのか。呆れた思いで、目の前の彼を見る。

——まさか、陛下の言葉を誰かから聞いたとか⁉　……ないな。

国王アルベルトがアンネゲルトに言った「あなたが選んだ相手が次の王になる」という言葉は、ルードヴィグの廃嫡が前提だ。彼の王太子位には関係ないので、確固たる云々をここでいう理由にはならない。

では何故、このタイミングで自分にこんな事を言ってくるのか。内心で首を傾げるアンネゲルトに、ルードヴィグはさらに続ける。

「その件について、あなたにも協力をしてほしいのだが……」

「協力、ですか？　一体何を？」

なるほど、これを言おうとして迷っていたのか、と納得する。これまでの彼の態度を考えれば、アンネゲルトからの拒絶は目に見えている。虫の良いことを言うな、というやつだ。

実はアンネゲルトの中で、ルードヴィグの評価は大分変わってきている。船内で行った体験会でのあれこれが大きいのだが、その事にルードヴィグ本人は気付いていなさそうだ。

とりあえず、何をしてほしいのか聞くだけ聞いて、判断はそれからでもいい。そう思っていたアンネゲルトは、次の瞬間大いに後悔する。

「率直に言おう。世継ぎを産んでほしい」

ルードヴィグは大まじめな顔で、それだけ言った。一方アンネゲルトは、たっぷり十秒は固まった後に、間の抜けた声を発する。

「……は？」

端から見たら滑稽《こっけい》この上ないだろう。今のアンネゲルトに、そんな事を考える余裕はないが。

「あの……今、私、何か変な事を聞いたような気が――」

「そう言いたい気持ちはわかる。だが、今私に必要なのは世継ぎなのだ。これはかりはあなたに頼むより他ない」

「そうでしょうねえ、愛人であるダグニーが産んだんじゃ、後継ぎには出来ないし」とのど元まで出かかったが、ぎりぎりで吐き出さずに済んだ。アンネゲルトは内心で自分を褒めておいた。

正直、こんな内容でないなら協力しても構わないと思っていたけれど、駄目だ。あり得ない。これは、本当の事をここで言っておいた方がいい。

そう判断をしたアンネゲルトは、溜息を吐いてから口を開いた。

「正直なところを申し上げてもよろしいかしら？」

「ああ」

「今更そのような事を言われても困ります。第一、私は帰国したら、婚姻無効の申請をする予定です」

「え⁉」

何故驚くのか、こちらの方がわからない。口には出さなかったが顔には出たようで、ルードヴィグは激高して叫んだ。

「驚くに決まっているだろう！　聞いていないぞ！　そんな話は」

「ええ、今まで黙っていましたから」

二人の温度差が激しい。混乱するルードヴィグを見つめながら、アンネゲルトの心はさらに冷えていく。

「大体、ダグニーはどうするんです？」

「え？」

「まさかと思いますけど、私に子を産ませようとしているのに、彼女も今まで通り自分の側に置く、などと都合のいい事を考えている訳ではありませんよね？」

ルードヴィグは言葉に詰まっている。本当にそうしようとしていた、というよりは、その事に考えが至っていなかった様子だ。

アンネゲルトは、今度は深く重い溜息を吐く。

「それは男性として、あまりにも不誠実なのではありませんか？　言っておきますが、他の貴族や王族の方々の事は、今はどうでもいいです。殿下ご自身がどうお考えかを聞かせていただけます？」

結局、ルードヴィグからの返答は得られなかった。ルードヴィグは知らない事だが、アンネゲルトは怒ると頭の回転が速くなる。そしてこの時、彼女は静かに怒っていた。

◆◆◆◆

受信機から流れてくる内容に、エンゲルブレクトは拳を握る手に力が籠もるのを感じていた。今更何を言っているのかというのが正直な感想である。

アンネゲルトが指定したティールームから程近い場所にある空《あ》き部屋で、受信録音機でアンネゲルト達の会話内容を聞いているのは、エンゲルブレクトの他にティルラとニクラウス、エドガーの四人だ。

「それにしても、ティールームを話し合いの場に指定するとはね。妃殿下もなかなかわかっていらっしゃる」

「その辺りはティルラと二人でしっかり叩き込みました。万が一があってはいけませんから」

エドガーとニクラウスのやり取りを聞いたら本人は怒りそうだと思いつつ、エンゲルブレクトは受信機からの音声に耳を傾ける。今のところ、アンネゲルトが小気味いいくらいルードヴィグの願いを退《しりぞ》けているので、安心して聞いていられた。

ここまでのやり取りを聞いて、ティルラは感情を感じさせない冷たい声を発する。

「相変わらず考えの甘い方ですこと」

「焦っていたんだろうけどね。それにしても、ここでこう来るかー」

エドガーは苦笑していた。ルードヴィグのこの行動は、エドガーをしても予測不可能だったようだ。

エドガーの言葉に、ティルラとニクラウスがそれぞれの考えを述べた。

「焦っているからこそ、今なのだと思いますよ。国に戻る時にはアンナ様が懐妊していれば上々、というところでしょうか。王子が望ましいのでしょうけど、姫君でも面目は立つでしょうね。次への期待も高まりますし」

「姉上が嫁《か》して一年と少し、か。確かに一人目の子を儲《もう》けるならいい時期だろうけどね」

子をなせる正常な夫婦である、と内外に知らしめられれば、ルードヴィグ自身の評価も変わるという事か。これまで不仲な様子を見せつけられ続けた貴族達の感情も、子供が生まれれば和《やわ》らぐだろう。

ニクラウスは音声を聞きながら、ルードヴィグの言い分を鼻で笑った。

「まあ、そんな都合のいい話を姉上が呑む訳がない」

「それはそうでしょう。アンナ様を説得したいのなら、下準備がなっていませんよ」

帝国組はこれまでがこれまでだからか、ルードヴィグに対して辛辣《しんらつ》だ。確かに彼がやってきた事を考えれば、お手柔らかにとはとても言えない。しかも、話している内容が内容だ。

今まで放っていた妃に、いきなり子を産め、だが愛人とはっきり別れるとは言わない、などと馬鹿にするにもほどがある。

溜息を吐くエンゲルブレクトの耳に、アンネゲルト達のやり取りが再び入ってきた。

『大体、どうして今更そんな事を仰《おつしや》るのか、私にはさっぱりわかりません』

『そんな事とはどういう意味だ?』

『これまで王位になんて興味も示さなかった方が、今になって急に王太子の位に執着《しゆうちやく》するなんて。殿下は何を思って王位に就かれるおつもりなんですか?』

受信機からの音声が途切れる。ルードヴィグがまた言葉に詰まったのだろう。

「そこで詰まっちゃ駄目でしょう、殿下」

苦笑するエドガーの言葉に、その場にいた全員が賛同した。受信機からは、アンネゲルトのものと思わしき溜息が聞こえてくる。

『言葉を変えましょう。殿下はスイーオネースをどのような国にしていきたいとお考えですか?』

『どのような……国?』

『今までと同じように、ですか? それとも、もっと違った未来へ進めたいとお考えですか?』

またルードヴィグは答えに詰まっているらしい。その辺りも、何も考えずに話し合いに持ち込んだのか。部屋の中を見れば、帝国組もエドガーも苦笑するしかないといった様子だ。

しばらく無言が続いた後、ようやく絞り出すようなルードヴィグの声が聞こえた。

『それは、今は答えられない』

『では、いつ答えていただけるんですか?』

アンネゲルトは間髪《かんはつ》を容《い》れずに問いただしている。声からも彼女が怒っているのが伝わってくるので、その場にいたら心臓が縮み上がりそうだとエンゲルブレクトは思った。泣かせるのも心臓に悪いが、あの怒りを自分に向けられたらと考えると、情けない話だが足がすくむ。

また少し空白の時間があってから、ルードヴィグの小さな返答が聞こえた。

『……国に帰ったら、では駄目か？』

ルードヴィグの提案に、アンネゲルトは大きな溜息を吐いているらしい。

「姉上の怒りが振り切れてる感じかな……しばらく近寄るのは嫌だなあ」

ぽつりとこぼしたのは彼女の弟のニクラウスだ。弟ですらそう感じるとは、アンネゲルトの本気の怒りとは、どれだけなのか。

やがて、アンネゲルトの感情を押し殺した声が響く。

『では、帰国するまでの宿題とさせていただきます。それまでは殿下が先程仰《おつしや》った件も、保留という事で』

『う、うむ。ではこれで。邪魔をして悪かった』

ルードヴィグがいかにも急いでいるといった風にその場を去る。その音を聞いた全員が、「逃げたな」と異口同音で言ったのは、この後すぐだった。

◆◆◆◆

ルードヴィグが立ち去った後、アンネゲルトは怒りと疲れが治まらないのでティールームでケーキセットを追加注文した。精神疲労には甘い物だ。

注文した品が届くのを待っていると、エンゲルブレクトがティルラ達を連れてやってきた。その顔ぶれを見て、話を聞いていたのはここにいる面子《メンツ》かと判断する。

「大丈夫ですか？」

エンゲルブレクトからの労りの言葉に、アンネゲルトはようやく笑顔になる事が出来た。

「ええ、疲れはしたけど。おかげで甘い物が欲しくなったわ」

「ああ、いいですね、甘い物。船で出しているお菓子はどれもおいしくて、やみつきになりそうです」

そう言ったのは笑みを浮かべたエドガーだ。そういえば、彼は航海中もよくスイーツを食べていた記憶がある。

「お疲れ様でした、アンナ様」

そう言ったティルラと一緒にいるニクラウスは、珍しく何も言わない。いつもならここで余計な一言を必ず口にするというのに。ウラージェン出立の日の件が尾を引いているのだろうか。

――それならそれでいいか。それよりも……

今は、この面子《メンツ》に聞きたい話があるのだ。

「王太子の言った事をどう思うかしら？　皆で聞いていたんでしょう？」

アンネゲルトの言葉を誰も否定しなかったという事は、やはり皆でマイクの音声を聞いていたらしい。手間が省《はぶ》ける。

口火を切ったのはエドガーだった。

「いやあ、唐突な殿下の申し出、臣として妃殿下のお許しを請う以外にありません」

おどけた様子に、アンネゲルトも笑いを誘われる。エドガーはいつもこうして重い空気を軽くしてくれる存在だ。

「まあ、冗談はさておき、考えが浅すぎますね。本当に今の地位を守りたいのなら、妃殿下に頼むのは別の事でなくてはならないのに」

「別の事？」

アンネゲルトにはエドガーの言いたい事がわからなかった。一体、自分に何が出来るというのか。

首を傾げるアンネゲルトに、エドガーは笑みを浮かべて教えてくれた。

「妃殿下は社交を頑張っておられる方ですから、きちんと貴族との繋がりが出来ています。その繋がりを使って、貴族との付き合いを再開するところから始めなくてはいけないんですよ。後継ぎが出来れば大丈夫なんて、簡単なものじゃありません」

確かに、人と人の信頼関係は一朝一夕《いっちょういっせき》に作り上げられるものではない。それを、ルードヴィグはちゃんと理解しているのだろうか。

「まあ、殿下の側にはそういった事を教えてくれる人間がいないのも、事実なんですけどね」

エドガーはどこか突き放したような言い方をしている。アンネゲルトは、そういえばルードヴィグの教育係のアスペル伯爵夫妻が、職を辞して領地に戻ったと聞いたのを思い出した。あれは、ルードヴィグが婚礼祝賀の舞踏会で別居宣言をした少し後くらいだったか。

そう考えると、ルードヴィグの側に人がいなくなったのは、彼の自業自得と言える。ただ、薬の影響と乳母《うば》の存在故《ゆえ》に、全て彼のせいとは言い切れないでいた。

本当に、いつから薬の影響があったのか。とはいえ、彼の事情は自分には関係ない。

「どのみち、私を道具としか見なさない王太子の申し出は、受け入れません」

アンネゲルトの宣言を否定する者は、ここにはいなかった。


席に届けられたセットのケーキは、季節外れのモンブランだ。

「んー、おいしいー」

洋酒の利いたマロンクリームがたまらない。甘さを控え目にして栗本来の味を活かしたクリームは、いくらでも食べられそうだ。土台のスポンジも、しっとりとしていておいしい。モンブランはタルトタイプも好きだが、土台がスポンジのタイプも好きなのだ。

ケーキを食べているのはアンネゲルトの他にはエドガーだけで、彼はフルーツタルトをチョイスした。タルト台にカスタードクリームを薄く塗り、その上にこれでもかとカットフルーツが載っている。それをおいしそうに食べるエドガーは、本当に幸せそうだ。

「殿下に関しては、危機感を持ったのは良い事なんじゃないかな？　今までに比べれば」

「遅すぎると思うのだけど」

エドガーの言葉に、アンネゲルトはそう返した。彼の場合、考え方の根本を変えてくれる人が必要なのかもしれない。その場合は、ぜひ自分以外の人にやってもらいたいと思う。

体験会を通じて、それまでの凝《こ》り固まった考えの破壊と新しい価値観の構築は出来たと思うので、この後の再教育は専門の人間にお願いしたい。

――冷たいと思われても、無理なもんは無理！

ルードヴィグとはこれから他人に戻る関係なのだし、これ以上関わりを増やしたくないのだ。アンネゲルトが優先させるべきはエンゲルブレクトと自分だった。

アンネゲルトがあれこれ考えている間に話は進んでいたらしく、ティルラが重大な発言をする。

「そういえば、スイーオネースへ参る際に、少し法律の事も勉強いたしましたけれど、慣習がまかり通っているものも多いんですね。王位継承に関する法にもそれがあるとは思ってもみませんでしたが」

「慣習？」

法律でそれは、まずいのではないだろうか。しかし、そう思ったのはアンネゲルトだけで、他の面子《メンツ》は違うようだ。エドガーとティルラはにやりと笑い合い、ニクラウスは我関せずという顔、エンゲルブレクトは何故か苦い表情をしている。

しんと静まり返るその場の空気に耐えられず、アンネゲルトはティルラに尋ねた。

「それって、どんな内容なの？」

「王位継承や家の相続に関しての優位制です。法律には長子次子という表記はあるんですが、嫡出子と庶子の別は記載されていません」

という事は、庶子であっても王位継承権を得られるという事だろうか。思わず、アンネゲルトはエンゲルブレクトを見つめた。彼もその可能性に気付いたのだろう、苦い表情はそのせいだったようだ。

これは、スイーオネースに戻ってエンゲルブレクトの出自を明らかにしたら、予想以上の騒動になるのではないか。ただでさえアルベルトの次代の王云々という発言があるのに。ニクラウスが言っていたエンゲルブレクトの命も狙われるというのは、冗談でも何でもないのかもしれない。

青い顔で黙り込んだアンネゲルトの耳に、エドガーの穏やかな声が響く。

「実際には差別されますけどね。まさしく慣習というやつです」

それでも、裁判になれば法の正当性を主張出来るのだという。後は裁判所の判断に委ねられるらしいが、やはり慣習の力は強いのだそうだ。

「いい機会だから、ここで宣言しておこうかと思うのですが、よろしいですか？」

エドガーは尋ねる形を取ったが、反対する人間はいないと思っての行動だろう。彼は席を立つと咳払いを一つする。

「我々革新派は、サムエルソン伯エンゲルブレクトを次代の王に戴きたいと思っています。これは派閥の総意です」

本日一番の爆弾発言だった。

◆◆◆◆

今夜のエンゲルブレクトとエドガーの酒盛り場所は、エドガーの部屋だ。昼間にとんでもない発言をした彼は、その後も普段と変わらぬ落ち着いた様子で、アンネゲルトの心配をいなしていた。

当のエンゲルブレクトはといえば、フリクセルの家での言動から予想していたからか、あまり驚きはない。

エドガーも、それについては何も口にしなかった。話題は別の内容だ。

「フランソン伯爵の件、どう思う？」

エドガーはエンゲルブレクトのグラスに酒を注ぎながら聞いてきた。独特の香りのする度数の高い酒は、ウラージェンの特産品だという。エドガーが気に入って土産《みやげ》用に購入したものを、開けたらしい。

「伯爵の後ろにいる黒幕……か」

東域から魔導士を連れ帰った事については、フランソン伯爵一人でこなしたにしては手口が鮮《あざ》やかすぎる。そうかと思うと、船の持ち主を偽装する程度の事もやっていない。ちぐはぐな感じだが、東域までわざわざ捜索《そうさく》しに来るとは思っていなかったのだろうと予測を立てるならば、そちらの問題は片が付く。

だが諸々を考えると、やはり彼の後ろには糸を引いている人物がいるはずだ。問題は、それが誰かという事なのだが。

保守派でそれなりの立場を持ち、フランソン伯爵を手駒として使えるだけの力がある人物――ついでにそれなりに頭が回り、魔導の知識に明るい。

この条件で、エンゲルブレクトはある人物を思い浮かべた。確たる考えからではない。ただの勘のようなものだ。

だから、口には出さなかった。

「……わからん」

ぐいっとグラスを呷《あお》るエンゲルブレクトを眺めながら、エドガーは人の悪そうな笑みを浮かべる。

「見当くらいはついてるくせに」

「お前だってそうだろうが」

「まあね」

二人の意見は一致しているらしい。伊達《だて》に長年腐れ縁を続けている訳ではない。

「ただ、そうすると色々と腑《ふ》に落ちない点があるんだけどね。まあ、その辺りは全てはったりの一言で片付くんだけどさ」

「襲撃の件か？」

「うん。公爵が関わっているにしては、どれもずさんなんだよね。あの人がそんな事を許可するかね？」

どちらかというと、全てにおいて完璧を求めそうだ、黒幕と思しき彼――ハルハーゲン公爵という人物は。

フランソン伯爵がハルハーゲン公爵の手先なら、失敗の咎《とが》を責められているはずだ。だが、フランソン伯爵は生きている。特に家名に傷がついた訳でもない。

第一、カールシュテイン島襲撃事件の時はまだしも、イゾルデ館襲撃事件では一部とはいえ教会を動かさなくてはならなかったのだ。それをフランソン伯爵程度が出来るものだろうか。疑問は尽きない。

「大体、ハルハーゲン公爵がフランソン伯爵なんて小物を使うのも、解《げ》せないしねー」

「それは誰が黒幕でも言えるんじゃないか？」

エドガーの失礼な言い分に、エンゲルブレクトはさらに失礼な言葉で返す。

「君も言うよね。そろそろ酒が回ってきたかな？　今夜は飲みすぎないようにね」

「放っておけ」

この男と飲んでいる時点で、悪酔いは確定だ。エンゲルブレクトはグラスに酒を注いで、再び呷《あお》る。

北の人間の多くは酒に強い。スイーオネースを襲う極寒の冬は、酒の力でも借りなければ過ごす事が出来ないのだ。

そういえば、新しく出来た離宮は暖房設備が色々と整っていると小耳に挟んでいる。あれらも帝国の技術の一端なのだろうか。

酒のせいか、思考があちらこちらに飛ぶ。エンゲルブレクトの飲み方を見て、エドガーが珍しく止めてきた。

「君、そろそろやめておいた方がいいんじゃないの？　また明日も二日酔いなんて事になったら、愛しの妃殿下に呆れられてしまうよ？」

「やかましい」

「あれ？　否定しないんだ？　まあ、僕に内緒で妃殿下に求婚して了承をもらったくらいだからねえ」

　エドガーはエンゲルブレクトが婚約の話を黙っていたのを根に持っているらしく、ことある毎《ごと》に絡んでくる。ちょっと黙っていたくらいで何故ここまで言われなくてはならないのか。

「それを言うなら、お前だって私を王位に就けようなどと大それた事を教えなかったではないか」

「別に大それた事なんかじゃないよ。ティルラ嬢も言っていたように、継承権に関しては嫡出子と庶子の間に法律上の差はないんだし、順位的にルーディー坊やの次は君だよ」

「だからってなあ」

　反論を続けようとしたエンゲルブレクトの声に重なるように、部屋の扉が叩かれた。こんな夜更けに、誰が来たのか。

「はて？　何かあったかな？」

　何かって何だ？　そう聞きたかったものの、酒のせいか面倒さが勝る。扉に向かうエドガーを見送って、エンゲルブレクトは酔い醒ましに水差しから水を注いで飲んだ。

　扉の方で軽い言い合いがあったようだが、ややあってエドガーが戻ってきた。来客を連れて。

「夜遅くに邪魔をする」

王太子、ルードヴィグがそこにいた。


男二人の酒盛りの場と化していたエドガーの部屋は、ルードヴィグが加わった事で妙な場に変わっていた。部屋に嫌な沈黙が下りる。

「どうして殿下がここに来るんだ？」

エンゲルブレクトがエドガーに小声で問いただせば、彼は肩をすくめるだけだった。エドガーにも、ルードヴィグが何故この時間に自分の部屋を訪れたのか、皆目見当がつかないらしい。

当のルードヴィグはといえば、部屋に通されてからも何やら悩んでいる様子だ。相談なら別の者にしてほしいのだが。そう思っても、エンゲルブレクトもエドガーも、それを口にする事は出来なかった。

突然の訪問者が来た理由は、本人の出方を待つ以外に知りようがない。エンゲルブレクト達は、黙ったままルードヴィグが行動を起こすのを待った。

ややあって、ようやくルードヴィグが口を開く。

「その……このような時刻に部屋まで押しかけたのは、理由があるからで……」

その理由をぜひとも聞きたいというのに。先を促《うなが》すでもなく、年長者二人は王太子を見つめる。

そうか、とエンゲルブレクトは今更気付いた。アルベルトと自分が兄弟という事は、目の前にいる彼とも、自分は血族という事になる。

ルードヴィグは、エンゲルブレクトにとってはあまり好ましからぬ存在だ。

王太子にあるまじき態度を取り続けていた事に関しては、政治に関わらないようにしていた自身がどうこう言うつもりはない。だが、二人の女性に関する問題には声を大にして言いたい事がある。

政略結婚で嫁《とつ》いできたアンネゲルトをないがしろにし、あまつさえ独身であるホーカンソン男爵令嬢ダグニーを愛人に据えて好き放題にするとは何事かと。

あまり知られていない話ながら、エンゲルブレクトとダグニーは幼馴染《おさななじ》みだ。サムエルソン伯爵領と、ダグニーの母の実家であるベック子爵領が隣り合わせにあったために縁があった。

愛人の件に関してはダグニー本人が納得しているようなので、エンゲルブレクトが口を差し挟む事は出来ない。

アンネゲルトについても、夫婦間の問題だ。しかも、もしルードヴィグがアンネゲルトを普通に妃として遇していれば、おそらくエンゲルブレクトの出番はなかっただろう。かといって、彼に感謝する気にはなれない。

かくして、エンゲルブレクトの中では、ルードヴィグに対するもやもやとした感情ばかりが肥大化する結果になっていた。

当人であるルードヴィグは、エンゲルブレクトの思いになど気付く由《よし》もなく、彼等の前で部屋へ来た理由とやらをぽつりぽつりと説明している。

「その、とある人物にある事を聞かれたものの、私にはそれに答えるだけの知識がない。ユーン伯ならば外交官として国外に長くいたし、今もアレリード侯爵とは懇意《こんい》な間柄だ。だから、伯に少し教えてもらおうと思ってきたのだが……」

「とある人物とはどなたか、お伺いしてもよろしいですか？」

ルードヴィグが言い終わるか終わらないかのタイミングで、エドガーがにこやかな笑顔で彼に聞く。言葉に詰まったところを見ると、言いたくないらしい。

それはそうだ。自分の妃に世継ぎを産んでほしいと頼んだところ断られ、期限付きで出された宿題を持っていかなければ婚姻無効の申請をするとまで言われているのだから。

――もっとも、彼女の方はいずれにせよ無効にする気満々だがな。

ルードヴィグの宿題が間に合おうと、その回答が彼女の気に入るものだろうと、婚姻無効の申請をするのは確定だ。

言い淀《よど》むルードヴィグに、エドガーは苦笑を漏《も》らした。

「まあ、殿下のご様子を見ていれば、察しはつきますから良しとしましょう。で？　僕に聞きたい事とは、何ですか？」

酔っていないと思っていたエドガーも、実はしたたか酔っていたらしい。一人称が王太子相手にするものではなかった。

だが、ルードヴィグは気にもとめず、かえって水を向けてもらえて助かったと言わんばかりに話し出す。

「良い国とは、具体的にどういう国だろうか。民が幸せに暮らせれば、と思っていたが、では民が幸せに暮らすにはどうすればいいのか、その知識が私にはないのだ。それに、良き王とはどういったものか。これも良き国を治める王と言ってしまえば終わるが、具体的にはどうすれば良いのか。今更ながらに勉強不足が悔《く》やまれてならないのだ」

その後もあれこれと、こんな場所で自分達相手に話していいのかという内容まで語った。

――もしかして、殿下も酒を飲んできたのではないのか？

すっかり酔いの醒めたエンゲルブレクトは、普段とは大分違うルードヴィグの様子を見ながらそう思い至る。

エドガーはにこやかな対外用の笑みを浮かべつつ、ルードヴィグの言葉を遮《さえぎ》らずに聞いていた。こういうところはさすがと言うべきか。

彼は人に話をさせる事に関しては、誰にも負けない。今もその技能を遺憾《いかん》なく発揮しているので、エンゲルブレクトはこの場ではただの置物に過ぎなかった。

しゃべらせるだけしゃべらせた後、エドガーはこほんと一つ咳払いをする。もったいぶった仕草だが、ルードヴィグの目にはそうは見えなかったようだ。

「いいですか、殿下。知識などはこれから取り込んでいけば良いのです。大体、殿下の中に既に答えがあるではありませんか。殿下の望まれる国を造る王におなりあそばせばよろしいのですよ」

エドガーの出した答えに感銘を受けたらしく、ルードヴィグは救いを得たとばかりの表情をしている。

しかし、端で聞いているエンゲルブレクトは首を傾げた。エドガーの言葉には、ルードヴィグが望む答えはないように思えるのだが。

――煙《けむ》に巻いただけなんじゃないのか？

疑問に思いはしたが、この場では自分は部外者に過ぎない。ルードヴィグはエドガーに教えを請いに来たのだから。

闖入者《ちんにゅうしゃ》は得られた答えに満足し、ほどなく部屋を去っていった。二人だけに戻ると、エンゲルブレクトはたまらずエドガーに確認する。

「おい、お前のさっきの返答、あれ、殿下の疑問に対する答えになっていないんじゃないか？」

するとエドガーはにやりと人の悪い笑みを浮かべた。エンゲルブレクトの考えは、当たっていたらしい。

「お前……」

「えー？　だって僕、坊やの味方じゃないしさー。それに酒を飲んでいて、結構酔ってるしさー。こんな時間に臣下の部屋に来るなんて、非公式なものだよねー？　だから適当でいいやーって」

からからと笑いながら言い放ったエドガーの姿は、悪魔がいたらこんな顔をしているんじゃないかとエンゲルブレクトに思わせた。

◆◆◆◆

航海は順調に進み、大した問題も起きずに日々が過ぎていた。

「あら」

「どうかしましたか?」

日課となっているエンゲルブレクトとの船内散歩の最中に、アンネゲルトは面白い組み合わせを見つけた。

「向こうにね、ザンドラと副官さんを見つけたの」

「本当ですか?」

隣のエンゲルブレクトが驚いているのは、ヨーンがここにいた事にか、それともザンドラと一緒にいる事にか。アンネゲルトが指し示した方を眺めて、彼も二人の姿を見つけたらしい。

「……あいつはあれでいいのか?」

ヨーンは普段からは想像も出来ない締まりのない顔をしているが、ザンドラはいつもと大差ない無表情っぷりだ。

今日のメインストリートも人でごった返している。船の乗組員も多いけれど、小間使いや護衛隊隊員の姿もちらほら見受けられ、隊員の中には、小間使いと一緒に仲良く歩いているちゃっかりした者もいた。この航海で、いくつかカップルが誕生するかもしれない。

ルードヴィグは、あれからアンネゲルトの前に現れていない。宿題宣言が効いているのか、顔を合わせて答えを催促されたが最後と思っている様子なのだ。アンネゲルトとしてはその方が楽なので、彼の誤解はそのままにしておこうと考えている。

――もし顔を合わせても、宿題の一言で撃退出来そう。

どこの子供だと思わないでもないが、面倒事などない方がいい。

「おや、お二人で散歩ですか？」

前から来たのはエドガーだった。彼はエンゲルブレクトを王位に就けると宣言した後も、アンネゲルト達に対する態度を変えていない。相変わらずアンネゲルトの事は王太子妃として、エンゲルブレクトの事は親しい友として扱っていた。

アンネゲルト達としてもその方が助かるので、特に何も言わずにこれまで同様の付き合いをしている。

エンゲルブレクトの眉間に皺《しわ》が寄ったのを見て、アンネゲルトが代わりに答えた。

「ええ、メインストリートはいつも賑やかだから」

ここが帝国からスイーオネースに向かっていた時には閑散《かんさん》とした場所だったなどと、今では思い出せないくらいだ。身分の上下に関係なく、通り過ぎる皆が笑顔だった。

「この後のご予定を聞いても？」

何気なくエドガーに尋ねられたので、劇場で芝居を見る予定だと答える。何度か劇場にも足を運んだところ、なかなか楽しかったので今度は別の劇団の芝居を見てみようと思ったのだ。

「それにしても、妃殿下のお召しになっている東域風の普段着は、流行《はや》っていますねぇ」

そう、現在船内店舗で一番の売り上げを出しているのはメリザンドの店である。東域風の普段着を既製服として出したところ、飛ぶように売れているのだとか。

これまで服といえば、仕立屋でのオーダーメイドだけだったので、庶民には値段が高くてそうそう手が出せないものだった。彼等が通常着ている服は、古着屋で買ったものか、仕える主《あるじ》から払い下げられたものが中心である。

そんな中、メリザンドの店ではサイズを三つに絞った既製服を用意し、かつスカートとブラウスというように組み合わせられるアイテムとしている。コーディネート案も店頭にサンプルとして出し、誰でも簡単に真似できるようにしたのだ。

これが女性陣に受けて売り上げが上がり、もっと色々なタイプの服が欲しいというリクエストを受けて、鋭意制作中なのだという。

スイーオネースに戻ったらアンネゲルトの新作ドレスを作る仕事もあるのに大丈夫なのかと思うが、そこは色々と考えているそうで、問題はないとメリザンド本人から聞いていた。

アンネゲルト達はエドガーと別れてフロアを移動し、劇場に向かう。今日の出し物は恋愛劇らしい。以前は映画でもドラマでも恋愛ものは苦手だったのに、今では楽しみにしている自分がいる。

隣を仰ぎ見れば、愛しい婚約者が微笑んでいた。まだクリアしなくてはならない問題は多いのだが、それらは全てスイーオネースに到着してからだ。

今は目の前の事を楽しむため、アンネゲルトは劇場に足を踏み入れた。

書き下ろし番外編

とある使用人の話

名前はナンネルです。いえ、正式にはアンナですけど、姫様と同じ名になるので、区別のためにナンネルと呼ばれています。

出身はフォルクヴァルツ公爵領です。私の家は代々帝室に仕える家でして、旦那様が公爵位を賜《たまわ》った事から、家族でフォルクヴァルツ公爵家にお仕えしています。

公爵領出身なのに、代々帝室に仕えるのはおかしい？　いえいえ、フォルクヴァルツ領は皇帝直轄地ですから、おかしくはありません。旦那様が公爵位を賜《たまわ》る際、直轄地の中からフォルクヴァルツ領を頂戴したんです。ですから、フォルクヴァルツ領民は、全て帝室に仕えているんです。その流れで、第二皇子であらせられた旦那様にお仕えしています。

今までは王都にある旦那様の居館であるアロイジア城におりましたが、この度姫様がお輿入《こしい》れなさるという事で、小間使いとして同行しました。

いえ、父の命令です。自分から言い出すなんて、そんな畏《おそ》れ多い事、出来ません。公爵領は、ご存知の通り奥様である奈々様のおかげで、余所《よそ》の領よりも色々と違った部分がございますが、古い人達の考え方はまだ変わらなくて……我が家の父も、その一人なんです。

あ、でも姫様にお仕えするのは、嫌じゃないですよ？　ええ。奥様もそうなんですが、姫様も気さくな方でして、私達小間使いにも優しく接してくださいます。

同じ使用人仲間から漏《も》れ聞いたところによると、中には小間使いをこき使ったり、癇《かん》癪《しゃく》の解消用に何やらする奥様やお嬢様がいらっしゃるとか。しかも、旦那様や若君から嫌な事をされる子もいるそうで……

あ、あくまで噂《うわさ》ですよ？　どこのお屋敷でそういう事があった、なんて、話には聞きますけど、実際に見た訳ではありませんし……

この船ですか？　すごいですよね。アロイジア城も色々他のお屋敷とは違う部分が多いですけど、この「アンネゲルト・リーゼロッテ号」は格別だと思います。

皇帝陛下が、姫様のために特別に造らせた船だとか。だから名前も姫様のお名前をつけられたと聞いています。

船内の絢爛《けんらん》豪華さには目がくらみますけど、私達使用人としては、裏方の機器類が気になりますね。特にお洗濯や掃除のための道具です。これらは重労働ですので、昔は大変だったと、よく祖母から聞いていました。

アロイジア城でも、洗濯機は導入されていましたが、この船のはもっとすごいんです！　大きなシーツもあっという間に洗濯、乾燥が終わって、しかもアイロンがけまで機械で出来るんですよ⁉　すごくないですか⁉

……失礼しました。ちょっと興奮してしまって。私達小間使いが洗濯までする事は希《まれ》ですが、何があるかわからないので、一応そうした機械の操作方法も教わりました。実際、何度か洗濯してみましたし。

ああ、あのシーツのアイロンがけ、もう一度見たいなあ……

「ナンネルいるー⁉　姫様がお呼びよー！」

「はーい！　今行きまーす」

すみません。呼ばれているようなので、これで。え？　また後日ですか？　ええと、時間がありましたら……

ティルラ様から、許可が下りていたんですね……知りませんでした。はい、今日は時間、あります。

スイーオネースでの、姫様の生活ですか？　そうですね、見た目はアロイジア城での過ごし方と、そう変わらないかと。

異世界の日本から持ち込まれた衣類も、よくお召しになってますし。ティルラ様はあまりいい顔をなさいませんが、姫様はお気になさっている様子はないです。

あ、でも、帝国にいらっしゃった時はなさっていなかった社交が、姫様には負担になっている、って話です。

日本からお戻りになっている時も、社交の場にお出になる事はありませんでした。アロイジア城か、公爵領で過ごされていましたから。

そういえば、姫様がアロイジア城に滞在なさっていると、かなりの頻度で皇后陛下がお忍びで遊びにいらっしゃってました。ええ、奥様と姫様との時間を楽しまれるためです。

……いえ、その場での会話については、申し訳ございませんがお話しできません。一使用人として、主《あるじ》のあれこれを口にする事はご容赦くださいませ。

え？　先程の他の屋敷であったという噂《うわさ》話ですか？　それに関しましては、我々使用人の命と健康を守るための情報交換ですよ。私が仕える先では、そのような危険な事は起きませんし。

姫様がお命を狙われた事件は、今でもとても怖いです。皇族である姫様は暗殺の対象になる、と教えられてはいましたけど、本当にそんな事が起こるなんて……

　こちらの国に来てから、あれこれございましたし、姫様が心配です。ああ見えて、姫様はおくびょ……繊細な方ですから。

　特に狩猟館炎上とイゾルデ館襲撃には、衝撃を受けておられました。イゾルデ館に関しましては、別の方々も衝撃を受けておられましたけど。あの……館の建設や警備に関わってらっしゃる方々です。内容は、さすがに話すのは憚《はばか》られますので。

　狩猟館の事件では、何人かの方が亡くなられています。同じ使用人として、胸が痛みました。特に、攫《さら》われて殺された方に関しては、もう言葉もありません。

　何でもその方、主《あるじ》にあたる貴族の方と結婚予定だったとか。まだ帝国ですらほぼない貴族と平民の結婚なんて、きっとたくさん悩んで苦しまれた事でしょう。なのに……

　婚約者を殺された貴族の方、姫様の護衛隊隊員でいらっしゃるんです。私達も、姫様付きの小間使いとして多少は護衛隊の方達と交流があるんですが、あの方……お名前は、アルムクヴィスト様でしたか。子爵家の方だそうですね。いつもとても穏やかな様子で、私達小間使いの間でも評判がいい方なんですよ。

　あ、護衛隊の方々は、ほとんどの方の評判がいいです。ただ、その中でもアルムクヴィスト様は上位と言いますか。

……評判の良くない方ですか？　聞いてどうなさるんです？

実は、グルブランソン様は、何を考えているのかよくわからない、と小間使いの間では言われているんです。その、お顔の表情があまり変わられない方なので。

それに、ザンドラ様を追いかけ回しているというじゃありませんか。ザンドラ様、あまりおしゃべりなさらない方ですけど、見た目が可愛らしいですし、何より姫様の護衛の一人でいらっしゃるから。そんな方を煩《わずら》わせるグルブランソン様は、私達の中では評判があまり良くないんです。

王太子殿下ですか？　……何を言っても不敬になりそうなので、ご勘弁ください。発言は余所《よそ》には出さない？　本当ですか？　……いえ、確かにここまででかなりあれこれしゃべってしまったと思いますけど。

わかりました。私、あの方が嫌いです。もちろん、姫様への態度が酷いからです。確かに、王宮から出されたからこそ、姫様はのびのびと活動出来ていますが、それにしたってあんまりです。

王侯貴族なんて愛人を持つのは珍しいことではない、なんて言う方もいますけど、少なくともフォルクヴァルツ公爵家では普通なんかじゃありません。

いいえ、旦那様の前に公爵位に就かれた皇族の方も、奥様一筋で愛人は一人も作らなかったそうです。というか、帝室の方々って、一途な方ばかりなんですよね。

皇帝陛下もお側に置かれるのは皇后陛下ただお一人で、愛人はいません。旦那様もそうですし、お二人の弟君であらせられるライゼガング侯爵閣下もです。ですから、帝室の方々は、皆様そうなんですよ。

話が逸れましたけど、だからこそ婚姻前にもかかわらず愛人を作り、婚姻してからも妃である姫様をないがしろにし続けるあの方を、好ましく思う帝国人なんていません。

体調を崩されたとかで船に滞在なさってますが、その時も世話係になるのが嫌で、皆で押しつけ合ってましたし。

最後はどうなったかですか？　くじ引きで、はずれを引いた人がやる事になったんですが、それだと不公平だからって、結局当番制になりました。私、せっかくはずれを免《まぬか》れたのに。

でも、世話係として接してますけど、あの方思ったほど酷い方ではなかったんですよね……てっきり、姫様に対する以上に私達に辛く当たってくるんじゃないかって思ってたんですけど、そんな事はないですし。

もちろん私達は使用人ですから、王族である王太子殿下はこちらを家具程度にしか見ませんけど。それでも、暴力を振るったり、暴言を吐かれたりされるよりはましです。

それでも、私はあの方、嫌いですけどね。

「休憩中悪いわね、ナンネル。ティルラ様がお呼びよ」

「はい、すぐに」

では、今日はここで。え？　まだ聞く事があるんですか？　ええと……また時間がありましたら。

皇太子殿下がいらっしゃったのには、私も驚きました。ええ、帝都にいた時にも、姫様がいらっしゃるとアロイジア城をご訪問なさってましたから、お顔を間近で見る事もありましたけど。まさかスイーオネースにいらっしゃるなんて。

若君のニクラウス様もご一緒で、本当に驚きました。あ、マリウス殿下もですね。マリウス殿下のお名前は存じていましたが、お顔を見るのは初めてだったんです。あの方は、アロイジア城にいらした事はないんです。なので、お姿を存じ上げなくて。なんというか、可愛らしい方ですよね。皇子殿下にこんな事を言うのは、無礼だとは思いますけど。ここだけの話にしておいてくださいね？　絶対ですよ？

あのくらいの年の男の子って、生意気でうるさくて、そのくせバカな事ばっかりしているじゃないですか。でも、マリウス殿下はそんなところは少しもなくて、素直で愛らしい方だと思います。姫様もとても大事になさってますし。

ただ、やっぱり男の子ですね。お世話係の方を振り回す姿は、ちょっとやんちゃに見えました。

若君は、姫様同様公爵家に仕える使用人からの人気が高い方です。何せ、次代の公爵閣下ですから。公爵領が栄えるも滅びるも、若君の腕にかかってます。

言いすぎではありませんよ。実際、今の公爵領の発展は、旦那様のおかげですし。もちろん、奥様の故国である日本から取り入れた技術や取り寄せたものが役立っている事もありますけど、それらを活用するよう決めたのは旦那様です。

これは、奥様も仰《おつしや》ってる事ですけれど、いくらいいものを持ってきても、採用してもらえなければ意味がないんだそうです。その点、旦那様は奥様を信頼して、奥様が持ち込まれたものは大抵採用なさってます。

若君も、使用人達の話をよく聞いてくださいますし、色々改善もしてくださいます。とても仕え甲斐のある方だと思いますよ。

え？　恋愛感情ですか？　そんな、畏《おそ》れ多い。あの方と私達では身分が違います。若君はそう遠くない日に、どこかのお嬢様をお嫁にもらうんだと思いますよ。

願わくば、若奥様となられる方が、姫様や若君のような方でありますように。

サムエルソン伯爵様はですね！　私達にとって希望の星なんです！　あの方、姫様の事を想ってらっしゃいますよね!?　私もそう思いますし、他の小間使い達も同じ考えなんですよ！

何より、姫様が伯爵様といらっしゃる時、とてもお綺麗なんです。お化粧がどうこうではなくて、内面から輝くような感じと言いますか。スイーオネースではもちろん、帝国にいた時でも、あのような姫様は見た事がありません。

……わかってます。前途多難だって事は。でも、私達使用人は全員、姫様と伯爵様を応援してるんですよ！

使用人達の中で、イゾルデ館の東屋《あずまや》当番は大変人気があります。何故なら、幸せそうなお二人を間近で見られるからなんですよ！

残念ながら、私には回ってこない当番なんですけどね……いえ、私は姫様のお側にいる小間使いですので。他の場所の当番には、最初から組み込まれないんです。

ええ、もちろん姫様のお側に仕えていれば、お二人の様子は窺《うかが》えますけど、でも、東屋《あずまや》でのような力を抜いた様子は見られないんです……残念ですよ、本当に。

あ、でも、この東域外遊のおかげで、船内で一緒に行動するお二人を見られるんです！　昨日なんか、船内にある公園で寄り添って歩かれるお二人を目撃したんですよ！

もう同僚と一緒に、物陰からこっそり覗いてしまいました！　いいですよねえ、お幸せそうで。いえ、色々と問題があるのは知っていますけど、でも、姫様は婚姻む……いえ、何でもありません。

ともかく、あのお二人を遠くから見守るのは、私達使用人の密かな楽しみでもあるんです。

外遊ですか？　さすがに社交のお話になると、私達には関わりのない世界ですから。ティルラ様ならご存知だと思います。聞かれてみては？

東域は、帝国の人間でもあまり知っている人はいないって聞きますね。ですから、今回の外遊、ちょっと楽しみでもあるんですよ。

いえ、私達使用人はほとんど船から下りないとは思いますけど。え？　ティルラ様がそんな事を？　では、船を下りる機会があるかもしれないんですね!?　うわあ、楽しみー！

……失礼しました。いえ、浮かれる訳にはいきません。遊びで行くんじゃないんですから。私には姫様のお世話をするという、大事な仕事が……姫様も仰《おつしや》ってる？　本当ですか？　それ。うわああ、ありがとうございます！　姫様！

迷子ですか？　大丈夫だと思いますよ。リリー様が改良なさった携帯端末を、私達も持っていますから。船内でも使ってますし。

いいえ、ここで話をしている間は、端末を控え室に置いてきてるんです。この部屋、私達が端末を持って入っていい場所じゃありませんから。

ええ、ちゃんと講義を受けていいます。使用方法や細かい規則なども、時間を作って教えてもらってますよ。そういった事は、ティルラ様が万事整えてくださいます。

あの方、いつ寝ているのかしらと思うほど、常に仕事をしてらっしゃいますよね。ちょっとお体が心配になります。

本来でしたら、姫様のご公務や社交に関する予定などを整えるのは、王宮侍女と呼ばれる方々のお仕事だそうですね。でも、姫様にはお二人、しかもお若い方のみですから、今もティルラ様が全てなさってるんです。

私達使用人の統括も、あの方なんですよ。他にもイゾルデ館や離宮の修繕や警備の統括もなさっていて、本当に大変だと思います。

ティルラ様と情報部将校の方の関係ですか？　ティルラ様は、帝国軍情報部に所属していたという事ですから、同期とかなんじゃないでしょうか？

色恋沙汰ですか？　多分、ないかと……なんというか、ティルラ様だと、ご自身の結婚も計算ずくでお決めになりそうで……いえ、悪いと言っているのではなく、何となくそう思っただけなんです。

ティルラ様は仕事には厳しい方ですが、普段は優しいですよ。あ、ここだけの話、甘い物がとてもお好きなんです。そうは見えませんけど、果物をたくさん使ったケーキが大好物らしくて。

あ！　これ、私が言ったって、内緒にしてくださいね？　絶対ですよ!?　でないと、後で叱られます……

ああ、そろそろ時間ですね。姫様のところに戻らなくては。はい、私の話が何の役に立つかわかりませんけど、色々お話し出来て、私も楽しかったです。

それでは、失礼いたします。

RC Regina COMICS
大好評発売中!!
原作＝斎木リコ Riko Saiki
漫画＝藤丸豆ノ介 Mamenosuke Fujimaru
シリーズ累計15万部突破!!
今度こそ幸せになります！ 1~4
異色の転生ファンタジー
待望のコミカライズ!!
「待っていてくれ、ルイザ」。勇者に選ばれた恋人・グレアムはそう言って魔王討伐に旅立ちました。でも、待つ気はさらさらありません。実は、私ことルイザには前世が三回あり、三回とも恋人の勇者に裏切られたんです！　だから四度目の今世はもう勇者なんて待たず、自力で絶対に幸せになってみせます——！
原作 斎木リコ
漫画 藤丸豆ノ介
今度こそ幸せになります！ 4
15万部突破!!
人生七度目
ついに勇者と幸せになる!?
異色の転生ファンタジー コミカライズ!
アルファポリス
B6判 / 各定価:748円（10%税込）
アルファポリス 漫画
検索

本書は、2017 年 12 月当社より単行本として刊行されたものに書き下ろしを加えて文庫化したものです。

レジーナ文庫

王太《おうたい》子《し》妃《ひ》殿下《でんか》の離宮《りきゅう》改造《かいぞう》計画《けいかく》6

斎木《さいき》リコ

2022 年 2 月 20 日初版発行

文庫編集ー斧木悠子・森順子
編集長ー倉持真理
発行者ー梶本雄介
発行所ー株式会社アルファポリス
〒150-6008 東京都渋谷区恵比寿4-20-3 恵比寿ガーデンプレイスタワー8階
TEL 03-6277-1601（営業）　03-6277-1602（編集）
URL https://www.alphapolis.co.jp/
発売元ー株式会社星雲社（共同出版社・流通責任出版社）
〒112-0005 東京都文京区水道1-3-30
TEL 03-3868-3275
装丁・本文イラストー日向ろこ
装丁デザインーansyyqdesign
印刷ー中央精版印刷株式会社

ISBN978-4-434-29975-9 C0193